Beate Maxian

Die Prater-Morde

Ein Wien-Krimi

GOLDMANN

Dieses Buch ist auch als E-Book erhältlich.

MIX
Papier aus verantwortungsvollen Quellen
FSC® C014496
FSC www.fsc.org

Verlagsgruppe Random House FSC® N001967

2. Auflage
Originalausgabe August 2017

Umschlaggestaltung: UNO Werbeagentur, München
Umschlagmotiv: FinePic®, München
Redaktion: Karin Ballauff
KS · Herstellung: kw
Satz: Buch-Werkstatt GmbH, Bad Aibling
Druck und Einband: GGP Media GmbH, Pößneck
Printed in Germany
ISBN: 978-3-442-48471-3
www.goldmann-verlag.de

Besuchen Sie den Goldmann Verlag im Netz

Über die Armut braucht man sich nicht zu schämen, da gibt's viel mehr Leut', die sich über ihren Reichtum schämen sollten.

Johann Nepomuk Nestroy

1

Sterben? Wie ist das?«

Der Mann, der laut darüber nachdachte, reichte dem Penner an seiner Seite eine Flasche Schnaps.

Der Alte griff mit schmutzigen Fingern danach, stülpte seinen Mund mit den verfaulten Zähnen über den Flaschenhals und trank in gierigen Schlucken. Das erkannte der Gönner an dem hervorstehenden Adamsapfel, der sich unentwegt auf und ab bewegte. Er selbst hatte keine Lust auf das scharfe Getränk. Er fixierte neugierig den Hals des Trinkenden und überlegte, ihn zu erdrosseln. Wie lange dauerte das Sterben, wenn einem die Luft wegblieb?

Irgendwo hatte er einmal gelesen, dass man im Falle unheilbarer Krankheiten fünf Phasen durchlief, bis man starb. Er bekam nicht mehr alle zusammen. Nur Zorn, Verhandeln und Depression waren ihm in Erinnerung geblieben. Der Säufer neben ihm würde diese Phasen nicht durchlaufen.

»Ich mache mir schon lange keine Gedanken mehr über die Menschen als solche, nur über den Tod denke ich nach. Manchmal«, sagte der Schnapsspender wie zu sich selbst.

Von dem Trinker kam keine Reaktion. Ihn interessierte das Gerede nicht. Er soff weiter.

Während dessen grub der andere tief in seinem Inneren nach einer Emotion. Trauer? Mitleid? Hilfsbereitschaft? Zwecklos. Noch nie hatte er so etwas wie Empathie empfunden. Dazu war er nicht in der Lage. Er verspürte nicht einmal Gleichgültigkeit gegenüber seinen Opfern.

Der edle Schnapsspender war ein schlanker Mann Mitte vierzig. Wenn er nicht die beige Baseballmütze getragen hätte, hätte man seinen gepflegten Haarschnitt erkennen können.

Aber genau sah sowieso niemand hin. Für die wenigen Leute, die um diese Uhrzeit unterwegs waren, bot sich das Bild zweier Obdachloser auf einer Parkbank.

Kein unübliches Bild.

Kurzer Blick.

Wieder wegschauen.

Es war bereits später Abend. Dunkle Wolken bedeckten den Himmel. Es regnete, und ein eisiger Wind peitschte die Temperatur gegen null Grad. Ein paar Schneeflocken mischten sich unter das feuchtkalte Nass.

Unverbesserliche Jogger liefen an ihnen vorbei, ihre Körper durch spezielle Jacken geschützt, auf dem Kopf Laufmützen. Hundebesitzer standen in dicken Regenjacken fröstelnd in der Hundezone, sehnsüchtig darauf wartend, dass ihre vierbeinigen Lieblinge einen Haufen produzierten, den sie dann in ein eigens ausgewiesenes »Sackerl fürs Gackerl« aus dem »Hundekotsackerlspender« des Parks schaufelten und im nächsten Mülleimer entsorgten.

Die anderen Obdachlosen, die sich hier regelmäßig einfanden, hatten bereits in ihren Unterkünften Zuflucht gesucht, entweder in U-Bahn-Stationen oder in Unterführungen.

Nur er war hier. Ein typischer Einzelgänger, dem es nichts auszumachen schien, dass ihm der Regen ins Gesicht schlug.

Ihn hatte er auserwählt. Schon vor langer Zeit. Ihn, dessen Name nach seinem Tod verschwinden würde. Ausradiert. Gestrichen. Weg. Er wurde »Greißler« genannt, weil ihm ein Verkaufsstand auf dem Meidlinger Markt gehört hatte. Pferdefleischerei. Das war in seinem früheren Leben gewesen und interessierte heute niemanden mehr. Klaus war sein Vorname, der Nachname war wie seine Würde von der Festplatte gelöscht. Manchmal machte es den Eindruck, als würde er etwas Bestimmtes suchen oder als wäre er gar ein Spion, der sich auffällig unauffällig in der Gegend umsah. Doch der Schein trog. Säufer wie er nahmen ihre Umgebung kaum noch wahr.

Der Schnapsspender hatte ihn beobachtet, wie er am späten Abend den verrosteten Einkaufswagen mit seinen Habseligkeiten durch den Park geschoben hatte. Er hatte sich von Abfalleimer zu Abfalleimer geschleppt und darin herumgewühlt, auf der Suche nach Essensresten und Müll, der noch verwertbar war. Immer wieder war er stehen geblieben und hatte gehustet. Irgendwann hatte er sich auf dieser Parkbank niedergelassen. Müde und erschöpft. Sein Körper geschwächt vom Alkohol.

Auf diesen Moment hatte der Schnapsspender gewartet. Er war wie zufällig zu ihm hingegangen. Als er sich neben ihn setzen wollte, hatte der Greißler protestiert. Nein, er hätte heute nichts für ihn, schimpfte er. So als wäre der Schnapsspender ein unliebsamer Kunde. Der Schnapsspender hatte ihm die Flasche unter die Nase gehalten und versichert, dass er nichts von ihm wollte.

»Gehst heut Nacht eh nicht in die Gruft?«, fragte er den Obdachlosen.

In der »Gruft«, einer Einrichtung der Caritas für Obdachlose, galt striktes Alkoholverbot. Dafür konnte man dort duschen, bekam saubere Kleidung, ein warmes Essen und einen Platz zum Schlafen.

Der Penner reagierte jedoch nicht.

»Wennst willst, schenk ich dir eine zweite Flasche. Dann ist dir nicht so kalt. Aber denk dran«, er deutete auf die Schnapsflasche, »in die Gruft darfst die nicht mitnehmen.«

»Bleib eh da«, brummte sein Sitznachbar. »Bin eh nie in der Gruft.«

Der Gönner drückte ihm eine Plastiktasche in die Hand, stand auf und ging. Seine Arbeit war getan.

Er wusste, was danach passieren würde, und diese Vorstellung zauberte ein zufriedenes Lächeln auf seine Lippen.

Keine zehn Schritte weiter hatte er den alten Mann schon vergessen.

Der Regen ließ nach.

Freitag, 18. März

2

Als der Greißler am frühen Morgen aufwachte, war er wie gerädert. Ihm war schlecht, und er fühlte sich fiebrig.

Der Morgen dämmerte. Die ersten Hunde rannten in ihrer Zone herum und bellten so laut, dass ihm der Schädel fast explodierte. Als plötzlich die Nase eines Jagdhundes vor seinem Gesicht auftauchte, erhob er sich von der Bank, rollte den zerschlissenen Schlafsack zusammen und warf ihn in den verbeulten Einkaufswagen. Er fasste sich an die Brust und tastete nach dem schmalen Plastikmäppchen, das er um den Hals trug. Er zog es hervor und betrachtete sein wertvollstes Gut. Jeden Morgen kontrollierte er, ob sich das Foto noch an seinem Platz befand, direkt unter seinem Herzen. Es zeigte seine Frau und seinen Sohn vor ihrem Verkaufsstand und war kurz vor der Eröffnung aufgenommen worden. Damals war die Welt noch in Ordnung gewesen. Er küsste das Bild und steckte es wieder in das Mäppchen. Der schönste Moment des Tages war damit vorbei. Aus einem Plastiksack zog er eine abgewetzte Fleecejacke, die einzige, die er besaß. Dann erschrak er zutiefst. Das Schulheft war weg. Jemand hatte es ihm gestohlen.

Der Kerl mit den zwei Flaschen Schnaps von gestern Abend war verschwunden. Oder hatte er sich nur eingebildet, dass er da gewesen war? Nein, die leere Flasche am Boden bezeugte es. Ruckartig öffnete er die Plastiktasche. Die zweite Flasche war noch ungeöffnet. Er kramte in seinem Gedächtnis. Musste er ihm dafür einen Gefallen tun? Im nächsten Moment erinnerte er sich daran, wem er das Heft gegeben hatte. Erleichtert raffte er den alten Pullover und das T-Shirt zusammen, die ihm als Polster gedient hatten, und suchte das Weite.

Ein Wunder, dass er diese Nacht nicht von den anderen behelligt worden war. Noch ein größeres Wunder, dass ihm niemand die volle Flasche Schnaps gestohlen hatte. Die würde er im Laufe des Tages ganz alleine leeren. Er teilte nicht, er musste nur einen weiten Bogen um den Praterstern machen. Diese verdammten Schmarotzer, die sich dort herumtrieben, kannte er nur zu gut. Die soffen ihm das Zeug im Nullkommanichts weg. Auch die Hauptallee mied er. Dort begegneten ihm zu viele Menschen.

Ein Hustenanfall ließ ihn plötzlich straucheln, und er begann zu würgen. Eine Mischung aus Alkohol und Halbverdautem ergoss sich in immer kürzeren Abständen über die Straße. Eine kleine Gruppe Hundebesitzer starrte ihn angewidert an. Er ignorierte sie. An verächtliche Blicke hatte er sich gewöhnt. Sein Gesicht war schweißbedeckt. Er fasste sich an die Stirn. Kalter Schweiß, und das Fieber stieg. Darauf konnte er keine Rücksicht nehmen. Er musste sich um seinen Alltag kümmern und etwas Essbares auftreiben. Mit ein paar Bissen im Bauch würde er sich sicher besser fühlen. Das Gehen fiel ihm schwer. Die Distanzen zwischen den Abfallkörben, in denen er herumwühlte, erschienen ihm endlos. Sein Herz raste, seine Hände zitterten, und seine Eingeweide brannten vor Schmerzen. Kolikartige Bauchkrämpfe quetschten ihn zu einer jämmerlichen Figur zusammen. Die wenigen Menschen, die ihm entgegenkamen, machten einen großen Bogen um ihn.

Er presste eine Hand auf seinen Bauch. Es kam ihm vor, als würden sich seine Gedärme auflösen. Mit der anderen Hand hielt er die Griffstange des Einkaufswagens fest umklammert. Nur wenn er stehen blieb und nach der zweiten Flasche griff, die der Fremde ihm geschenkt hatte, ließ er den Wagen los. Er trank in großen Schlucken. Das wärmte und ließ ihn die Schmerzen für einen Moment vergessen. Er schleppte sich bis zur Jesuitenwiese und weiter in den bewaldeten Teil. Dort im Verborgenen rollte er sich zusammen. Schlafen. Er wollte nur noch schlafen. Krank sein konnte man sich auf der Straße nicht leisten. Hier war er einigermaßen geschützt. Er würde liegen bleiben und warten, bis sich sein Zustand besserte. Schließlich war das nicht seine erste Grippe.

Schemenhaft nahm er zwei Gestalten wahr. Sie kamen näher und blieben dann vor ihm stehen. Dunkle Schuhe in Augenhöhe. Wie am Morgen die Hundeschnauze. Diebe. Er wollte sich aufsetzen, um sie zu vertreiben. Diese Aasgeier gierten garantiert nach der Flasche in seiner Hand. Nicht mit ihm. Er schlug nach ihnen. Doch er war viel zu schwach. Ein jäher Schmerz durchfuhr ihn wie ein Blitz. Er hielt die Luft an, bevor sein Körper sich wieder zusammenkrümmte. Er fühlte, wie sein Darm sich entleerte. Mit letzter Kraft presste er die Flasche fest an seine Bauchmitte. Was hätte er jetzt für ein Bett gegeben. Ein stinknormales Bett. So wie früher, als noch alles gut war.

3

Lucie Viktor befand sich auf der Suche nach Dreck.

Menschlichem Dreck. Abschaum. Absonderungen.

Die 36-Jährige hatte einen Blick für Dinge, die andere ausblendeten oder bewusst übersahen. Obdachlose. Drogensüchtige. Verlierer. Lucie sah sie alle. Ihr spezieller Blick. Lucie war Kunstfotografin.

Ihr Freund Kai nannte das ein gefährliches Talent. Manchmal anstrengend, weil Lucie dazu neigte, derart in ihrer Arbeit aufzugehen, dass sie alles andere vergaß. Auch dass man die Miete und andere Rechnungen bezahlen musste.

Kai ahnte nicht, dass Lucie solche Rechnungen absichtlich übersah, wenn sie wieder einmal pleite war.

Kai war noch keine dreißig, jedoch vernünftig, als gäbe es dafür einen Preis zu gewinnen oder Pluspunkte, die man im Rentenalter einlösen konnte. Das lag an seinem Job, meinte Lucie. Kai arbeitete als Sachbearbeiter in einer Versicherung. Das ließ keinen Hauch Kreativität zu.

Lucie konzentrierte sich aufs Konzentrieren. Sie suchte nach dem Hässlichen im Schönen und nach dem Schönen im Hässlichen. So lautete der Arbeitstitel des Bildbandes, für den sie die Extreme suchte. Extreme – mit diesem Begriff versuchte sie, Kai ihre Schöpfung zu erklären. Er verstand den Sinn dahinter nicht.

»Ein Buch, in dem die hässlichen Seiten der Stadt abgebildet sind, wird doch niemand kaufen«, hatte er gemeint und dann einen Vortrag über den Wiener Prater gehalten, dessen 250-jähriges Jubiläum man in diesem Jahr feierte. Über die Geschichte der Institution und dass die bessere Gesellschaft dort früher in Fiakern vorfuhr.

»Das wollen die Leute sehen.«

Sie hatte mit den Achseln gezuckt.

»Ich bin Fotokünstlerin, keine Auftragsfotografin des Tourismusverbandes«, hatte sie erwidert.

»Du solltest aber endlich mal Geld damit verdienen«, hatte der alte, vernünftige Mann in Kai geknurrt.

Lucie strafte den greisen Kai mit Ignoranz. Ihr Jagdrevier war seit Wochen der Prater. In erster Linie der Wurstelprater. Sie kannte den Vergnügungspark in all seinen Facetten.

Walzerklänge begleiteten sie entlang des Gabor-Steiner-Weges. »Wiener Blut« von Johann Strauss' Sohn, wenn sie nicht irrte. Die Musik diente der Einstimmung auf dem Weg zum neu gestalteten Riesenradplatz.

»Prater Herrrreinspaziert« stand in gelben Großbuchstaben auf einem grünen Schild, das das großzügige Entree markierte. Es erinnerte Lucie ein wenig an ein modernes Einkaufszentrum, das nostalgisch erscheinen wollte. Das Riesenrad dahinter drehte sich langsam. Rechts von ihr war die Kaiserwiese, links, hinter Buschwerk versteckt, eine Tankstelle.

Sie sah sich den Boden unter ihren Füßen eingehend an. Grauer schmutziger Asphalt. Zigarettenstummel, Kaugummi und eine Bierlache bildeten eine trostlose Dreieinigkeit. Perfekt. Nach solchen Motiven hielt sie Ausschau. Sie nahm ihre Panasonic aus der Umhängetasche. Eine DMC-FZ1000. Sie wog zwar relativ schwer, lag jedoch gut in der Hand und war ideal für ihr Projekt. Sie wählte den Ausschnitt des Bildes so, dass man ihre Schuhspitzen darin sehen konnte. Das unterstrich die Aussage, dass diese Art Schmutz ausschließlich von Menschen produziert wurde. Fand sie. Sie drückte ab.

Dann hielt sie die Panasonic hoch über ihren Kopf, drehte sich ein paarmal herum und schoss dabei willkürlich Bilder. Als Vorbild für diese Art des Fotografierens diente ihr David Bradford, ein US-amerikanischer Taxifahrer, der New York aus der Lenkradperspektive porträtierte, indem er aus dem fahrenden Auto fotografierte. Daraufhin war die *New York Times* aufmerksam auf ihn geworden. Mittlerweile war er als Fotokünstler etabliert.

Lucie hoffte, auf ähnliche Weise als Künstlerin zu arrivieren, doch bisher pflasterten vor allem Stolpersteine ihre Karriere.

Sie ging weiter.

Immer mehr Menschen drängten gut gelaunt durch den Torbogen in den Wurstelprater. Hinter einem Schaufenster lächelte Amadeus Mozart ihnen als Pappkamerad entgegen und bewarb sich selbst als Süßigkeit in Kugelform mit Marzipankern. Der Prater, ein Magnet für Familien mit Kindern, Jugendliche, Touristen aus aller Welt. Und Kriminelle. Auch im März. Der Regen des Vortages war vergessen. Die Sonne schien. Es war warm geworden, um die 15 Grad. Der Frühling nahte, und das spürte man hier besonders deutlich.

Lucie blendete die Menschen aus, fokussierte Details.

Ein Motiv tauchte vor ihr auf. Schmuddelige Jacke, ungepflegter Kerl mit herunterhängenden Jeans, die Arschritze darbietend. Neben ihm eine Frau. Schweiß auf der Stirn. Übergewicht, Speckfalten, Tattoos wie eine Kriegsbemalung. Ausgekotzte Pizza am Boden. Diese Details waren es, die sie faszinierten und die sie mit der Kamera einfing. Weil sie in krasser Opposition zur rosaroten Werbeprospekthülle standen, in die der Prater gebettet worden war.

Die Saison hatte begonnen, und einige Fahrgeschäfte hatten jetzt schon bis nach Mitternacht geöffnet. Wetterabhängig.

Lucie wollte am späteren Abend zu dem Fest im *Kuba* gehen. Das Szenelokal in der Nähe der Prater Hauptallee feierte sein 20-jähriges Bestehen. Sie ging ganz gern in diese Bar. Dort trafen sich einflussreiche Leute aus dem Kunstbetrieb, die ihr möglicherweise nützten.

In der Luft hing eine Geruchsmischung aus Popcorn, Bier und Lángos. Lucie positionierte sich breitbeinig direkt vor dem Riesenrad und blickte nach oben. Ein 65 Meter hohes Stahlkonstrukt beförderte in gemächlichem Tempo jährlich Zehntausende Besucher. Tag für Tag drehte sich Wiens geliebtes Wahrzeichen. Seit 1897. Das hatte sie mal irgendwo gelesen und sich, aus welchem Grund auch immer, gemerkt.

Sie stellte sich in die Schlange vor der Kasse. Beobachtete, wie Leute aus- und wieder einstiegen. Einige der Waggons waren bereits neu.

Die Gondeln wurden seit Jahresbeginn kontinuierlich ausgetauscht. Ersetzt durch moderne Exemplare mit Heizung und Klimaanlage, aber gebaut nach den

Originalplänen von damals. Im Juni sollten die Bauarbeiten abgeschlossen und alle Waggons erneuert sein.

Lucie stieg in eine alte Gondel ein und stellte sich ans halb offene Schiebefenster. Menschen hinterließen überall Spuren. Fettflecken. Schmutzränder. Schlieren und Abdrücke auf den Fenstern. Das war ihr Glück. Sie zielte mit ihrer Panasonic im schrägen Winkel auf die Glasscheibe. Der Himmel dahinter hatte milchige Flecken.

Wien von oben.

Dann bewegte die Gondel sich langsam wieder nach unten.

Lucie scannte die Umgebung. Selektiv. Auf der Suche nach Motiven.

Bei ihrem letzten Praterbesuch war sie Zeugin eines Streits geworden. Zwei Männer. Der eine grob, böse, laut brüllend. Der andere schwach und ergeben wie ein Hund seinem Herrn. Die Mimik wütender Menschen glich einer Offenbarung. Lucie hatte die Augen des brüllenden Mannes herangezoomt, seinen Blick voller Hass eingefangen. Dann eine Aufnahme in der totalen Einstellung. Ein Tattoo am Unterarm. Baseballschläger.

Sie hoffte, heute ähnlich interessante Motive für ihre Fotoserie zu entdecken.

Als sie den Waggon verließ, glaubte sie, Clara am Riesenrad vorbeigehen zu sehen, den alten Rucksack fest unter den Arm geklemmt. Zerzaustes Haar. Der mottenzerfressene Mantel hing wie ein lästiges Anhängsel an ihrem ausgezehrten Körper.

Clara war erst Ende dreißig. Sie hatte einen schweren Lebensweg hinter sich.

Die Trafik, die sie mit ihrem Mann zusammen geführt

hatte, war pleitegegangen. Von einem Tag auf den anderen standen sie ohne Geld da. Die Rücklagen waren aufgebraucht. Der Teufelskreis begann. Erfolglose Jobsuche. Alkohol. Langzeitarbeitslosigkeit. Alkohol. Schließlich verloren sie ihre Wohnung. Ihr Mann zerbrach daran, nahm sich das Leben. Sein Tod hatte Clara endgültig aus der Bahn geworfen. Seitdem lebte sie auf der Straße.

Lucie hatte sie vor einiger Zeit für ihre Serie fotografieren dürfen und ihr 50 Euro dafür gegeben. Hinter Claras müdem Blick und ihrer Verbitterung hatte Lucie erkannt, wie schön diese Frau einst gewesen war.

Menschen verstellten Lucie die Sicht. Sie reckte den Hals. Doch die Frau, die sie an Clara erinnert hatte, war verschwunden.

Lucie konzentrierte sich wieder auf ihre Arbeit. Zwei Männer zogen ihre Aufmerksamkeit auf sich. Der eine spindeldürr, der andere wohlbeleibt. Nein. Fett. Sie richtete das Objektiv diskret auf die wild gestikulierenden Hände der Männer. Dann wechselte plötzlich etwas von einer Handfläche in die andere. Ein kleiner Plastikbeutel mit bräunlichem Inhalt. Drogen. Perfekt.

Bisher hatte sie lediglich Auswirkungen von Rauschgift vor die Linse bekommen. Kaputte junge und weniger junge Leute, verstörte Gesichter, zerstörte Leben. Aber einen Deal zu fotografieren, das war ihr noch nie gelungen.

»Hey, du!«, rief der Dicke da auf einmal.

Sie war den beiden zu nahe gekommen. Sofort ließ sie die Arme sinken.

»Was machst du da?«

»Gib die Kamera her«, forderte der andere sie auf.

Er setzte sich in Bewegung. Der Dicke folgte ihm auf dem Fuß. Sie kamen näher.

»Ich habe nur das Tai-Fun fotografiert.«

Sie gab ihrer Stimme einen unschuldigen und zugleich scharfen Klang.

Die Männer drehten sich unwillkürlich zu dem Karussell um. Eines, in dem man in fest montierten Sitzen hin- und hergeschleudert wurde, während man gleichzeitig nicht nur im Kreis gedreht, sondern auch hinauf- und hinuntergeschwenkt wurde. Eine Licht- und Soundshow vermittelte zumindest optisch den Effekt der Zentrifugalkraft. Hauptsächlich Jugendliche und Kinder drehten gerade kreischend darin ihre Runden.

Lucie nutzte die Gelegenheit und rannte weg, so schnell sie konnte. Sie tauchte in der Menge unter, flüchtete Richtung Pratersauna, rannte weiter, ohne zurückzublicken, bis zu dem Parkplatz in der Waldsteingartenstraße. Außer Atem hielt sie an, um zu verschnaufen. Sie hatte Seitenstechen.

Von den Männern war jedenfalls nichts mehr zu sehen.

»Ja, ja, ja!«, keuchte sie stolz.

Sie hatte den Drogendeal festgehalten! Was für ein großartiges Foto für ihr Buch!

Sie sah sich auf dem Parkplatz um und erspähte auf einmal die Frau von vorhin. Es war tatsächlich Clara. Sie sprach mit dem Fahrer eines schwarzen SUV. Lucie konnte ihn nicht genau sehen. Sie fragte sich, was Clara mit so jemandem zu schaffen hatte. Clara prostituierte sich nicht, um an Geld zu kommen, das hatte sie Lucie erzählt.

Sie hob die Kamera und drückte mehrmals auf den

Auslöser. Das Bild verdeutlichte auf groteske Weise die gesellschaftlichen Unterschiede.

Der SUV-Fahrer mit Mercedesstern auf der Kühlerhaube im Gespräch mit der Sandlerin: eine ungewöhnliche, ja, bizarre Szene, fand Lucie.

In dem Moment gab der Fahrer Gas, und Clara konnte gerade noch zurückweichen. Lucie sah dem Wagen nach. Als sie sich umdrehte, war Clara verschwunden, wahrscheinlich schon auf dem Weg zurück zum Praterstern, einem der zentralen Treffpunkte der Obdachlosen. Und nicht nur der Obdachlosen. Möglich, dass auch der Drogendealer sich jetzt dort herumtrieb. Der Platz galt als eines der gefährlichsten Pflaster der Stadt und Hotspot für Bandenkriminalität.

Ein Ort, der Lucie magisch anzog.

4

So.«

Diese Erklärung und Simons Geste, die besagte, dass Sarahs Computer nun betriebsbereit war, mussten reichen. Simon Friedmann war kein Mann der großen Worte, aber ein exzellenter Computerfachmann und Fotograf. Sarah mochte ihren jungen Kollegen in Skaterklamotten trotz seiner Wortkargheit.

»So«, wiederholte Sarah, um Simon kundzutun, dass sie begriffen hatte. Sie raffte mit einer geübten Handbewegung ihre Haare zu einem Pferdeschwanz zusammen und ließ sich auf den Stuhl vor ihrem neuen Schreibtisch fallen. Der Umzug aus ihrem alten Büro ins Gemeinschaftsbüro hatte dank der Mithilfe einiger Kollegen nur einen halben Tag gedauert.

Sarah Pauli arbeitete seit ein paar Wochen im Ressort Chronik. Hier berichtete man über gesellschaftsrelevante Themen wie Gesundheit, Integration, Bildung, aber auch über Kriminalität und Gewalt. Diese Bandbreite ließ Sarah viel Raum. Der Ressortleiter Günther Stepan hatte sie in die Redaktion geholt. Und Sarah wollte nicht mehr vom Rest der Redaktion abgeschottet in ihrem Kämmerchen arbeiten, sondern im Team, in einem größeren Raum. Außerordentliche Besprechungen, spontane Ideenfindungen und Problemlösungen waren folglich schneller möglich. Das Kernteam dieser Abteilung bestand aus drei Leuten: Patricia Franz, Günther Stepan und ihr, Sarah. Der Schreibtisch des Ressortleiters stand hinter einer Glasfassade mit Jalousien davor, die sein Büro von ihrem Großraumbüro abtrennte. Also blieben Patricia und sie übrig. Immer noch besser als allein.

Ihre Kolumne über Aberglauben und mystische Facetten der Stadt Wien in der Wochenendbeilage des *Wiener Boten* war ihr selbstverständlich erhalten geblieben.

Sie stellte ihr Glücksschwein Amy und den Amethyst neben dem PC ab. Die beiden Glücksbringer, Geschenke ihres Bruders Chris, durften auf ihrem neuen Schreibtisch nicht fehlen. Die restlichen okkulten Utensilien, die sie im Laufe der Zeit von begeisterten Lesern und Leserinnen ihrer Kolumne erhalten hatte, landeten in Kartons. David hatte versprochen, sie in ihre Wohnung bringen zu lassen.

In Gedanken hörte sie Chris bereits fluchen, sobald er die Kartons im Vorraum entdecken würde. Marie würde sich auf den ersten leeren stürzen und darin abtauchen. Sarah wollte schon längst einmal eruieren, warum Katzen es sich in Kartons und Kisten, egal welcher Größe, gemütlich zu machen beliebten. Ihre schwarze Halbangora quetschte sich auch in Schachteln, die eigentlich viel zu klein für sie waren.

Zwei Bücherregale waren neben ihrem Schreibtisch an die Wand montiert worden. Sarahs Bücher, ihre Kleinodien, standen in Kisten verstaut davor. Sie wollte sie später noch auspacken und ins Regal einsortieren.

»Willkommen!«, tönte der Ressortleiter und überreichte ihr einen kleinen Korb. »Alkohol ist während der Arbeitszeit leider verboten.«

Sarah nahm das Geschenk entgegen.

»Schön, bei euch zu sein. Was ist das? Salz und Brot?«, fragte sie, obwohl das offensichtlich war.

»Das schenkt man jemandem, der neu einzieht. Weiß ich aus deiner Kolumne«, antwortete Stepan.

»Ich bin echt beeindruckt. Du liest meine Kolumne?«

»Natürlich!«, sagte er.

»Dann hast du sicher auch gelesen, dass man es schenkt, wenn jemand in ein Haus oder eine Wohnung neu einzieht.«

Stepan zuckte belustigt mit den Schultern.

»Egal. Wenn ich mich richtig erinnere, wünscht man damit Wohlstand, Gesundheit und eine gute Gemeinschaft. Das passt doch hier perfekt. Immerhin zieht die Hokuspokus-Tante in die bescheidenen Gemächer der Chronik ein.«

Er machte eine Verbeugung.

»Ihr ergebenster Diener.«

Sie lachten und stießen mit ihren Kaffeetassen an.

»Außerdem freue ich mich darauf, diese Chili-Dinger ab jetzt jeden Tag zu sehen«, spielte er auf ihre Ohrringe und den Korallenschmuck in Form eines kleinen Horns an ihrer Halskette an. Vor allem in Neapel, wo Sarahs Großmutter herstammte, schützte man sich damit noch heutzutage vor dem »bösen Blick«. Corni gab es in vielen unterschiedlichen Formen und Größen. Sarah trug sie fast täglich. Nur ab und zu durften eine Bernsteinkette oder goldene Kreolen die Schutzfunktion übernehmen. Schutzlos ging Sarah nie aus dem Haus.

Dann klatschte Stepan in die Hände.

»Auf, auf, die Party ist vorbei«, rief er fröhlich, obwohl nur Sarah und er feierten.

Patricia saß mit ihrem Kaffee schon wieder am Schreibtisch.

»Die Arbeit macht sich nicht von allein.«

Stepan grinste und verschwand in sein Büro.

Sarah lehnte sich in ihrem Stuhl zurück und ließ zufrieden den Blick durch den Raum schweifen. Hier war also ab sofort ihr Arbeitsplatz. Durch die breite Fensterfront fiel an sich genügend Tageslicht, dennoch war die Deckenbeleuchtung an. Insgesamt gab es vier Schreibtische. Sarahs stand dem ihrer Kollegin Patricia Franz gegenüber. An den beiden anderen saß niemand. Sie dienten als Abstellflächen und quollen über von Papier und Tageszeitungen.

»Freut mich, dass du jetzt fix im Team bist«, sagte Patricia und lächelte.

»Danke.«

Die junge Journalistin arbeitete nicht gerne in der Chronik. Sie hoffte, in die Lifestyle-Redaktion wechseln zu können, sobald dort eine Stelle frei würde. Inzwischen schob sie Innendienst in der Chronik, beschaffte Hintergrundinfos, übernahm Telefonate und arbeitete Sarah zu.

»Dann fang ich halt mal an«, meinte Sarah und griff nach den Unterlagen auf ihrem Schreibtisch.

Sie wollte einen Artikel über das Suchtverhalten der Menschen hierzulande schreiben. Das Anton Proksch Institut in Kalksburg, eine Suchtklinik im Süden Wiens, hatte vor Kurzem aktuelle Daten veröffentlicht. Demnach lag Österreich im EU-Spitzenfeld, was Alkoholerkrankungen anging. Das Verhältnis Männer/Frauen lag bei 4 zu 1. Insgesamt waren über 300 000 Personen in Österreich alkoholabhängig, rund 1,5 Millionen nikotinsüchtig, und Suchterkrankungen nahmen generell zu.

Sarah war froh, dass David, Herausgeber des *Wiener Boten* und ihr Lebensgefährte, bereits vor Jahren die Redaktionsräume zur rauchfreien Zone erklärt hatte.

Die Menschen und ihre Sucht, dachte sie. Seit Jahrtausenden konsumierten sie Alkoholika und andere Drogen, in früheren Zeiten natürlich vor allem auch zwecks Schmerzstillung und Heilung. Eine der ältesten Pflanzen in diesem Zusammenhang war zum Beispiel Mohn.

Sarah erhob sich und suchte aus einer Bücherkiste Band 6 ihrer Lexika über Aberglauben heraus. Die Idee, ihre Kolumne mit dem Beitrag über Sucht für die Chronik zu verbinden, war ihr soeben gekommen. Auf zwei Seiten fand sie die Information, die sie für ihre Kolumne suchte.

»Hör dir das an, Patricia!« Sarah kicherte.

Ihre Kollegin hob den Kopf.

»Junge Frauen, die wissen möchten, aus welcher Himmelsrichtung ihr Bräutigam kommt, sollen ihrem Hund am Heiligen Abend ein Stück Mohnstriezel zu fressen geben und ihn anschließend nach draußen lassen. Aus der Richtung, in die der Hund läuft, kommt dann der Bräutigam.« Sie klappte das Buch zu. »Mohn hat also nicht nur eine berauschende, sondern auch eine hellseherische Wirkung.«

Patricia warf ihr rotblondes Haar in den Nacken und lachte.

»Steht auch dabei, wie hoch die Trefferquote war?«, fragte sie.

Sarah setzte sich wieder.

»Ich werde die Leser bitten, eine Statistik zu erstellen und uns Bericht zu erstatten.«

»Ja, das geben wir dann als wissenschaftliche Studie aus und suchen um Fördergelder an«, schlug Patricia amüsiert vor.

Sie blödelten noch eine Weile herum, dann fragte Patricia: »Darf ich dir auch kurz etwas vorlesen?«

»Klar, schieß los.«

Patricia schrieb an einer Rohfassung über das Praterjubiläum. Umzüge, Ausstellungen und vieles mehr waren geplant, ein Ereignis, das sich die Stadt Wien einiges kosten ließ.

»Kaiser Joseph II. öffnete am 7. April 1799 das kaiserliche Jagdgebiet für das gemeine Volk. Der Adel zeigte sich damals alles andere als begeistert«, las sie. »Was meinst, geht das so?«

»Okay«, antwortete Sarah. Die Berichterstattung lag in ihrem Verantwortungsbereich. »Und im Hauptteil spannst du den Bogen bis heute. Kannst ruhig dazusagen, wie stolz die Wiener auf ihren Prater sind.«

Sarah hatte einen Plan erarbeitet, der vorgab, wann welcher Artikel erscheinen sollte. Es gab viele Themen. Eines lautete »Sozialer Brennpunkt Praterstern«.

Zwei Stunden später stand Sarah auf, reckte sich und massierte ihren Nacken. Sie hatte den Bericht über Suchterkrankungen fertig und den Rohentwurf für ihre Kolumne verfasst. Ihr Blick wanderte zu Patricia hinüber. Ihre junge Kollegin starrte wie gebannt mit zusammengekniffenen Augen auf den Bildschirm.

»Ist etwas passiert?«, fragte Sarah.

Patricia reagierte verzögert. Sie hob nur langsam den Kopf und sah Sarah ernst an.

»Ich habe gerade die Polizeimeldungen am Schirm. Sie haben im Prater einen toten Obdachlosen gefunden.«

»Am Praterstern?«, fragte Sarah.

Dort kam es häufig zu tätlichen Auseinandersetzungen, bei denen es durchaus auch Tote gab.

»Nein. In dem Wald bei der Jesuitenwiese.«

»Natürlicher Tod? Selbstmord? Unfall? Totschlag? Mord?«, zählte Sarah auf, was ihr spontan einfiel.

»Das geht aus der Meldung nicht hervor«, antwortete Patricia. »Das hier liest sich, als ob alles möglich wäre, warte …«

Sie drehte den Bildschirm so, dass Sarah von ihrem Platz aus mitlesen konnte.

»… Obduktion soll Todesursache klären.«

»Ist das interessant für uns?«, fragte Patricia.

»Hm. Wir werden das auf jeden Fall im Auge behalten.«

Sarah war endgültig in der Chronikabteilung angekommen.

5

Die Wohnungstür war nicht abgeschlossen. Lucie ahnte, warum. Und sie hatte recht. Kais Jacke hing an der Garderobe.

Ihr Freund hatte es sich mit einem Bier auf dem Sofa im Wohnzimmer bequem gemacht und sah fern. Seine hellblonden Haare standen wie Stroh vom Kopf ab, was ihn noch jünger aussehen ließ, als er war.

»Wo warst du?«, fragte er.

»Unterwegs.«

Lucie hasste solche Fragen. In ihren Ohren klang das nach Misstrauen. Sie legte ihre Kamera auf dem Schreibtisch ab.

»Und was führt dich hierher?«, fragte sie ihn. »Waren wir verabredet?«

Sie mochte es auch nicht, wenn Kai unangemeldet bei ihr auftauchte. Sie führten seit eineinhalb Jahren eine einigermaßen harmonische Beziehung, gerade weil sie nicht zusammenwohnten, sondern Verabredungen trafen, wenn sie sich sehen wollten. Das hier war wie gewöhnliches Beziehungsleben, wie Pantoffeln und stille Vorwürfe …

Nicht ihr Ding.

Es war ein Fehler gewesen, Kai die Zweitschlüssel zu überlassen.

»Ich hatte einfach Lust, dich zu sehen.«

Kai drückte auf den roten Knopf der Fernbedienung. Der Bildschirm erlosch augenblicklich.

»Ich habe auch etwas zu essen mitgebracht.«

Es klang wie eine Rechtfertigung. Er stand auf, ging in die Küche und kam mit zwei Pizzaschachteln zurück.

»Echt? Du hast für uns gekocht?«, spottete Lucie und legte ihre Hand aufs Herz. »Wie süß von dir. Kann man dich auch als Nacktkoch buchen?«

»Ist leider schon kalt.« Er ignorierte ihren Sarkasmus. »Ich wusste ja nicht, wann du nach Hause kommst.«

Das klang jetzt eindeutig vorwurfsvoll. Lucie sah ihn genervt an. Er verstand sofort und sah genervt zurück.

»Ich weiß, du magst nicht, wenn ich ohne Absprache bei dir auftauche.«

»Warum tust du's dann?«

Kai machte sekundenlang ein so betroffenes Gesicht, dass sie sich wie eine ungerechte Beißzange vorkam und rasch sagte: »Ruf an, wenn du dich mit mir treffen möchtest!«

Dann startete sie demonstrativ ihren Computer, um zu signalisieren, dass das Gespräch damit zu Ende war.

»Ich wärme die Pizza im Backofen. Schmeckt dann wie frisch gemacht.«

Kai verschwand in der Küche.

Zurück blieb sein Duft. Nach Shampoo und Duschgel.

Lucie musste lächeln. Sie mochte Kai wirklich, obwohl er in ihren Augen ein Weichei war. Dennoch schätzte sie die warmherzige Fürsorglichkeit, mit der er sie umgab. Er ertrug ihre Launen und ihre Sprunghaftigkeit, hatte schöne blaue Augen, und sie stand auf ihn. Und manchmal langweilte er sie.

Während sie die Fotos von ihrer Panasonic auf den

Computer lud, fiel ihr Clara wieder ein und deren Unterredung mit dem SUV-Fahrer. Eine eigenartige Szene. Lucie speicherte die Fotos im Ordner »Prater« ab. Später würde sie sie bearbeiten und mit der Auswahl für den Bildband beginnen.

Kai kam mit den auf zwei Tellern angerichteten Pizzen zurück. Essen aus der Pappe kam für ihn nicht infrage. Auch Servietten legte er bereit. Sie setzten sich aufs Sofa, aßen Pizza und tranken Bier dazu. Wenigstens eine Bruchstelle. Das fühlte sich gut an.

Nach dem Essen brauchte es nicht viel, um Kai ins Bett zu bekommen. Das brauchte es nie. Noch eine Eigenschaft, die sie an ihm mochte. Auch den Sex mit ihm mochte sie. Er entspannte sie.

Nachdem sie miteinander geschlafen hatten, stand Lucie auf und zog sich etwas an. Wenn Kai da war, vermied sie es, nackt durch die Wohnung zu laufen. Sie war zwar schlank, aber nicht trainiert. Und sie war acht Jahre älter als er. Das wurde ihr in solchen Momenten bewusst.

Sie setzte sich wieder an ihren Schreibtisch.

Der SUV-Fahrer ging ihr nicht aus dem Kopf. Sie hatte das dumpfe Gefühl, dem Kerl schon einmal begegnet zu sein, dabei hatte sie ihn nicht einmal richtig gesehen.

Kai blieb im Bett liegen. Er döste.

Bevor sie ins *Kuba* aufbrach, würden sie noch einmal miteinander schlafen. Danach würde sie ihn nach Hause schicken.

Sie öffnete den Ordner mit den aktuellen Bildern und nahm sich zuerst das Foto mit dem Drogendealer und seinem Kunden vor. Sie intensivierte die Farbe des Päckchens. Das sollte den Mittelpunkt des Bildes bilden.

»Hoffnungslos«, titulierte sie es.

»Das solltest du der Polizei schicken«, hörte sie Kais Stimme hinter sich.

»Warum?«

»Weil da doch ganz offensichtlich gedealt wird.«

»Hm«, brummte Lucie. »Das weiß die Polizei auch, dass im Prater gedealt wird. Die brauchen sicher keine Miss Marple.«

»Ich würd's tun.«

Natürlich würdest du das …

»Ich denk drüber nach.«

Das nächste Foto zeigte Clara vor dem SUV.

Kai ging ins Badezimmer.

Sie vergrößerte den Ausschnitt, auf dem der Fahrer zu sehen war. In ihrem Hinterkopf regte sich etwas. Das Gesicht? Hatte sie den Mann nicht schon einmal gesehen? Nur wann? Und wo?

»Wer bist du?«, murmelte sie und kramte in ihrem Gedächtnis.

Niemand aus ihrem Bekanntenkreis fuhr einen dunklen Benz.

Doch dann fiel ihr ein, wer der Kerl war.

6

Keine andere Frau zog ihre Strumpfhose dermaßen anmutig über die Beine wie sie. In einer fließenden, nahezu bedächtigen Bewegung, als gelte es, den perfekten Pinselstrich auf eine Leinwand zu setzen, wanderte das Nylon wohlgeformte Waden und Oberschenkel hinauf bis zum Schritt. Auf diese Weise riss sie keine Laufmasche. Dieses unwichtige Detail hatte sie einmal erwähnt.

»Die perfekte Art, sich Strumpfhosen anzuziehen«, hatte sie gesagt.

Lotte schien in vielerlei Hinsicht perfekt zu sein.

Das machte ihn aggressiv.

Linus Freibach lag in engen Boxershorts auf dem Bett und beobachtete seine Frau beim Ankleiden. Erotische Fantasien rief das bei ihm nicht hervor. Nicht bei Lotte. Gelangweilt ließ er die beiden blauen Würfel zwischen seinen Fingern hin- und hergleiten. Seit er sie auf dem Boden einer Wodkaflasche gefunden hatte – ein Werbegag des Spirituosenherstellers –, ließen sie ihn nicht mehr los. Zuerst waren es nur harmlose Fingerübungen, die ihn beruhigten. Er glaubte nicht daran, dass Würfel weissagen oder Entscheidungen beeinflussen konnten. Aber es machte ihm immer mehr Spaß, sich die verschiedensten Fragen zu stellen und die Würfel sprechen zu lassen. Er zog Schlüsse aus den

Ergebnissen, wiewohl ihm klar war, dass es sich um Zufallszahlen handelte.

Mit der Zeit war sein Würfelspiel zum Tick geworden. Im Moment fragte er sich, welche Gefühle er für Lotte hegte.

Er hatte es nie lange mit ein und derselben Frau ausgehalten. Seine früheren Beziehungen dauerten nie länger als zwei Jahre. Dass er mit Lotte schon vier Jahre liiert war, lag daran, dass sie ihm nutzte. Ihr Potenzial hatte er sofort erkannt, als er ihr zum ersten Mal begegnete. Sie war ihm bei einem Empfang des Wirtschaftsbundes vorgestellt worden. Lotte Müller, so hieß sie damals noch. Müller. Was für ein gewöhnlicher Name für eine bekannte Galeristin! Er hatte sie gesehen und gewusst, dass er sie heiraten würde. Mit Zuneigung oder gar Liebe hatte das nichts zu tun. Er war Geschäftsmann. Ihre renommierte Galerie würde ihm als Plattform und Drehscheibe dienen. Er plante damals schon seinen Einstieg in die Politik. Mit einer erfolgreichen und attraktiven Frau an seiner Seite würde er einen guten Eindruck machen. Er würde seriös wirken, kunst- und kulturaffin, und damit Weltoffenheit repräsentieren.

Vor zehn Jahren hatte er seine erste Steuerberatungskanzlei eröffnet. Mittlerweile verdiente er ein kleines Vermögen, weil er den Ehrgeiz besaß, mindestens ein Drittel der lukrativen Unternehmer Österreichs seine Kunden zu nennen. Sein Imperium umfasste inzwischen fünfzehn Steuerberatungsbüros an unterschiedlichen Standorten in Österreich. In der Regel übernahm er bestehende Kanzleien von Kollegen, die in Pension gingen, inklusive Klientel.

In der Hochzeitsnacht hatte er Lotte zum ersten Mal betrogen. Mit einer Kellnerin, an deren Aussehen er sich nicht mehr genau erinnerte. Er wusste nur noch, dass sie blond war.

Es passierte, nachdem die Hochzeitsgäste gegangen waren und Lotte schon schlief. Er war noch einmal in den Saal des Schlosshotels zurückgegangen, in dem die Feier stattgefunden hatte. Die Kleine wischte die Tische ab. Er hatte sie angesprochen und sie gebeten, mit ihm auf das Leben anzustoßen. Der Rest war Routine. Linus Freibach sah gut aus, und er hatte das Selbstbewusstsein eines brünstigen Stiers.

Seit er als Quereinsteiger im politischen Geschehen mitmischte, verwaltete die Vorsicht seine Abenteuer. Immerhin war er der Kopf der Partei, die er selbst gegründet hatte. Das zwang ihn dazu. Keine Kellnerinnen oder Sekretärinnen, die sich als Geliebte outeten. Er hielt sich jetzt an gut verheiratete Frauen. Die hielten den Mund, weil sie ebenfalls etwas zu verlieren hatten. Selbst vor den Partnerinnen seiner Freunde machte er keinen Halt. Aktuell schlief er mit Kubaneks Frau.

Er ließ die Würfel auf das weiße Bettlaken gleiten. Eine Vier und eine Zwei. Sechs Punkte also. Das war gar nicht schlecht. Er empfand freundschaftliche Gefühle für Lotte. Mehr als er für die meisten Menschen empfand. Wobei das Wort Empfindung zu anspruchsvoll für einen Mann wie ihn war. Er empfand nicht. Vielmehr kopierte er Gefühlsregungen.

So war er nun einmal.

Während Lotte das dunkelblaue ärmellose Seidenkleid überstreifte, das ihn fast 600 Euro gekostet hatte, lächelte sie ihn fröhlich an. Sie liebte ihn, so viel war klar.

Er lächelte zurück.

»Willst du dich nicht auch langsam anziehen?«

Ihre glockenhelle Stimme passte zur Umgebung. Ihr Schlafzimmer hätte in einem Werbeprospekt von Laura Ashley abgebildet sein können. Kissen mit Blumenmotiven, altrosa Vorhänge, weiße Bettwäsche mit zartrosa Röschen.

Er hasste es.

Früher waren Bettlaken dunkelblau und Bettwäsche grau.

Ihr Zeigefinger fuhr aufreizend über seinen Unterschenkel.

Sein Handy vibrierte. Während er sich vom Bett schob, warf er einen Blick aufs Display. Toni.

»Ja«, sagte er, ging aus dem Schlafzimmer und zog die Tür hinter sich zu.

»Ich habe herausgefunden, wer sie ist. War gar nicht so schwer.«

»Schwafle nicht herum. Sag mir, was du weißt!«

Linus Freibach ging die breite Treppe in den Wohnbereich hinunter.

»Sie heißt Lucie Viktor und ist Kunstfotografin. Frag mich aber nicht, ob sie davon leben kann. Sie wohnt in der Förstergasse, das ist im zweiten Bezirk.«

»Ich weiß, wo die Förstergasse ist«, knurrte Freibach.

Mit dem Ellbogen öffnete er die Tür zu seinem Arbeitszimmer, ging hinein und stieß sie hinter sich mit dem Fuß wieder zu. Er hatte gesehen, dass sie ihn fotografiert hatte. Dachte an eine Paparazza. Seit er das Gesicht seiner Partei war, musste er jederzeit und überall mit Skandalfotografen rechnen. Er war einfach weggefahren und hatte sofort Toni angerufen. Der hatte seine Männer losgeschickt, die die Frau aufgrund Freibachs genauer Beschreibung ausfindig gemacht hatten. Warum eine Kunstfotografin ihn abgelichtet hatte, blieb eine offene Frage.

»Jetzt kommt's. Sie hängt öfter im *Kuba* ab. Und das Beste ist, sie wird heute Abend dort sein«, sagte Toni. »Sie steht auf der Gästeliste.«

Eine Stammkundin also. Linus Freibach grinste.

Aus der Tasche seines Sakkos, der über der Stuhllehne hing, fingerte er einen Schlüssel, schloss die mittlere Schublade seines Schreibtisches auf und klappte den Deckel eines dunklen Kästchens aus Tropenholz nach oben. Dann leckte er an seinem kleinen Finger und tauchte ihn in das weiße Pulver, das in der Schatulle war.

»Dann macht mir das Fest heute Abend sicher noch mal so viel Spaß.«

Er rieb sich das Zahnfleisch mit Kokain ein.

»Was willst du von ihr?«

Freibach schwieg, und Toni interpretierte.

»Dein nächster Fick?«

7

»Du hast es gut, Marie.«

Sarah Pauli stand vor dem Spiegel im Badezimmer und trug Wimperntusche auf.

»Liegst im Regal, verteilst deine schwarzen Haare auf den frisch gewaschenen Handtüchern. Und niemand ist dir deswegen böse.«

Die Katze schnurrte, öffnete ihre Augen zu schmalen Schlitzen und schloss sie wieder.

»Aber ich muss zu einem Szenefest … Und du weißt, wie mich diese Art von Partys nervt.«

Sarah hielt mit dem Auftragen der Mascara inne, zog ihrem Spiegelbild eine Grimasse und sagte mit übertrieben schriller Stimme: »Hallo! Wie schön, dich zu sehen, Sarah. Was machst du denn jetzt beim *Wiener Boten* … Echt, du arbeitest für die Chronik? Und taugt's dir da? Du beschäftigst dich doch sonst eigentlich mit Hexen und Geistern …«

Hahaha.

Es störte sie ja nicht, gefragt zu werden, und sie unterhielt sich gerne mit anderen Leuten über ihre Arbeit. Was sie jedoch gar nicht leiden konnte, war die Oberflächlichkeit der Unterhaltungen bei solchen Events. Niemand interessierte sich wirklich dafür, was man tat. Wichtig war nur das Sehen und Gesehenwerden. Und das war einfach nicht ihr Ding.

Sarah steckte die Wimpernbürste in das Fläschchen zurück und drehte es zu.

»Und wem habe ich das Vergnügen heute Abend zu verdanken?«

Marie schnurrte mit geschlossenen Augen. Sie streichelte der Katze über den Kopf.

»Richtig, David Gruber. Signore Herausgeber ist nämlich hochoffiziell zum Jubiläumsfest ins *Kuba* eingeladen worden, weißt du? Mit Begleitung. Die bin ich.« Sie tippte sich mit dem Zeigefinger auf die Brust. »Derweil könnten wir beide so gemütlich auf dem Sofa kuscheln, gell, Marie?«

Die Katze drückte sich schnurrend gegen ihre Hand.

»Bist du fertig?«, hörte sie David durch die Badezimmertür fragen. »Es ist gleich acht.«

»Sofort«, rief sie zurück und trug schnell noch hellroten Lippenstift auf. Der passte gut zu dem schwarzen Etuikleid und ihren dunklen Haaren, die sie hochgesteckt hatte. Zufrieden mit ihrem Aussehen öffnete sie die Tür.

»Müssen wir wirklich dorthin?«

»Ja, wir müssen. Es findet sich dort alles ein, was Rang und Namen hat. Für den *Wiener Boten* ist es wichtig, dass ich dort bin.«

»Aber deshalb …«

»Sarah!« David sah sie genervt an. »Nicht schon wieder diese Diskussion. Bitte.«

Er kannte ihre Abneigung, was Schickimicki-Veranstaltungen betraf.

Sie hob abwehrend die Hände.

»Schon gut, schon gut …«

»Sieh es doch als Recherche für deine Kolumne«,

schlug David versöhnlich vor. »Es gibt sicher irgendein Mysterium im Zusammenhang mit Nachtlokalen, Getränken, feiernden Menschen oder ...«

»Was, denkst du, werd ich dort recherchieren können, was ich nicht eh schon kenne?«, unterbrach Sarah ihn und runzelte die Stirn.

David zuckte mit den Achseln und sah sie gut gelaunt an. »Schaust übrigens umwerfend aus.« Sein verliebter Blick unterstrich das Kompliment.

»Das will ich hoffen. Es hat mich nämlich viel Zeit gekostet.«

David sah auf die Armbanduhr. »Und jetzt beeil dich bitte. Ich treffe mich mit jemandem um neun.«

»Echt? Ein Termin auf einer Party?«

Sarah griff nach den goldenen Ohrringen, die auf dem Vorzimmertisch lagen. Die Cornicelli blieben ausnahmsweise zu Hause.

»Warum, glaubst du, gehen wir dorthin? Zum Vergnügen? Oder weil ich dich quälen möchte?«

»Der Gedanke, dass du mich quälen willst, ging mir tatsächlich kurz durch den Kopf.«

Sarah stieg in schwarze Schuhe mit hohen Absätzen. In einer Stunde würden ihre Füße brennen wie Feuer. Wer um Himmels willen hatte diese Höllentreter eigentlich erfunden? Erst kürzlich hatte sie auf Conny Soes Society-Seite gelesen, dass High Heels out waren. Wurde auch Zeit.

»Mit wem triffst du dich dort?«

»Harry Höfer.«

»Wer ist das?«

»Ein Großinvestor. Und wenn der schon einmal zufällig auf derselben Party ist ...«

»Warum machen das nicht die Verkäufer vom *Wiener Boten*?«

»Sarah! Ein Kaliber wie Harry Höfer redet nicht mit Verkäufern.«

»Reden wir über ein bestimmtes Projekt, in das er investiert, der Herr Großinvestor, und darüber, dass du ein Stück des Werbekuchens abbekommen willst?«

»Nein, kein bestimmtes. Aber irgendwo gibt es immer ein Projekt.«

»Du klingst wie ein Mafiaboss aus *Der Pate*.«

»Außerdem wirbt Toni Kubanek seit Jahren regelmäßig für den Club im *Wiener Boten*. Oder ist dir das etwa noch nicht aufgefallen?«

»Doch, schon …«

»Eben. Dann kann der Kubanek auch erwarten, dass der Herausgeber beim Geburtstagsfest seines Lokals auftaucht.«

Sarah bedachte ihren Freund mit einem nachdenklichen Blick. Vor einigen Monaten hatte sie sich für den *Wiener Boten* mit dem Thema Hochzeit beschäftigt. Dann war in Schönbrunn eine vermisste Braut tot aufgefunden worden. Dort, wo sie hätte heiraten sollen. David hatte Sarah gefragt, ob es ihr ebenfalls gefiele, in Schönbrunn zu heiraten. Sie hatte die Frage bejaht und wartete seitdem, was darauf folgte. Doch bis heute war nichts weiter gefolgt. Darüber war sie nicht unglücklich. Sie wusste selbst noch nicht, ob sie bereit dazu war. Zu heiraten erschien ihr so endgültig. Sie liebte David. Aber wollte sie deshalb Ehefrau werden? Allein die Vorstellung, Tisch und Bett zu teilen, war ihr unbehaglich. Dass sie nach wie vor getrennte Wohnungen hatten, brachte Vorteile. Nach einem Streit kühlte man sich besser ab, wenn man einfach nach Hause fahren konnte.

»Was ist?«, riss David sie aus ihren Gedanken.

»Ach, nichts. Hab nur ins Narrenkastl geschaut.«

»Wow, Schwesterchen! Wo geht ihr hin? In die Oper?«

Sarahs Bruder stand in der Küchentür, pfiff durch die Zähne und grinste breit.

»Halt die Klappe, Chris«, schimpfte Sarah, weil er sie jedes Mal aufzog, wenn sie elegant gekleidet erschien. Sarah gehörte zum sportlichen Typ Frau – Jeans, T-Shirt, flache Schuhe – oder, wie die Gesellschaftsreporterin des *Wiener Boten* Conny Soe sagte, sie sei pflegeleicht und bei 60 Grad zu waschen.

Es läutete.

»Gabi?«, fragte Sarah.

Chris war seit geraumer Zeit und zum Leidwesen der Frauenwelt mit Davids Sekretärin liiert, die zugleich Sarahs beste Freundin war.

»Nein, Markus.«

Ihr Bruder öffnete die Tür.

»Arbeitet ihr heute im *Panorama*?«, fragte Sarah.

Chris zwinkerte seiner Schwester zu.

»Ein reiner Männerabend. Du verstehst.«

Markus trat ein. Groß, blonde Locken, leicht gebräunte Haut.

»Ich hoffe, du fällst nicht in dein altes Muster zurück.«

Chris hatte vor der Beziehung mit Gabi ein ziemlich ausschweifendes Nachtleben geführt. Nahezu allmorgendlich saß eine andere junge Frau mit am Frühstückstisch.

Sein bester Freund Markus stand dem um nichts nach. Casanova und Don Juan erschienen wie Lehrbuben gegen die beiden.

»Keine Angst«, sagte Markus. »Dein kleiner Bruder bleibt ganz seriös.«

»Tra moglie e marito non mettere il dito«, zitierte Chris einen beliebten Spruch ihrer neapolitanischen Großmutter.

»Ja, ja. Ich mische mich auch gar nicht ein. Ich sag's nur.«

»Das Taxi wartet«, drängelte David ungeduldig.

Hohe Büsche verdeckten das Gebäude in der Sportklubstraße bei der Prater Hauptallee. Wenn man das *Kuba* nicht kannte, war es leicht zu übersehen. Ein Parkplatz bot Platz für etwa dreißig Autos.

Sarah staunte nicht schlecht. Vor dem Lokal war ein roter Teppich ausgerollt worden. Hinter einem Absperrband tummelten sich Fotografen, Kamerateams und Redakteure mit Mikrofonen in der Hand. Auch Simon war unter ihnen.

»Fast so wie bei der Oscarverleihung«, meinte Sarah amüsiert.

David legte lächelnd seine Hand um ihre Hüften und führte sie langsam über den Teppich.

»Na, schau, ist doch gar nicht schlimm, so ein Event.«

»Na ja. Noch sind wir nicht drinnen.«

Fotografen und Kameras zielten auf sie beide. Sarah und David blieben kurz stehen, ließen sich ablichten und gingen weiter.

»So wichtig war ich ja noch nie«, sagte Sarah und kicherte, als sie am Eingang angekommen waren. »Der

Kubanek versteht es anscheinend, aufwendige Partys zu schmeißen.«

»Ja. In diesem Wissen liegt ein Teil des Erfolges«, sagte David. »Und darin, die richtigen Leute zu kennen.«

Sarah warf einen Blick über die Schulter.

In dem Moment tauchte ein weiteres Taxi auf. Lotte und Linus Freibach stiegen aus. Sarah wusste, dass der Steuerberater Freibach seit einiger Zeit versuchte, in der österreichischen Politik mitzumischen. Er hatte eine eigene Partei gegründet und sah sich jetzt schon in der Position des Bundeskanzlers. Daraus machte er gar kein Geheimnis.

Augenblicklich wandten sich Journalisten und Kameras dem Paar zu.

»Tja. Mein Ruhm war zwar kurz, aber dafür intensiv«, meinte Sarah.

David hielt ihr formvollendet die Tür auf, und sie betraten das *Kuba*.

Dort wurden sie schon von Conny Soe erwartet.

»Willkommen in meiner Welt«, trällerte sie fröhlich und küsste David und Sarah zur Begrüßung auf beide Wangen, als wäre sie hier die Hausherrin.

David gab Sarahs Mantel und seine Jacke an der Garderobe ab. Durch eine Schwingtür betraten sie die heiligen Hallen. An der Schwelle boten schwarz gekleidete Kellner Getränke auf einem Silbertablett an. David trank Wasser, Sarah und Conny nahmen sich jede ein Glas Wein. Das *Kuba* nannte sich Lounge-Bar. Für Sarahs Geschmack war es dafür eigentlich zu steril. Die Einrichtung bestand aus teuren Designermöbeln in Schwarz-Weiß. An den Wänden hingen moderne Kunstwerke aus Metall und Holz, die kein Mensch beachtete. Eine lange dunkle Bar dominierte den Raum, dahinter meterhohe beleuchtete Wandregale aus Glas. Vor dem Tresen und an den Stehtischen in der Raummitte standen weiß gepolsterte Barhocker. Am Rand konnte man sich auf trendigen weißen Lounge-Sitzgruppen mit schwarzen Polstern niederlassen. Das Licht war gedimmt, und aus den Boxen quoll sanfter Jazz. Zu späterer Stunde sollte dann ein prominenter DJ für Stimmung sorgen, dessen Namen Sarah jedoch sofort wieder vergessen hatte.

David verabschiedete sich von Conny und ihr. Er steuerte auf einen Herrn zu, der ihm, flankiert von zwei grimmig dreinschauenden Bodyguards, freundlich die Hand schüttelte.

»Das ist also Investor Harry Höfer«, vermutete Sarah.

»Wenn du das sagst, klingt es wie eine schlimme Krankheit«, meinte Conny.

Höfer sah aus, als wäre ihm der dunkelblaue Designeranzug auf den Leib genäht worden. Wahrscheinlich war er es auch. Die dunklen Lederschuhe glänzten.

»Die kosten mehr, als wir beide zusammen im Monat verdienen«, erriet Conny Sarahs Gedanken.

»Darüber sollten wir mal mit David reden«, murmelte Sarah.

»Harry Höfer ist zu reich, um es genau beziffern zu können«, fuhr Conny fort. »Er lebt seit Jahren im schönen Monaco und wird von internationalen Politikern hofiert, damit er seine Kohle in deren Länder investiert. Auch Österreich rollt ihm den roten Teppich aus. Man hofft anscheinend, dass er sich beim Geldausgeben darauf besinnt, gebürtiger Wiener zu sein. Das *Kuba* haben übrigens er, der Linus Freibach und der Toni Kubanek in jungen Jahren gemeinsam gegründet.«

Sie deutete dezent in eine bestimmte Richtung. Freibach sah man die Businesswelt ebenfalls an. Auch er trug Designerklamotten, wenn auch legerere als Höfer, dazu perfekt geschnittenes dunkelblondes Haar. Kubanek wirkte dagegen geradezu obszön normal: Jeans, blaues Hemd, Dreitagebart und grau meliertes Haar.

»Ich habe ihre Geburtsdaten recherchiert«, raunte sie Sarah verschwörerisch ins Ohr. »Die sind jetzt Mitte vierzig. Das *Kuba* müssen sie also in ihrer Studienzeit gegründet haben.« Sie kicherte. »Na ja, wer eine Hand fürs Geschäft hat ... Jedenfalls sind der Höfer und der Freibach irgendwann zu neuen Ufern aufgebrochen. Sind aber meines Wissens nach wie vor stille Teilhaber. Der Kubanek blieb der Gastronomie treu und hat das Lokal in einen Szeneschuppen verwandelt.«

»Was du alles weißt«, sagte Sarah anerkennend.

»Das ist mein Job«, antwortete Conny nicht ohne Stolz. »Höfer gehört zur internationalen Wirtschaftsprominenz. Ihn lädt man zu wichtigen Veranstaltungen ein, Salzburger Festspiele, Opernball, Treibjagd in Rumänien und so Zeug halt. Im Gegenzug lässt man sich von ihm zum Formel-1-Zirkus nach Monaco einladen.«

»Und warum ist er so reich?«

Conny zuckte mit den Achseln.

»So genau weiß das niemand. Die einen sagen, er hätte geerbt, andere meinen, er spielt im Drogengeschäft mit, und wieder ...«

»Im Drogengeschäft?«, unterbrach Sarah sie. »Und dann hofieren ihn Politiker.«

»Geld hat bekanntlich kein Mascherl. Was zählen schon Gesetze, Menschenrechte oder Umwelt, wenn es darum geht, gute Geschäfte zu machen? Außerdem heißt es, Höfer investiere in Kunst und mache damit viel Geld. Die Wahrheit liegt wahrscheinlich irgendwo in der Mitte. Möglich, dass er mit den Drogen das Geld verdient, das er braucht, um sich als Kunstgönner hervorzutun. Vor Jahren kursierte schon mal das Gerücht, er würde Geld waschen. Dafür gibt's aber keine Beweise.«

»Was nix heißen will.«

»Genau. Was nix heißen will«, wiederholte Conny nachdenklich.

Sarah musterte Höfer. »Und David meint, er sei Großinvestor …«

»Viele stinkreiche Schnösel sind … Investoren. Irgendwo musst du das Geld ja legal arbeiten lassen.«

»In was investiert er denn so, abgesehen von Kunst?«

»Das weiß niemand genau. Typen wie Höfer legen ihre Bücher ja nicht offen.«

»Meinst du, er hat Offshore-Firmen?«

»Da bin ich mir ziemlich sicher. Im Moment unterstützt er jedenfalls seinen alten Freund Freibach. Der soll bis zur nächsten Wahl so populär geworden sein, dass er gewählt wird und endgültig Fuß in der Politik fasst.«

»Und wenn der Freibach erst mal im Parlament sitzt, kann er dem Höfer nützlich sein«, stellte Sarah fest.

»Kann?« Die Augenbrauen der Gesellschaftsreporterin hoben sich. »Darauf kannst du Haus und Hof wetten, dass der dem nützlich ist.« Sie scannte die Umgebung nach weiteren Prominenten ab und nickte wieder in eine bestimmte Richtung.

»Siehst du die Frau dort?«

Sarah folgte diskret Connys Blick, der bei einer blonden Mittvierzigerin mit Hochsteckfrisur in einem teuer aussehenden dunkelblauen Seidenkleid endete. Gerade Haltung. Tadelloses Make-up. Attraktives Erscheinungsbild.

»Das ist Lotte Freibach«, sagte Conny. »Galeristin in der Innenstadt. Sie war vor ein paar Jahren in eine Kunstraubgeschichte verwickelt. Die daneben in dem bunten Chanel-Fummel ist Kubaneks Frau Sonja. Sie gibt meines Wissens hauptberuflich die Kohle aus, die ihr Mann verdient.«

»Mit einem Wort, wir befinden uns hier inmitten der ehrenwerten Gesellschaft«, sagte Sarah zynisch, während ihr Blick auf der gestylten Dunkelhaarigen ruhte.

Simon tauchte aus der Menschenmenge auf. Sarah sah ihn erstmals ohne seine Skaterklamotten. Conny hatte ihn vorher in den Dresscode solcher Events eingeweiht. Doch auch in Jackett und schwarzer Jeans stach er heraus wie das schwarze Schaf aus der weißen Horde. Er fotografierte unentwegt. Sarah wusste, wie unwohl er sich auf solchen Festen fühlte. Die schlechte Laune stand ihm im Gesicht geschrieben, und er tat Sarah leid. Conny würde ihn nicht eher in den Feierabend entlassen, als bis der letzte Promi, mochte er auch noch so unwichtig sein, abgelichtet worden war.

»Und wer ist der da vorne? Dunkler Anzug, weißes Hemd, der, den Freibach nicht aus den Augen lässt?«, fragte Sarah.

»Uwe Schmid. Er ist Mädchen für praktisch alles. Politischer Berater, Werbebeauftragter, Chauffeur, Freund und Freibachs Schatten. Ihm gehört eine PR-Agentur am Albertinaplatz. Dahinten steht seine …« Conny verdrehte amüsiert die Augen. »Assistentin.« Sie zeigte auf eine hübsche, große Frau mit tizianroten Haaren. Sie unterhielt sich angeregt mit einem bekannten Wiener Schauspieler, dessen Name Sarah partout nicht einfallen wollte.

»Wenn mich meine Nase nicht täuscht, dann haben die was miteinander.«

»Ach, du bist dir nicht sicher?«, fragte Sarah überrascht.

»Die sind nicht wichtig genug, als dass ich mir ernsthaft den Kopf drüber zerbrechen würde.« Sie legte Sarah eine Hand auf die Schulter. »So, jetzt muss ich dich leider alleine lassen, die Arbeit ruft.«

Conny mischte sich unter die Gäste, Küsschen hier, Küsschen da, und verschwand bald aus Sarahs Blickfeld.

Sarah sah sich nach David um. Er stand mit Harry Höfer und ein paar anderen Männern zusammen. Sie lachten und schienen sich blendend zu unterhalten. Also für David lief offenbar alles nach Plan, da würde sie nicht stören.

Als einer der Kellner auf sie zukam und ihr leeres Glas einsammelte, nahm sie dankend noch einen Wein vom Tablett.

In dem Moment spielte sich direkt vor ihr eine Szene ab, die nicht ganz hierherzupassen schien, sodass Sarah neugierig wurde.

Eine Frau ging, starr geradeaus blickend, langsam, aber zielstrebig auf Freibach zu. Der saß auf einem Barhocker abseits der Gruppe um Höfer, und eine Kellnerin nahm offenbar gerade seine Bestellung entgegen. Uwe Schmid, Freibachs Mädchen für alles und immer in der Nähe seines Chefs, schien irgendetwas zu bedrücken oder anzustrengen, jedenfalls wirkte seine Miene auf Sarah unfroh.

8

Freibach saß an einem der Bartische mitten im Lokal und bestellte einen Whisky. Harry Höfer sollte sich so schnell wie möglich zu ihm gesellen, so war es geplant. Offensichtlich wurde er von irgendwelchen Idioten aufgehalten. Toni stand ebenfalls in der Runde um Harry und spielte den vollendeten Gastgeber. Dieser Schleimer küsste jeder Frau, die an ihm vorbeikam, die Hand.

Freibach wollte den Tisch nicht verlassen. Ihm stand der Sinn nicht nach Small Talk. Die Möchtegernpromis gingen ihm auf die Nerven. Wie hielt Toni diese Affen nur jeden Tag aus? Die Schauspieler liefen zur Hochform auf, sobald sich ihnen eine Kamera näherte. Dieselben Leute gaben sich ihm gegenüber jedoch reserviert. Sie konnten noch nicht abschätzen, ob es förderlich oder hinderlich für die Karriere war, sich mit ihm ablichten zu lassen. Einige Tische weiter alberte Lotte mit Freundinnen herum. Sonja war auch dabei. Das Geheimnis um die Affäre mit ihr war ganz nach seinem Geschmack. Sie warf ihm einen raschen, fast beiläufigen Blick zu.

»Ihre Bestellung.«

Er wandte sich um. Eine Frau erklomm den Barhocker neben ihm und stellte ihm den Whisky vor die Nase. In der anderen Hand hielt sie ein Glas Weißwein.

Dieses Gesicht. Sie war nicht besonders hübsch, hatte zu kleine Brüste und war für sein Empfinden zu dünn. Durchschnitt eben. Plötzlich erkannte er sie wieder. Obwohl er Frauen, die ihn nicht interessierten, normalerweise sofort vergaß. Wie war sie so nah an ihn rangekommen?

Er warf Uwe einen fragenden Blick zu: Herrgott, was soll das?

Uwe Schmid hob bedauernd die Hände und machte Anstalten, zum Tisch zu kommen. Eine fast unmerkliche Geste Freibachs stoppte ihn. Dazu war es jetzt zu spät. Freibach widmete sich der Frau.

Sie legte ihre Hand auf seinen Unterarm. Der Ärmel des Sakkos war ein Stück hochgerutscht und legte sein Handgelenk mit der Armbanduhr frei, eine Breitling. Falls das Schmuckstück sie beeindruckte, verbarg sie es gekonnt.

»Haben Sie Angst, dass ich Ihnen verloren gehe?«, fragte er, um einen lockeren Ton bemüht. Dabei hätte er ihr am liebsten die Faust ins Gesicht gerammt. Er hasste es, von Fremden angefasst zu werden. Und von ihr wollte er sich schon gar nicht berühren lassen. Er wusste von Toni zwar, dass sie zur Feier anrücken würde. Dass sie jedoch an seinen Tisch kommen und ihn direkt ansprechen würde, damit hatte er nicht gerechnet.

»Ich habe Sie heute im Prater gesehen.«

»Was Sie nicht sagen.«

Allein für diesen Spruch gehörte sie bestraft. Er war einer, dem man Respekt zollte, einer, den man nicht anmachte wie eine billige Straßennutte.

»Hinter der Pratersauna«, fuhr sie fort.

Linus Freibach schüttelte den Kopf.

»Ich habe keine Ahnung, wovon Sie sprechen.«

Er sah auf seinen Unterarm. Endlich ließ die Fotografin los. Na also, sie wird unsicher, registrierte er zufrieden und unterdrückte den Impuls, sich den Arm zu reiben.

»Wer sind Sie?«

Sie streckte ihm ihre Hand entgegen.

»Lucie Viktor. Sie unterhielten sich mit einer Frau hinter der Pratersauna. Sie saßen im Auto. Ich habe Sie beide fotografiert.«

»Tatsächlich?«, mimte er den Überraschten. »Hat man Ihnen denn nicht beigebracht, die Privatsphäre anderer Menschen zu respektieren?«

»Ich bin Kunstfotografin.«

»Ich bin aber kein Kunstwerk. Wozu also haben Sie mich fotografiert?«

Sie erklärte ihm ihr Projekt.

Linus Freibach hörte vorgeblich interessiert zu.

»Und ich gehöre also zu den hässlichen Seiten der Stadt? Charmant«, sagte er mit einem falschen Lächeln.

»Nein, natürlich nicht. Sie verstehen doch sicher die Metapher. Der reiche …«

Sie unterbrach sich.

»Schnösel. Sprechen Sie es ruhig aus.«

»Der Geschäftsmann und die Obdachlose«, sagte sie und errötete leicht. »Was war eigentlich mit der Frau? Warum stand Sie bei Ihrem Auto?«

Lucie Viktor drehte das halb leere Weinglas zwischen ihren Händen hin und her.

Freibach hatte sich natürlich längst eine Geschichte zurechtgelegt, weil er wusste, dass sie ihn fotografiert hatte. Und weil er anfangs befürchtete, dass sie eine Paparazza war und das Foto in einem schäbigen Wiener Boulevardblatt veröffentlicht würde.

»Sie hat mich um zehn Euro angebettelt«, antwortete er. »Wahrscheinlich für Drogen. Jedenfalls waren ihre Pupillen erweitert. Ich spreche mich mit meiner Partei gegen die Legalisierung von Drogen aus. In ein paar Ländern diskutiert man ja darüber, Cannabis zu erlauben. Das sollte bei uns in Österreich kein Thema sein. Wie Sie vielleicht wissen, engagieren wir uns für die Umsetzung von Präventivmaßnahmen. Es soll gar nicht erst so weit kommen, dass Jugendliche zu Drogen greifen.«

Seine Stimme klang von einem Moment auf den anderen offiziell. Souverän, gewandt, dachte er zufrieden.

»Clara nimmt keine Drogen.«

»Clara?«

»Die Frau.«

»Ah, Clara heißt sie also. Woher wollen Sie das wissen?«

Lucie schwieg.

»Und was wollen Sie jetzt von mir?« Er lächelte, als wäre es ein Flirt.

»Ich möchte das Foto veröffentlichen.«

»Aha. Und wo?« Freibach versuchte, freundlich zu bleiben. »Ich dachte, Sie wären Kunstfotografin, aber ein Kunstwerk kann so ein nebenbei aufgenommenes Foto ja wohl nicht sein. Oder arbeiten Sie etwa auch für eine Zeitung?«

»In meinem Buch. Und wenn alles gut geht, vielleicht auch in einer Galerie. Das Foto trägt übrigens den Titel ›Gegensatz‹.«

Sie hatte »vielleicht« gesagt, »vielleicht in einer Galerie«. Das hieß, es gab kein Angebot.

»Wann ist die Ausstellung und wo?«, fragte er mit innerer Genugtuung.

»Man hat mir vorhin erzählt … na ja … Ihre Frau hat doch eine Galerie im ersten Bezirk.«

Sie wich seiner Frage also aus.

Nachdem Toni ihn angerufen hatte, hatte er sich im Internet über sie schlaugemacht. Sie gehörte nicht zu den erfolgreichen Fotografinnen. Es gab nicht viele Einträge. Kaum jemand würde sich für ihre Fotos interessieren. Allerdings war diese Frau wild entschlossen, das zu ändern. Er erkannte die Gier in ihrem Blick. Das imponierte ihm, bedeutete jedoch Gefahr.

»Mit den Ausstellungen in der Galerie meiner Frau habe ich nichts zu tun. Wenn Sie Ihre Bilder dort präsentieren wollen, müssen Sie schon mit ihr selber sprechen.« Er machte eine fast unmerkliche Kopfbewegung. »Sie sitzt dort drüben. Allerdings kann ich Ihnen gleich sagen, dass meine Frau in erster Linie Arbeiten bildender Künstler zeigt. Fotokunst …«

Er schüttelte den Kopf.

»Ich weiß«, sagte Lucie, »aber fragen kostet ja nichts. Ich wollte nur zuerst mit Ihnen reden. Vielleicht ist es Ihnen peinlich, wenn man Sie mit einer Obdachlosen zusammen auf einem Foto sieht. Ich will schließlich keine Klage am Hals haben.«

»Haben Sie die arme Frau auch gefragt, ob es ihr peinlich ist, wenn man sie zusammen mit einem reichen Schnösel auf einem Foto sieht?«

Für diese Frage klopfte er sich im Geiste anerkennend auf die Schulter. Sie hieß sinngemäß: Für mich sind alle Menschen gleich, und das zeugte von staatsmännischem Format.

Die Kunstfotografin zögerte. Er hatte sie aus dem Konzept gebracht. Gut so.

»Nein«, antwortete sie.

»Dann sollten Sie das aber unbedingt tun.«

»Klar.«

»Wissen Sie denn auch, wo Sie sie finden können?«

Lucie nickte. »Ja, ich kenne sie zufällig etwas näher.«

»Na dann.« Das Lächeln verschwand aus Freibachs Gesicht. »Frau Viktor, es war mir ein Vergnügen, mich mit Ihnen zu unterhalten. Und nein, es ist mir nicht peinlich, mit einer obdachlosen Frau fotografiert zu werden. Aber ich spreche mich gegen eine Veröffentlichung des Fotos aus.«

Sie sah ihn überrascht an. »Warum? Sie haben doch gerade gesagt, ich sollte auch Clara noch deshalb fragen.«

»Das müssen Sie missverstanden haben.« Wieder lächelte er. Er liebte solche Verwirrspielchen. »Niemand veröffentlicht Fotos, die nicht von mir persönlich begutachtet und freigegeben werden.«

»Sie können das Bild natürlich vorher begutachten.«

»Es hat mich gefreut, Sie kennenzulernen.«

Er streckte ihr seine Hand entgegen. Das Gespräch war beendet.

Lucie legte ihre Visitenkarte auf den Tisch.

»Es heißt, dass Politiker öfter ihre Meinung ändern.«

Die Frau glaubte offenbar tatsächlich, dass in dieser Angelegenheit das letzte Wort noch nicht gesprochen war. Bevor sie im Getümmel verschwand, warf sie ihm noch ein kokettes Lächeln über die Schulter zu.

Er fing ihren Blick auf. Das ließ Interesse seinerseits vermuten.

Ein Fehler.

9

Eine normale Unterhaltung war das nicht. Sarah hatte die beiden beobachtet. Dazu wirkten sie viel zu angespannt, beinahe aggressiv. Am Ende des Gesprächs hatten sie einander mehr oder weniger die Zähne gezeigt. Vielleicht eine politische Gegnerin? Sie musste Conny fragen, wer die Frau war. Offenbar hatte sie Freibach aus der Fassung gebracht, denn er sah ihr noch lange mit ernstem Gesichtsausdruck nach. Der Kerl im schwarzen Anzug, Freibachs Schatten, war wie aus dem Nichts an seiner Seite aufgetaucht und redete aufgeregt auf ihn ein.

Zu ihrem Leidwesen verstand Sarah kein Wort von dem, was gesprochen wurde. Doch sie hatte ein hervorragendes Gespür dafür entwickelt, wenn es um Brisantes ging, um Heimlichkeiten, Ungereimtheiten. Sie witterte Dinge, die nicht ganz koscher waren, so sicher wie ein Spürhund den Sprengstoff. Sie witterte den Stoff, aus dem gute Geschichten geschrieben wurden.

»Sieh an, sieh an, wen haben wir denn da? Die Sarah Pauli, wenn ich mich nicht irre«, riss eine Stimme sie aus den Gedanken. Oskar Kretschmer, ausgerechnet! Der Adabei vom Boulevardblatt *Neues der Woche*. Vor längerer Zeit wollte er eine Story über Sarahs angebliche heimliche Affäre mit dem Ehemann eines Entführungsopfers schreiben. Sarah hatte ihn daraufhin in ihrer imaginären Schublade unter »Superarschloch« abgelegt.

Nun pflanzte Kretschmer sich neben ihr auf.

»Ich dachte, solche Partys sind deiner nicht würdig«, säuselte er, während er ein Glas Weißwein vom Silbertablett nahm, das eine Kellnerin ihm hinhielt.

Sarah antwortete nicht.

Sie entdeckte einen kleinen Anstecker mit dem Logo der Zeitung am Revers seines Sakkos. Solche Abzeichen waren ihr zuwider.

»Und? Was machst du hier?«, hakte Kretschmer nach und nippte am Weinglas. »Das ist doch eigentlich Connys Ressort. Ach ja, ich weiß schon. Du dackelst dem David hinterher, gell?«

»Ja, genau, so ist es.«

Sarah nickte und setzte ein falsches Lächeln auf.

»Tja, so ist das, wenn man die Herzdame des Chefs ist. Immer in der zweiten Reihe.«

»Wie recht du hast! Das wirst du in deinem Leben vermutlich nicht mehr erreichen, die Herzdame zu sein.«

»Klar … ähm … ich bin ja ein Mann.« Er lachte stotternd.

»Echt? Das klingt, als wärst du dir nicht ganz sicher.«

Kretschmer ignorierte Sarahs Zynismus und wechselte das Thema:

»Der Freibach ist auch da.«

»Habe ich gesehen.«

»Die Frau, die vorhin neben ihm saß, ist nicht sein Typ.«

»Was willst du damit sagen?«

»Du verstehst schon.«

»Nein, ich verstehe nicht«, behauptete Sarah. »Seine Frau steht keine zehn Meter von ihm entfernt. Er wird sich wohl kaum vor ihren Augen einen One-Night-Stand an Land ziehen.«

Wieder sein Lachen, das wie der Motor eines kaputten Wagens klang.

»Und? Was wäre so schlimm dran? Heutzutage verlangen die Menschen nach Politikern zum Anfassen.« Er zwinkerte Sarah zu. »Linus Freibach ist so ein Politiker. Dem Volk nahe sein. Wenn du weißt, was ich meine.« Wieder zwinkerte er.

Sarah verkniff sich die Frage, ob er ein Problem mit dem Auge hatte. Es würde die Konversation nur unnötig verlängern.

»Ich sagte nicht, dass ich es schlimm finde. Es wäre lediglich dumm, es hier vor allen anderen zu tun.«

Warum unterhielt sie sich eigentlich mit diesem Kotzbrocken Kretschmer über den Freibach? Sein sich selbst überschätzendes Gehabe ging ihr sagenhaft auf die Nerven.

»Der Mann ist kein Kind von Traurigkeit.«

»Was weißt du, was ich nicht weiß?« Sie konnte es nicht lassen …

»Viel. Glaub mir, sehr viel.«

»Es vergeht keine Woche ohne einen wohlwollenden Artikel über Freibach in eurem Blatt. Weiß er, wie du hinter seinem Rücken über ihn sprichst?« Sie hatte keine Lust, auf Kretschmers ewig doppeldeutige Sprüche einzugehen. Der Typ war schlimmer als Conny, wenn es darum ging, hinter einer harmlosen Unterhaltung ein schmutziges Verhältnis zu wittern.

»Er gibt halt viel her.«

»Und im Gegenzug lässt er euch Anzeigen zukommen. Lass mich raten …«

Sie versuchte, sich an den Inhalt der letzten Ausgabe *Neues der Woche* zu erinnern. »Ohne Drogen lebst du länger«, sagte sie schließlich.

»Ein wichtiges Statement. Vor allem für Jugendliche. Findest du nicht?«

»Sehr tiefsinnig«, spottete Sarah. »Ich wusste nicht, dass drogengefährdete Jugendliche eure Zielgruppe sind. Ich dachte, eure Leser sind 65 plus mit Liebe zum oberflächlichen Tratsch, dessen Wahrheitsgehalt bei null liegt.«

Kretschmer zuckte teilnahmslos mit den Achseln. »Du kennst das Spiel. Eine Hand wäscht die andere. Gibst du uns Geld, schreiben wir dich nach oben. Gibt es kein Geld, kannst du mit dem Gegenteil rechnen.« Er grinste. »Im *Wiener Boten* finden sich schließlich auch Anzeigen.«

»Aber wir schreiben niemanden in den Himmel, weil er uns dafür viel Geld gibt. Werbeabteilung und Redaktionen arbeiten unabhängig voneinander.«

»Wer's glaubt!«, höhnte Kretschmer.

»Wie viel hat er bezahlt? 250 000 Euro? Und dafür sitzt er bei euch auf Wolke sieben.«

Wieder ein Achselzucken. »Du wirst sehen, er bringt's noch ganz elegant zum Minister.«

»Womit die nächsten Kampagnen für euch gesichert wären.«

Er schenkte ihr einen mitleidigen Blick. »Womit auch meine Brötchen für die nächsten Jahre gesichert wären.«

»Das freut mich für dich«, meinte Sarah.

»Du hast immer noch David. Der wird dich schon durchfüttern, wenn's hart auf hart kommt.«

»Genau, Kretschmer. So ist es.«

Typen wie Kretschmer lechzten danach, mehr zu wissen als alle anderen, um ihre Schlüsse daraus zu ziehen und Behauptungen aufzustellen, die keiner Recherche mehr bedurften. Sie arbeiteten im Prinzip Hand in Hand mit den Populisten des Landes. Ohne mit der Wimper zu zucken, verbreiteten sie eine Lüge nach der anderen, die dann an den Stammtischen wiedergekäut wurden.

Aber Sarah hatte inzwischen gelernt, mit solchen Großmäulern wie Kretschmer umzugehen.

»Dann weißt du bestimmt auch über Freibachs Geschäfte Bescheid.« Jetzt zwinkerte sie ihm zu. »Du weißt schon …«

Kretschmer atmete tief ein. »Gerüchte.«

»Klar, Gerüchte. Die interessieren euch natürlich nicht.«

Kretschmer versuchte nun, seine Neugier hinter einem überheblichen Grinsen zu verstecken.

»Ihr zeigt lieber die schönen Seiten des Lebens«, provozierte Sarah weiter. »Fotos von Freibach in Badehose. Der macht sicher eine gute Figur auf seinem Boot am Mittelmeer. Aber …«

Sie legte den Zeigefinger an ihre Lippen und lächelte verschwörerisch. Dann drehte sie sich um und ließ Kretschmer stehen. Stoff zum Nachdenken hatte der ja erst mal genug.

Die Frau, die sich mit Freibach unterhalten hatte, stand inzwischen ganz woanders. Sie hatte offensichtlich andere Gesprächspartnerinnen gefunden. Der Steuerberater war an demselben Tisch sitzen geblieben. Er unterhielt sich mit Uwe Schmid, ohne sie jedoch aus den Augen zu lassen. Dann griff er in seine Jackentasche und holte etwas hervor.

Sarah kniff die Augen zusammen, um zu erkennen, was es war.

Freibach ließ zwei blaue Würfel auf den Tisch fallen.

Montag, 21. März

10

Lucie rieb sich die Augen. Sie war müde und hatte Kopfschmerzen vom stundenlangen Arbeiten vor dem Bildschirm.

Sie war schon um drei Uhr morgens aufgewacht und hatte nicht wieder einschlafen können. Seitdem hatte sie unzählige Fotos gesichtet und bearbeitet, um nach und nach eine Auswahl für ihren Bildband treffen zu können. Denn sie glaubte fest daran, eine Ausstellung in der Galerie Freibach eingefädelt zu haben, auch wenn Freibach ihr etwas anderes suggeriert hatte. Aber die Hoffnung starb zuletzt.

Es war ihr nicht schwergefallen, ihn im *Kuba* anzusprechen. Schließlich warb seine Partei damit, volksnah zu sein. Außerdem hatte sie weder Angst noch Ehrfurcht vor Politikern. Für sie waren das halt Menschen wie alle anderen, nur mit einem unverhältnismäßig höheren Gehalt. Und wer war Freibach schon? Ein langweiliger Steuerberater, der zu einem genauso langweiligen Politiker mutierte.

Auf dem Weg zu dem Fest war Lucie wieder eingefallen, dass sie sein Gesicht vor ein paar Wochen in der Zeitung gesehen hatte. Neben einem Artikel über ihn und seine Frau Lotte Freibach, die Galeristin. Auf der Homepage der Galerie hatte Lucie unter anderem gelesen, dass sie neben Werken bildender Künstler aus dem

Inland auch immer wieder welche von nordafrikanischen und südamerikanischen Malern und Bildhauern ausstellte, die hierzulande noch weitgehend unbekannt waren. Das machte die Freibach jedenfalls sympathisch, fand Lucie.

Als sie das Ehepaar auf dem Fest gesehen hatte, glaubte sie an eine Fügung des Schicksals und hatte die Gelegenheit sofort beim Schopf ergriffen. Doch Frau Freibach wollte sie nicht ansprechen. Mit den Oberschichtzicken, die sie umgeben hatten, konnte Lucie nichts anfangen. Allein die Vorstellung, wie die sie von oben bis unten gemustert hätten. Da hätte die Freibach sich niemals dazu herabgelassen, mit ihr zu reden.

Ihr Mann hingegen hatte alleine an einem der Tische gesessen. Besser hätte Lucie es gar nicht treffen können.

Viel später hatte sie dann Lotte Freibach im Vorraum der Damentoiletten getroffen und sie doch noch angesprochen. Auch die hatte sofort gemeint, dass sie keine Fotokunst ausstellte. Doch als Lucie ihr von dem Foto erzählt hatte, war sie plötzlich interessiert gewesen und hatte Lucie in die Galerie eingeladen, um ihr dieses Foto und auch andere Arbeiten zu zeigen.

Natürlich wusste Lucie, dass Einladungen, die zwischen Tür und Angel ausgesprochen wurden, nicht für bare Münze zu nehmen waren. Selbst wenn. Sie beschloss noch im *Kuba*, sofort am nächsten Tag dort hinzugehen, bevor die Freibach sie wieder vergessen hatte.

Kai stand im Türrahmen. Sein Haar war gebändigt, er trug Anzug und Krawatte und sah erwachsen aus.

»Du sitzt zu viel vor dem Computer.«

Lucie erhob sich, ging auf ihren Lover zu und zupfte an seiner Krawatte.

»Ich wünsche dir einen schönen Arbeitstag, Mama!«

Bevor er protestieren konnte, verschloss sie ihm mit einem Kuss die Lippen.

Am Wochenende war sie seiner Bitte nachgekommen, das Foto, das den Dealer zeigte, der Polizei zu schicken. Vorher hatte sie bei der Abteilung für Drogenfahndung angerufen, um sich zu erkundigen, ob man überhaupt daran interessiert war.

»Bist du heute Abend zu Hause?«, fragte er, als sie ihn wieder freigab.

Lucie schüttelte den Kopf.

»Nein. Ich will Nachtaufnahmen im Prater schießen, zwischen elf und eins. Da läuft mir garantiert genug Hässliches vor die Linse. Und ich will den Waggonaustausch am Riesenrad fotografieren. Die arbeiten nämlich nachts, damit sie den Betrieb tagsüber nicht lahmlegen. Die Gelegenheit, so etwas festzuhalten, kommt ja so schnell nicht noch einmal.«

»Musst du wieder am Praterstern vorbei?«

Wie er »Praterstern« betonte, klang es, als handelte es sich dabei mindestens um das Herz der Wiener Cosa Nostra. »Da war erst kürzlich eine Messerstecherei«, fügte er hinzu, wie um ihr die Gefährlichkeit des Bahnhofareals etwas drastischer vor Augen zu führen.

»Doch, dort muss ich zuerst hin. Ich will Clara finden. Aber keine Sorge. Ich war schon so oft dort und hab's noch immer überlebt.«

»Willst du sie noch mal fotografieren?«

Kai schnappte nach seinem Handy, das auf dem Tisch lag. Die Frage sollte beiläufig klingen, doch Lucie hörte den besorgten Unterton heraus.

»Nein, ich will sie fragen, was sie von Freibach wollte.«

»Das weißt du doch. Zehn Euro für Drogen. Er hat's dir doch gesagt.«

»Das ist lächerlich!«, sagte sie ungehalten. »Welche Droge bekommst du denn für zehn Euro?«

»Keine Ahnung, ich nehme ja keine Drogen.«

Natürlich nicht, schoss es Lucie durch den Kopf, er tut nie etwas Illegales.

»Außerdem geht dich das nichts an, Lucie.«

»Clara nimmt keine Drogen.«

Kai sah sie an. Er glaubte ihr nicht.

»Mir ist schon klar, dass es mich nichts angeht«, räumte Lucie ein. »Ich will's trotzdem wissen. Die haben sich nämlich ganz schön lange unterhalten. Für meinen Geschmack zu lange für ein harmloses Schnorren.«

»Du bist nicht für Clara verantwortlich, nur weil du sie fotografiert hast«, sagte Kai. Er hatte Lucies eigentlichen Beweggrund erraten.

»Ich weiß.«

»Wie auch immer, ich muss jetzt los. Pass auf dich auf, okay?«

»Ich gehe nur in den Prater, nicht in die Unterwelt.«

11

Die Woche begann mit dem nervtötenden Montagsstau in der Stadt. David hatte schlechte Laune. Er fluchte und hieb bereits zum vierten Mal auf das Lenkrad ein, als ob die Autos vor ihm sich dadurch in Luft auflösen könnten. Er hatte einen Krawatten-Anzug-Termin, und sie waren spät dran. Sarah verkniff sich die Bemerkung, dass es jeden Montagmorgen so war, dass er sich allmählich daran gewöhnen und nicht jedes Mal wieder den Überraschten spielen sollte. Das Wochenende war zu schön gewesen. Viel Sex und wenig Schlaf.

Schließlich tat sich vor ihnen eine Lücke auf, und David gelang es, vom Gürtel abzubiegen. Über Nebenstraßen gelangten sie schließlich ohne größere Zwischenfälle in die Garage des *Wiener Boten*. Sarah verabschiedete sich besonders herzlich von ihm. So wappnete sie sich dagegen, von seiner Übellaunigkeit angesteckt zu werden.

»Wir sehen uns um zehn bei der Redaktionssitzung, Mister Interimschef vom Dienst.«

Sie zwinkerte ihm aufmunternd zu.

David richtete seinen Blick verzweifelt zur Decke.

»Nur bis übermorgen, dann ist Herberts Urlaub vorbei.«

Immerhin, er lächelte. Dann stieg er in den Aufzug.

Sarah ging zu Fuß hinauf ins Büro.

Es war noch kaum jemand da. Das mochte Sarah. So begann der Tag entspannt. Es war acht Uhr. Patricia und Stepan würden erst in einer Stunde kommen. In der Kaffeeküche traf sie zwei Kolleginnen aus der Kulturabteilung an. Sarah schnappte nur ein paar Wortfetzen von ihrem Gespräch auf. Sie brühte sich einen Tee auf, nahm ihn mit hinaus ins Büro und ging ihre E-Mails durch. Oskar Kretschmer gratulierte ihr zu dem Foto auf dem roten Teppich. Conny hatte David und sie auf der Society-Seite prominent platziert.

»Fesch, fesch«, lautete Kretschmers Kommentar.

»Schleimer«, murmelte sie und begann, die Polizeimeldungen zu lesen.

Offenbar hatte man den Obdachlosen am Wochenende obduziert. »Herz-Kreislauf-Versagen« stand in der kurzen Meldung. Damit schien die Angelegenheit erledigt zu sein. Die Beerdigungskosten für das Armengrab würden aus der Steuerkasse beglichen, wenn es keine Angehörigen gab, die die Kosten übernahmen. Sarah fiel ein, dass sie vor Kurzem von einem toten Obdachlosen im Praterviertel gelesen hatte. Sie klickte das Archiv des *Wiener Boten* an und durchsuchte es nach Meldungen über Obdachlose.

Eine Headline machte sie neugierig. »Sein Glück währte kurz.« Eine freie Mitarbeiterin des *Wiener Boten* hatte vor zwei Monaten den Obdachlosen Friedrich Ladewig ein paar Tage begleitet. Der hatte ihr von einem Job erzählt, den er kurz vorher angenommen hatte. In der Informationsbranche. Mehr durfte er der Journalistin darüber offenbar nicht sagen. Eine Woche später war der Mann tot. Man fand ihn in der

Venediger Au. Herz-Kreislauf-Versagen. Sarah suchte weiter und wurde nochmals fündig. Martha Wessely. Sie war erst knapp über dreißig gewesen, lebte drei Jahre auf der Straße und starb in dem leer stehenden Keller eines Wohnhauses in der Ausstellungsstraße. Das war im vergangenen Herbst. Herz-Kreislauf-Versagen.

Sarah lehnte sich zurück.

Drei tote Obdachlose innerhalb weniger Monate. Alle drei im Praterviertel aufgefunden. Alle drei an Herz-Kreislauf-Versagen gestorben.

Da stimmte doch etwas nicht.

»Morgen!«

Patricia tanzte an. Sie versprühte gute Laune.

»Morgen«, antwortete Sarah etwas abwesend.

Sie war noch bei den drei Todesfällen im Praterviertel und druckte die Archivartikel aus.

»Sie haben den Obdachlosen am Wochenende obduziert. Herz-Kreislauf-Versagen«, sagte sie dann.

»Wenn du willst, schreibe ich was Kurzes«, schlug Patricia vor.

Sarah nickte und erzählte ihr von den anderen Fällen.

»Das kommt dir komisch vor?«, fragte Patricia.

»Ja, schon. Ich will rausfinden, wer der Tote auf der Jesuitenwiese ist.«

Die Polizei gab aus Datenschutzgründen keine Namen weiter. Nur Alter und Geschlecht standen in der Meldung.

In dem Moment kam Stepan herein. Sarah legte die Ausdrucke zur Seite. Sie wollte den Ressortleiter zu der Kunstraubgeschichte befragen, in die diese Galeristin verwickelt war. Conny hatte es im *Kuba* nur kurz erwähnt.

»Kannst du dich dran erinnern, was da passiert ist?«, fragte sie Stepan, nachdem sie ihm von dem Fest berichtet hatte.

Der kratzte sich am Kopf.

»Sollte ich wohl. Ist ja erst drei Jahre her. Also, die Versicherung witterte Betrug.«

»Gab es einen ernst zu nehmenden Verdacht?«

»Keine Ahnung. Jedenfalls haben sie die Auszahlung der Versicherungssumme vorerst verweigert. Was niemanden wunderte, weil Versicherungen das ja praktisch immer tun. Es hätte die Freibach fast ihre Existenz gekostet, weil sie sämtliche Exponate aus eigener Tasche ersetzen musste. Ganz abgesehen von dem Schaden, den ihre Reputation genommen hat.«

»Aber was kann sie dafür, wenn jemand ihre Bilder stiehlt?«

»Schon, aber weißt eh, wie das rennt. Die haben dann über ein Jahr recherchiert, konnten ihr aber keinen Versicherungsbetrug nachweisen und mussten am Ende zahlen. Wieso fragst du eigentlich?«

»Ach, nur so.«

»Nur so«, wiederholte Stepan breit grinsend. »Nur so. Na sicher, Sarah Pauli fragt nur.« Er zwinkerte ihr zu. »Wer's glaubt … Aber das ist Schnee von gestern.«

»Der Freibach hat sich auf der Party übrigens auffällig lange mit einer Frau unterhalten.«

»Das ist ganz normal auf Partys, Sarah.«

»Es sah aber nicht nach Small Talk aus, dazu wirkte es irgendwie zu … verkrampft. Dem Freibach war's echt unbehaglich, das habe ich ihm angesehen. Die Frau heißt Lucie Viktor und ist Kunstfotografin. Aber weder bekannt noch erfolgreich, sie hält sich mehr schlecht als recht über Wasser. Das weiß ich von Conny.«

Stepan runzelte die Stirn.

»Eine Fotografin auf der Suche nach Aufträgen, die Freibach mit ihrem Gequatsche über ihre Genialität quält? Eine Fotografin, die hofft, über ihn an Höfer heranzukommen? Der natürlich sofort damit beginnt, ihre Bilder zu sammeln, um damit Marktwert und Popularität zu erhöhen? Oder aber eine Geliebte, die ihm eine Szene gemacht hat?«

Stepan hatte seine Vorschläge an den Fingern abgezählt.

»Obwohl vereinbart war, einander in der Öffentlichkeit zu ignorieren?«, führte Patricia Stepans letzten Vorschlag weiter aus.

Sarah schüttelte nachdenklich den Kopf.

»Ich weiß nicht. Das sah irgendwie anders aus. Außerdem hat der allwissende Charmeur Kretschmer mir gesteckt, diese Viktor sei nicht Freibachs Typ.« Sie verdrehte die Augen. »Aber auch, dass der Freibach sich gerne mal einen One-Night-Stand aufreißt. Volksnähe sei ihm wichtig.« Sie imitierte Kretschmers stotterndes Lachen. »Diese Art Volksnähe könnte man ja ein bisschen im Auge behalten.«

»Ich wusste, dass es eine gute Idee war, dich ins Team zu holen!«

Günther Stepan sagte das voller Stolz.

»Aber bitte, wenn du deine Nase wo reinsteckst, wo's Schwierigkeiten geben kann, überleg dir vorher, wer dein Gegenüber ist.«

»Ich mach doch gar nichts«, sagte Sarah.

Sie gab »Freibach« und »Kunstraub« bei »Suche« im Archiv ein.

»Was auch immer du unternimmst, besprich es vorher mit mir. Okay?«

Es klang eindringlich.

»Okay.«

Sie wussten beide, dass Sarah sich nicht daran halten würde.

Im Archiv fand sich einiges über die Galerie, meistens ging es um Vernissagen, Artikel von Conny oder aus der Kulturredaktion.

»Mir kannst du's doch sagen«, raunte Patricia Franz verschwörerisch, nachdem Stepan sich in sein Büro zurückgezogen hatte. »Warum interessiert dich das wirklich? Das Gespräch mit dieser Viktor allein war's doch nicht, oder?«

Sarah strich sich die Haare aus dem Gesicht.

»Ich finde es sonderbar, wenn Politiker in einem freundschaftlichen Verhältnis zu Unternehmern stehen, deren Geschäftsgebaren nicht ganz nachvollziehbar ist. Stichwort Drogen und Geldwäsche.«

Damit spielte sie auf Harry Höfer an.

»Vielleicht ist an den Gerüchten ja gar nichts dran«, meinte Patricia. »Vielleicht hat der Höfer tatsächlich geerbt und verprasst das Geld mit seinen Freunden auf Szenepartys.«

»Wenn in diesen Kreisen von Magnaten ge- oder vererbt wird, weiß das die Presse. Und wenn nicht die, dann Conny, glaub's mir.«

Sie sahen einander an und lachten laut los, denn das

stimmte. Conny Soe entging nichts, was die High Society betraf.

»Und ausgerechnet Freibachs Frau ist in einen Kunstraub verwickelt?«

»Du bist misstrauisch.«

»Mich reizen Geheimnisse.«

»Ein Kunstraub ist kein Geheimnis, sondern ein Rätsel.«

»Auch ungelöste Rätsel sind geheimnisvoll.«

»Das Rätsel ist gelöst. Es war Raub, kein Betrug.«

»Vielleicht bin ich auch nur auf der Suche nach dem Räuber.«

»Na sicher.« Patricia grinste. »Du kennst eh deinen Ruf im Haus?«

»Meinst du, dass ich die Hexe bin? Ja.«

»Nein, ich meine, dass du das Böse anziehst.«

»Tja, damit kann ich leben.«

Sarah hatte einen Artikel zu der Causa herausgesucht. In dem Moment fiel es ihr wieder ein.

»Als die Viktor abzog, hat er ihr hinterhergestarrt. Und dabei hat er gewürfelt, das ist mir aufgefallen …«

»Aber daran ist doch noch nichts Dubioses …«

Patricia sah Sarah verständnislos an.

»Der Würfel als Symbol für das Glücksspiel …«

»Glaubst du, er ist ein Spieler?«

»Ich weiß nicht.«

»Eine Marotte?«

»Oder die Würfel als Orakel.«

»Ha, das ist super, so lassen sich natürlich auch politische Entscheidungen treffen …«

Sie kicherten.

»Nur falls du mal von Würfeln träumen solltest«,

meinte Sarah dann, »alten Traumdeutungsbüchern zufolge kündigen sie Glück an.«

»Cool. Ich werde drauf achten.«

»Weißt was? Das wird mein nächstes Kolumnenthema«, sagte Sarah und machte sich eine Notiz.

Dann widmete sie sich dem Artikel.

Ein Lkw mit den eigens für Kunsttransporte angefertigten Kisten verließ an einem Dienstag um vier Uhr morgens den Hafen von Marseille in Richtung Österreich. Auftraggeber war die Galerie Freibach. In dem Anhänger befanden sich Werke nordafrikanischer Künstler. Um was für welche es sich handelte, war diesem Bericht nicht zu entnehmen. Die beauftragte Spedition war die Art Move Management GmbH & Co. KG. Die war auf Kunsttransporte spezialisiert und hatte ihren Sitz in Salzburg mit Standorten in ganz Europa. Die Ladung war mit vier Millionen Euro versichert. Doch auf dem Weg nach Wien verschwand der Lkw spurlos. Ein paar Tage später fand ihn die Polizei. Der Laderaum war leer. Auf bewaffneten Begleitschutz, den das Transportunternehmen zur Verfügung gestellt hätte, hatte die Galerie verzichtet. Die Versicherung witterte Betrug und begann zu ermitteln.

Den Rest wusste Sarah von Stepan.

Sie recherchierte weiter und kam zu dem Ergebnis, dass der Fall nicht zur Gänze aufgeklärt werden konnte. Die Kunstwerke blieben wie vom Erdboden verschluckt, und Sarah fand auch nicht heraus, worum es sich dabei gehandelt hatte.

Sie lehnte sich in ihrem Schreibtischstuhl zurück und starrte auf den Satz am Ende des letzten Artikels.

Man hatte den Fahrer unter dem Lkw liegend gefunden. Mit durchgeschnittener Kehle.

Patricia raffte ihre Unterlagen vom Schreibtisch zusammen.

Sarah sah auf die Uhr.

Die große Redaktionssitzung stand an.

12

Am Nachmittag machte Lucie sich auf den Weg. Die Mappe mit den ausgedruckten Fotos hatte sie unter den Arm geklemmt. Die Galerie war in der Weihburggasse. Kurz bevor sie dort einbog, spürte sie einen Anflug von Nervosität. Vielleicht war die Idee, einfach mit der Tür ins Haus zu fallen, ja doch nicht so clever.

Durch die Glasfassade sah sie Lotte Freibach hinter einem Designerschreibtisch in einem riesigen Raum sitzen. An den weißen Wänden hingen farbintensive Bilder, die von einer Lichtschiene beleuchtet wurden. In Vitrinen standen Skulpturen aus Holz. Oder nannte man sie Plastiken? Lucie kannte den Unterschied nicht.

Sie holte tief Luft, zählte bis drei und drückte die Tür auf.

Die Galeristin hob den Kopf. Einen Moment lang war sie irritiert, doch dann erkannte sie Lucie. Sie erhob sich, kam hinter dem Schreibtisch hervor und schritt Lucie lächelnd entgegen. Ihr knielanger Rock lag eng an den Hüften, und die Bluse war gerade so weit ausgeschnitten, dass sie noch als schicklich durchging.

Lucie fühlte sich plötzlich abgerissen in ihrer Cargohose, T-Shirt und Jeansjacke.

»Lucie Viktor, richtig?«

Lotte Freibach streckte ihr die Hand entgegen.

»Ja, genau.«

Wow, sie hat sich meinen Namen gemerkt, jubelte Lucie innerlich.

Lotte Freibach zeigte auf die Gemälde an den Wänden.

»Wie ich Ihnen schon gesagt habe, zeige ich hauptsächlich Werke bildender Künstler. Das hier sind Bilder eines afrikanischen Malers, den hier bei uns noch niemand kennt, was sich aber sicher bald ändert. Und dann habe ich ihn zuerst ausgestellt.«

Diese Aussicht erfüllte sie sichtlich mit Stolz.

»Er verbindet traditionelle Voodoo-Motive mit der Moderne.«

Lucie nickte. Es war ihr ziemlich egal, was der Kerl verband. Hauptsache, sie selbst bekam eine Chance, hier auszustellen.

»Übermorgen eröffnen wir die Ausstellung.« Dann schien Lotte Freibach Lucies Anliegen wieder einzufallen. »Und jetzt zeigen Sie mal, was Sie so machen. Ich gestehe, dass mich das Foto, auf dem mein Mann zu sehen ist, natürlich brennend interessiert. Und vielleicht ändere ich ja meine Meinung.«

Dann lachte sie. Ein typisches Oberschichtslachen, dachte Lucie, nicht zu laut, nicht zu schrill. Höflich distanziert.

»Möchten Sie einen Kaffee?«

»Gerne.«

»Roland!«

Ein Mann in hellblauem Anzug erschien in der offenen Tür, die zu einem Büro führte und die Lucie bis dahin noch gar nicht aufgefallen war. Denn alles war Weiß in Weiß.

»Mein Assistent«, stellte die Freibach ihn vor.

Lucie schätzte ihn auf Anfang dreißig. Typ Audi A6 mit Alufelgen.

»Zwei Cappuccini«, bestellte Lotte Freibach, als wären sie im Kaffeehaus. »Oder mögen Sie lieber einen Espresso?«

»Cappuccino ist okay.«

Assistent Roland verschwand.

Lotte Freibach bat Lucie zu ihrem Schreibtisch und setzte sich wieder auf den Stuhl, auf dem sie vorher gesessen hatte.

»Also, nun zeigen Sie schon her.«

Sie klang jetzt neugierig, obwohl sie ihr zuerst wenig Hoffnung auf eine Ausstellung gemacht hatte.

Lucie breitete die Fotos aus der Mappe auf dem Tisch aus.

Die Galeristin fischte wahllos eins heraus. Es zeigte Berge von Bierdosen, Schnapsflaschen und Zigarettenkippen und hatte den Titel »Praterstern 5 Uhr morgens«.

Lucie erklärte Freibach ihre Idee hinter den Fotos.

»Ich habe absichtlich alles auf einen Haufen zusammengekehrt«, sagte Lucie.

Sie glaubte, eine Spur Anerkennung für ihre Arbeit in Lotte Freibachs Augen zu lesen.

»Da gibt es doch seit einiger Zeit Stadtführungen, die sich so ähnlich nennen, und man besichtigt die hässlichen Seiten von Wien.«

»Ja, ich habe davon gehört«, antwortete Lucie. »Aber mein Projekt gibt's schon länger.«

Das hatte sie nämlich ziemlich geärgert. Sie hatte den Namen für ihr Buchprojekt zuerst gefunden.

Lotte Freibach nahm ein weiteres Foto zur Hand, betrachtete es eingehend, legte es zur Seite, nahm das nächste und studierte es wieder so konzentriert, als müsste sie anschließend eine druckreife Kritik vortragen.

Roland kam herein, stellte zwei Tassen Cappuccino auf einem Beistelltischchen ab und zog sich wieder zurück.

Minuten verstrichen.

»Wer ist das?«, erkundigte die Galeristin sich nach einem längeren Schweigen.

»Clara. Eine Obdachlose. Ich habe sie in allen Lebenslagen fotografieren dürfen.«

»Die sind tatsächlich gut!«, sagte Lotte Freibach erstaunt.

»Das ist mein Beruf«, meinte Lucie ein wenig pikiert.

»Ich wollte Sie nicht beleidigen.«

»Passt schon. Warum ich jetzt zu Ihnen komme …«

Lucie räusperte sich nervös.

»Also, der Prater feiert ja dieses Jahr 250-jähriges Jubiläum, und es wird deshalb jede Menge herausgeputzter Veranstaltungen geben.«

Sie wies auf das Bild, das im Vordergrund den Drogendeal und im Hintergrund die Menschen im Tai-Fun zeigte.

»Ich zeige die Gegend aus einer ganz anderen Perspektive. Richte mein Objektiv auf das, was man sonst gar nicht sieht oder nicht sehen will. Keine Touristenfotos. Das hat einen eigenen Reiz, finden Sie nicht auch?«

Die Galeristin nickte.

»Sind das da ein Dealer und sein Kunde?«, fragte sie dann.

Lucie Viktor nickte und nahm dann das Foto zur

Hand, das Clara mit Linus Freibach abbildete. Sie hatte längst bemerkt, dass die Galeristin immer wieder hingeschielt hatte.

Lotte Freibach legte den Ausdruck mit dem Drogendealer zur Seite und widmete sich nun intensiv dem Foto, auf dem ihr Mann zu sehen war.

»Und das ist also auch im Prater?«

Lucie erzählte, wie das Bild entstanden war, vom Aufeinandertreffen der sozialen Klassen, was sich in dem Foto symbolisch verdichtete, und sie vergaß nicht hervorzuheben, dass eine Veröffentlichung Linus Freibachs Image des volksnahen Politikers gewiss polieren würde.

»Einer, der mit den Menschen aus allen sozialen Schichten spricht«, sagte Lucie, als wäre sie Freibachs Wahlkämpferin. Dabei konnte sie mit seiner Art, Politik zu machen, überhaupt nichts anfangen.

»Und sie hat nur am Wagen gelehnt, sagten Sie? Sie ist nicht eingestiegen?«

Sie sah Lucie nicht in die Augen, als sie diese Frage stellte, und eine leichte Röte überzog Lotte Freibachs Gesicht.

In dem Moment begriff Lucie, dass die Galeristin etwas vollkommen anderes in dem Foto sah als sie.

13

Linus Freibach stand am Fenster. Während er mit seiner Frau telefonierte, wanderte sein Blick über den Donaukanal hinüber zu der Fassade eines hässlichen Bürohauses. Er selber arbeitete im obersten Stock eines Gebäudes am Franz-Josefs-Kai. Eine gute Adresse. Wer hier einen Schreibtisch besaß, hatte es geschafft.

Auf dem Badeschiff, das am Ufer vor Anker lag, bereitete man sich auf die bevorstehende Saison vor. Zwei Männer schrubbten das Deck. Auf dem Kai fuhr ein Rettungswagen mit Blaulicht vor. Keine Sirene.

»Du hast gar nichts davon gesagt, dass du im Prater warst. Warum warst du dort?«

Der in eine Frage gekleidete Vorwurf seiner Frau drang an sein Ohr, nachdem sie ihm vom Besuch dieser Kunstfotografin erzählt hatte.

»Ich verstehe deine Frage nicht.«

»Ich habe nicht gewusst, dass du am Freitag im Prater warst!«

»Warum musst du über jeden meiner Schritte Bescheid wissen? Ich weiß doch auch nicht immer, wo du dich gerade aufhältst.«

»Natürlich. Denn ich halte mich vorwiegend in der Galerie auf«, widersprach sie.

Er schwieg. Das war in solchen Situationen fast immer besser, als zu antworten.

»Also, warum warst du dort?«

»Ich habe einen Klienten getroffen.«

»Im Prater? Ich dachte, die kommen zu dir ins Büro.«

Eifersucht. Eine der Eigenschaften, die er an Lotte nicht ausstehen konnte. Sie litt unter großer Verlustangst. Deshalb klammerte sie. Dabei hätte sie durchaus Chancen bei anderen Männern. Doch das nahm sie nicht einmal wahr.

Diese lästige Fotografin war tatsächlich mit dem Foto von ihm bei seiner Frau in der Galerie gewesen.

»Manche treffe ich nicht im Büro. Kubanek zum Beispiel.«

Er unterdrückte den Impuls, einfach aufzulegen. Das Gespräch langweilte ihn.

»Das *Kuba* liegt aber nicht hinter der Pratersauna. Was hast du mit der Frau auf dem Foto zu tun?«

Er hörte ihrer Stimme an, dass sie um Fassung rang und sich bemühte, ihre Fragen harmlos klingen zu lassen.

»Nichts. Sie hat mich um zehn Euro angeschnorrt. Für Drogen oder Alkohol oder was weiß ich.«

»Aber die fragen doch meistens nach Kleingeld, nicht nach zehn Euro.«

Er hatte seit zwei Monaten nicht mehr mit ihr geschlafen. Heute Nacht sollte er das wieder einmal erledigen. Nur um sie eine Weile ruhigzustellen.

»Du glaubst doch hoffentlich nicht, dass ich zu einer Prostituierten gehe?«, sprach er aus, was sie mit Sicherheit vermutete.

Ihr Schweigen verriet, dass er richtiglag.

»Also wirklich, Lotte! Du solltest mich besser kennen. Es kränkt mich, dass du das denkst. Eine Prostituierte, noch dazu so eine sozial verwahrloste! Wenn du mir wenigstens Geschmack zutrauen würdest …«

Stille. Sie dachte vermutlich nach.

Der richtige Moment, um das Gespräch zu beenden. Sein Blick fiel auf die blauen Würfel auf seinem Schreibtisch.

»Ich muss jetzt Schluss machen. Ein Kunde wartet im Konferenzzimmer auf mich.«

Er legte auf mit der Überzeugung, dass am Ende ihr schlechtes Gewissen Oberhand gewinnen und es ihr leidtun würde, ihn verdächtigt zu haben. Weil sie doch hätte wissen müssen, dass er sich niemals von einer Pennerin einen blasen lassen würde.

Er nahm die Würfel in die Hand, ließ sie in seiner Faust kreisen und warf sie zurück auf den Tisch. Zweimal die Eins.

Kein gutes Zeichen für das bevorstehende Treffen.

Toni Kubanek sah beschissen aus, Harry Höfer dagegen wie das blühende Leben. Ein Mann, der sein Leben in vollen Zügen genoss und heute Morgen garantiert mehr als nur eine Tasse Kaffee zu sich genommen hatte.

»Du solltest mehr schlafen, Toni«, begrüßte Linus Freibach den Szenewirt.

»Sehr witzig«, brummte Kubanek.

Er ließ sich auf den Drehstuhl fallen und streckte die Beine unter Freibachs Schreibtisch aus.

»Ich habe deiner Sekretärin gesagt, sie soll uns eine Runde Kaffee bringen.«

Harry Höfer setzte sich auf das breite Ledersofa gegenüber dem Schreibtisch.

»Wenn du dich an unsere Vereinbarung gehalten hättest, sähst du jetzt nicht aus wie ausgekotzt.«

Kubanek drehte sich Richtung Höfer.

»Mir taugt das Lotterleben. Und komm mir jetzt nicht wieder damit, dass ich längst auf meiner eigenen Jacht in Monaco liegen könnte! Die Jacht hast du dir nämlich schon unter den Nagel gerissen.«

Harry Höfer grinste.

»Es gibt dort noch mehr Luxusschiffchen.«

Die Sekretärin brachte den Kaffee.

Die Männer schwiegen.

»Legst du die flach?«, fragte Harry Höfer, als sie den Raum wieder verlassen hatte.

»Deine schmutzige Fantasie möchte ich nicht haben«, antwortete Linus Freibach. Er saß hinter dem Schreibtisch.

»Wo wir gerade beim Thema sind«, sagte Kubanek, »was war denn mit der Kunstfotografin? Ich sah dich mit ihr plaudern. Ist da was gelaufen?«

»Jetzt mal im Klartext, Toni«, meinte Freibach, ohne auf die Frage zu antworten. »Das *Kuba* geht zu gut, du hast zu hohe Einnahmen.«

Er wies auf die Bilanz, die er vor sich liegen hatte. Dann stieß er mit der Spitze seines Schuhs fest gegen Kubaneks Füße unter dem Tisch. Der zog seine Beine zurück. Die Rangordnung war wiederhergestellt. Freibach und Höfer hatten das Sagen.

»Kann ich was dafür, dass das *Kuba* abgegangen ist wie eine Nutte auf Crack?«

»Dann nimm deiner Nutte das Crack wieder weg«, sagte Höfer.

Kubaneks Miene verdüsterte sich.

»Das würde auffallen«, sagte er.

»Wieso? Wir gleichen aus«, erwiderte Freibach. »Die meisten deiner Kellner sind Studenten, die sich was nebenbei verdienen. Die machen sich keinen Kopf über deine Bilanzen.«

Einen Moment sahen sie einander schweigend an.

Kubanek nippte an seiner Tasse.

»Wie viel?«, fragte er schließlich.

»400 000«, sagte Höfer.

Kubanek schluckte.

»Das ist eine Menge.«

Höfer lachte. Es klang wie eine Drohung.

»Mir scheint, dir taugt dein Job als Szenewirt. Immer in den Medien. Immer die schönsten Mädels im Lokal. ORF und Puls4 stehen auf der Matte. Das ist toll, was, Toni? Du bist schon fast ein kleiner Star. Aber denk doch mal an die Arbeit, die damit verbunden ist. Die Mädels kannst du auch so haben, da brauchst nicht hinterm Tresen zu stehen.«

Kubanek nickte.

Er wusste, wann es Zeit war, den Mund zu halten.

14

Lucie brachte die Fotomappe zurück in ihre Wohnung und packte die Kamera ein.

Lotte Freibach hatte sie mit dem Versprechen verabschiedet, sich bei ihr zu melden. Lucie wusste, was das bedeutete. Die Ausstellung konnte sie vergessen. Der Galeristin war es nur um dieses eine Foto gegangen. Nur deshalb hatte sie sie eingeladen. Obwohl Lucie das von Beginn an geahnt hatte, war sie dennoch überrascht, wie unverblümt Lotte Freibach sie das hatte mitbekommen lassen.

Trotzdem war Lucie guter Dinge. Sie würde schon einen Weg finden, ihren Willen durchzusetzen. Niemand übertraf Lucie Viktor in den Disziplinen Sturheit und Ausdauer.

Auf dem Weg zum Prater bekam sie Hunger und ging rasch in den Supermarkt des Bahnhofskomplexes. Als sie wieder draußen war, sah sie Clara. Sie stand in einer Gruppe mit anderen Obdachlosen auf dem Platz. Ein paar von ihnen hielten Bierdosen in der Hand. Auf dem Boden standen Plastikflaschen neben Plastiktüten und schmutzigen Einkaufstrolleys.

Clara rauchte. Ihre Kleidung war verschlissen und wie immer zwei Nummern zu groß. Ihre paar Habseligkeiten hatte sie an einem sicheren Ort versteckt, das wusste Lucie.

Die vorbeieilenden Menschen machten einen großen Bogen um die Gruppe. Seit einiger Zeit zeigten blaue Striche am Boden an, ab wo Obdachlose sich nicht mehr aufhalten durften. Passanten hatten sich beschwert, dass sie die Ein- und Ausgänge verstellten. Die Bodenmarkierung sollte das Problem lösen, und wie es schien, tat es das auch. Harmlose Linien, die zwei Welten voneinander trennten wie eine unsichtbare Mauer.

Lucie ging auf Clara zu und winkte ihr zu. Clara erkannte sie und winkte zurück. Lucie hob ihre Plastiktüte aus dem Supermarkt in die Höhe. Clara begriff sofort, löste sich aus der Gruppe und kam auf Lucie zu.

Sie wechselten hinüber auf die Ausstellungsstraße und gingen dann eine Weile schweigend nebeneinander her. Clara schien nüchtern zu sein, doch sie roch intensiv nach Alkohol, Rauch und Straße. Sie sollte wieder mal duschen, dachte Lucie. Argwöhnische Blicke von Passanten streiften sie beide. Lucie glaubte zu wissen, wie sie auf die Leute wirkten. Eine Sandlerin mit ihrer Sozialarbeiterin. Nein. Keine Sozialarbeiterin. Die trugen rote Jacken. Zwei Sandlerinnen?

Auf der ersten freien Parkbank ließen sie sich nieder. Lucie packte die Einkäufe aus. Zwei Wurstsemmeln, zwei Käsesemmeln, ein paar Äpfel und Tomaten. Es sollte aussehen, als hätte sie für sich selbst eingekauft. Clara wollte weder Mitleid noch Almosen. Lucie hatte ihr nach dem Fotoshooting angeboten, jederzeit zu ihr kommen zu können, um zu duschen. Auch ein paar ihrer alten Kleidungsstücke hätte sie ihr geschenkt. Clara hatte sie nur angesehen, und Lucie hatte verstanden. Stolz war Claras einziger Besitz. Aber Hunger ließ einen manchmal die besten Vorsätze vergessen.

Lucie fischte noch zwei Coladosen aus der Tüte und hielt Clara eine hin. Sie öffneten die Dosen. Clara nahm einen langen und gierigen Schluck. Dann fingerte sie eine halb gerauchte Zigarette aus ihrer schmutzigen Manteltasche. Lucie fragte sich, ob sie die von der Straße aufgelesen hatte. Sie drehte ihre Dose in der Hand, während sie von dem Foto erzählte, das sie auf dem Parkplatz geschossen hatte. Für den Bruchteil einer Sekunde glaubte sie, eine Veränderung in Claras aschfahlem und von Müdigkeit gezeichnetem Gesicht wahrzunehmen. Überraschung? Argwohn? Angst? Sie konnte den Ausdruck nicht deuten.

»Kennst du den Freibach?«, fragte Lucie.

Clara schüttelte den Kopf.

»Wer ist das?«

»Der Kerl, an dessen Autofenster du gelehnt hast. Am Freitag. Dieser Steuerberater, der ein Politiker werden will«, sagte Lucie, obwohl er das längst war. Nur den Sprung ins Parlament, den musste er noch schaffen. Sie biss von ihrer Wurstsemmel ab, schwieg und kaute.

»Wollen diese Geschniegelten das nicht alle?«, meinte Clara. Es war eine Feststellung, keine Frage. »Nur weil sie in schwarzen Anzügen und mit genagelten Schuhen auftreten, bilden sie sich ein, die Welt auf ihrer Seite zu haben.«

»Sie haben die Welt auf ihrer Seite.«

Clara sah Lucie an.

Nein, dachte Lucie, sie sieht durch mich hindurch.

»Und was wolltest du von ihm?«

Dass nicht alle Geschniegelten ins Parlament einziehen wollten, sagte sie nicht.

Wieder schüttelte Clara den Kopf.

»Das Schicksal nimmt manchmal, um uns nicht zu erschrecken, die Miene des Zufalls an.«

Lucie verstand. Clara wollte ihr keine klare Antwort geben.

»Von wem ist das?«

»Nestroy.«

»Hast du inzwischen Theaterwissenschaft studiert?«

Lucies Frage war witzig gemeint, kam jedoch nicht ganz so an.

»Nur weil ich auf der Straße lebe«, antwortete Clara, »heißt das nicht, dass ich dumm bin. Ich hatte mal ein Leben.«

Lucie entschuldigte sich.

Manchmal hatte sie den Eindruck, dass Clara keine »echte« Obdachlose war, sondern eine Verirrte, die irgendwann irgendwo unterwegs falsch abgebogen war. So wie jetzt gerade. Einmal während ihrer Fotosessions hatte Lucie sie gefragt, seit wann sie schon auf der Straße lebte. Sie wollte das Foto danach benennen. »Zu lange«, hatte Clara nur geantwortet. Deshalb hieß das Foto jetzt »Zu lange«.

»Hast schon gehört? Der Greißler ist tot«, wechselte Lucie das Thema.

Da im *Wiener Boten* nur von »einem 59-Jährigen« die Rede war, hatte sie sich im Prater umgehört und schnell erfahren, wen es erwischt hatte.

Clara hatte ihr von dem Sonderling erzählt, der immer lieber für sich allein geblieben war. So war er auch gestorben. Einsam.

»Irgendwann erwischt's jeden«, sagte Clara. »Am Abend davor habe ich ihn noch gesehen.«

»Wo?«

»Auf der Jesuitenwiese. Beim Hundeplatz. Auf einer Parkbank hat er gesessen. Ein Mann war bei ihm, hat mit ihm geredet.«

»War das sein Stammplatz?«

Clara schüttelte den Kopf.

»Er hätte seinen Schnaps nie mit anderen geteilt. Schon gar nicht mit Fremden. Und der neben ihm war eindeutig keiner von uns.«

»Hätte? Du hast hätte gesagt.«

Clara grinste. »Du hörst echt gut zu.«

»Details sind mein Leben.«

»Er hat dem Fremden die Flasche hingehalten. Einmal. Der wollte aber nicht trinken.« Sie leerte die Dose in einem Zug. »Der Greißler hat nie geteilt.«

»Das hast du schon erwähnt.«

»Er hat den Greißler beobachtet. Beim Trinken. Als wär's ihm wichtig, dass er die Flasche austrinkt. Sonderbar.«

»Hast du das der Polizei erzählt?«

Clara hob nur müde eine Augenbraue.

»Die hören einer wie mir doch nicht zu«, sagte sie. »Aber du. Du hörst mir zu und merkst dir, dass ich den Fremden gesehen habe.«

Wie sie es sagte, klang es fast so feierlich wie ein Vermächtnis.

»Ist das wichtig? In den Medien war keine Rede von Mord.«

»Ich habe auch nichts von Mord gesagt! Wie kommst du darauf? Ich habe gesagt, dass ein Fremder neben ihm auf der Bank saß. Mehr nicht.«

Sorge schlich sich in ihren Blick. Sie warf die Zigarette auf den Boden, trat sie aus, schnappte sich eine Wurstsemmel und biss herzhaft hinein.

Zwei Frauen gingen an ihnen vorbei und ignorierten sie auffällig unauffällig.

»Wie sah dieser Fremde denn aus?«, fragte Lucie nach einer Schweigepause.

Clara zuckte mit den Achseln.

»Sein Mantel war sauber«, antwortete sie mit vollem Mund.

Sie kaute und schluckte und griff nach der Käsesemmel, um sie in ihre Manteltasche zu stecken. Dann nahm sie Lucie die offene Coladose aus der Hand.

»Du trinkst ja gar nicht.«

»Kannst sie haben«, sagte Lucie überflüssigerweise, weil Clara die Cola bereits ihre Kehle hinunterschüttete. Sie setzte ab. Rülpste.

Lucie fragte sich nicht zum ersten Mal, ob sie auch mal so enden würde, wenn der Erfolg ausblieb.

»Bald habe ich mein altes Leben zurück«, sagte Clara und erhob sich.

Ohne ein Wort ging sie davon, den Rest der Wurstsemmel in der einen und die Coladose in der anderen Hand.

Lucie sah ihr nach.

Irgendetwas an Claras letztem Satz klang beunruhigend. Als würde ihr altes Leben nichts Gutes verheißen.

Zwei Streifenwagen mit Blaulicht fuhren vorbei.

15

Der Himmel über Wien verdunkelte sich. Das strahlende Blau verwandelte sich zusehends in ein düsteres Grau, als würde jemand mit ausladenden Pinselstrichen darübermalen. Sarah knipste das Licht ihrer Schreibtischlampe an. Sie fröstelte. Es war fast, als kehrte ein Anflug von Winter zurück.

Sie hatte im Internet weiterrecherchiert zu Kunst, Kunstraub, Verkauf und Kauf von Kunstwerken und wusste inzwischen, dass es Usus war, weder Käufer noch Verkäufer von Kunstgegenständen bekannt zu geben, wenn dies gewünscht wurde. Dass die Bezahlung häufig über Offshore-Firmen lief und die Lagerung in zollfreien Depots erfolgte. Dass Geld gewaschen oder Steuern hinterzogen wurde, wiesen Kunstsammler und Auktionshäuser gleichermaßen vehement von sich.

Pino Daniele sang ihr ins Ohr. »Sara …« Sarah hörte seine Musik über Kopfhörer, während sie arbeitete.

Der italienische Barde war im vergangenen Jahr überraschend an einem Herzinfarkt gestorben, was Sarah sehr bekümmert hatte, stammte er doch wie ihre Großmutter ursprünglich aus Neapel. Zum Glück lebte seine Musik weiter.

Im Rahmen ihres Kurzurlaubs in der Küstenstadt am Fuße des Vesuvs hatten David und sie das Museo Madre besucht und Bilder von Luciano Fabro über Mimmo

Paladino bis Andy Warhol gesehen. Damals hatte sie sich keine Gedanken über den Kunstmarkt gemacht. Und wenn sie nicht auf dem Fest im *Kuba* gewesen wäre, hätte sie wahrscheinlich niemals darüber nachgedacht.

Sie nahm die Stöpsel aus den Ohren.

»Ich denke, wir sollten uns mal ans Telefon klemmen und rausfinden, was damals passiert ist.«

Patricia sah Sarah fragend an.

»Ach so, den Kunstraub meine ich, der die Freibachs betraf.«

»Ah!« Patricia nickte.

Sarah hatte es bei der Redaktionssitzung nicht zur Sprache gebracht und auch später nicht mehr darüber gesprochen.

»Wäre vielleicht klug, mit Lotte Freibach zu beginnen. Vielleicht verrät sie uns, was für Kunstwerke es waren. Danach Museen, Kunst- und Auktionshäuser, Galerien und Versicherung. Jedes noch so kleine Gerücht könnte spannend sein.«

»Aber glaubst du wirklich, dass die Freibach uns da Auskunft gibt?«, fragte Patricia skeptisch.

»Nein, aber irgendwo müssen wir ja anfangen.«

»Und mit welcher Begründung?«

»Offshore-Firmen.«

Wieder sah Patricia sie fragend an.

»Also wenn man in Österreich Erlöse aus Kunstverkäufen erwirtschaftet und das Geld auf ein Konto in ein Steuerparadies überweist, unterliegt das nicht der Meldepflicht«, klärte Sarah sie auf. »Wir behaupten der Freibach gegenüber einfach, dass wir zu dem Thema recherchieren und in dieser Angelegenheit auch Kunstexpertinnen und -experten um ihre Meinung bitten.«

»Aber ob sie uns dann erzählt, was wir hören wollen?«

»Vielleicht. Schließlich unterstellen wir ihr ja nicht, dass sie ihr Geld an Briefkastenfirmen in Panama oder auf den Jungferninseln überweist.« Sie setzte ein unschuldiges Gesicht auf. »Und bei der Spedition erkundigen wir uns, ob es bei einer so teuren Fracht üblich ist, auf Security zu verzichten.«

»Warum interessiert dich diese alte Geschichte, Sarah?«

Stepan war aus seinem Büro gekommen, und weder Sarah noch Patricia hatten das mitbekommen.

»Der Fall ist längst abgeschlossen, das sagte ich heute Morgen schon. Verschwende deine Zeit nicht damit, das bringt nichts.«

»Recherchieren werde ich doch noch dürfen. Ich unternehme nichts, ohne mit dir …«

»Mag sein, dass Leute wie Freibach oder Höfer dir suspekt sind«, unterbrach Stepan sie. »Aber die sind um etliche Nummern zu groß, als dass man ihnen mal so nebenbei ans Bein pinkeln könnte. Nicht ohne handfeste Beweise.«

»Ich pinkle niemandem ans Bein. Ich frage nur nach, und das ist legitim in meinem Job.«

»Überlass Recherchen zu Geldwäsche und Offshore-Firmen den investigativen Journalisten, am besten denen vom internationalen Journalistennetzwerk. Die haben nicht nur Erfahrung damit, sondern auch brauchbare Kanäle.«

»Geldwäsche? Wie kommst du denn darauf?«

Sie konnte es wenigstens versuchen …

»Ich weiß, dass du darüber nachdenkst«, antwortete Stepan.

»Echt?«, fragte sie, aber natürlich war ihr klar, dass er sie durchschaut hatte.

»Ich kenne die Gerüchte, und ich kenne dich.« Er sah sie streng an. »Und ich wiederhole mich nur ungern. Du hast es hier nicht mit Krethi und Plethi zu tun, sondern mit anderen Kalibern. Die haben Kontakte nach ganz oben. Womöglich weckst du mit deinen Fragen schlafende Hunde. Und das könnte unschön werden, nicht nur für dich, sondern für den *Wiener Boten* insgesamt. Ich hoffe, wir haben uns verstanden.«

Sarah starrte ihren Chef an und schluckte. Gerade hatte sie Kretschmer gegenüber noch behauptet, im *Wiener Boten* würde unkorrumpierbarer Journalismus betrieben.

»Tja. So viel zur Pressefreiheit im eigenen Haus.«

»Kümmert euch jetzt bitte um aktuelle Geschichten.« Stepan überging Sarahs Bemerkung. Er legte ihr eine Notiz auf den Schreibtisch. Darauf stand eine Telefonnummer.

»Die Polizei hat vor wenigen Minuten ein Drogenversteck im Prater ausgehoben.«

Sarah sah Stepan überrascht an.

»Woher weißt du das?« Sie wandte sich an Patricia. »Haben wir eine Pressemeldung übersehen?«

Patricia schüttelte den Kopf.

Stepan grinste.

»Mich hat ein Informant angerufen.«

Sarah klickte hektisch die Polizeimeldungen durch.

»Hoffentlich hat dich nicht der Drogendealer höchstpersönlich informiert. Hier ist nämlich nichts angekommen.«

»Ruf dort an und hol dir detaillierte Infos.«

Stepan ging zurück in sein Büro, kam aber sofort wieder zurück.

»Auch ich habe Freunde bei der Polizei, Sarah. Ach, noch was. Patricia, bereiten Sie schon mal einen Bericht über den Status quo beim Riesenrad vor. Die Demontage und der Austausch der Gondeln sind schon in vollem Gange. Ich schicke Simon heute Nacht in den Prater, ist schon alles besprochen. Solche Bilder kriegt man so schnell nicht wieder. Und bevor du fragst, Sarah, warum wir dafür Platz auf den Chronik-Seiten schaffen …«

»Ich frag doch gar nicht.«

»Das Riesenrad gehört zu den Wahrzeichen Wiens und der Prater feiert 250 Jahre Bestehen«, fuhr Stepan unbeirrt fort.

»Ich weiß.«

»Gut. Dann weißt du also auch, womit wir uns die nächsten Wochen beschäftigen.«

Damit ging Stepan endgültig zurück in sein Büro.

Sarah verdrehte die Augen, nahm den Zettel in die Hand und griff zum Telefon.

Nach dem dritten Läuten wurde abgehoben.

In dem Versteck hatte die Polizei rund 200 Baggys Cannabis gefunden, informierte man Sarah. Was einem Wert von rund 2000 Euro entsprach. Sie waren für den Straßenverkauf abgepackt worden, ein Gramm pro Tütchen, die je nach Bedarf geholt wurden.

»Was ist mit dem Dealer?«

»Konnte entkommen. Die Fahndung läuft.«

»Kennt die Polizei seine Identität?«

»Dazu kann ich Ihnen leider nichts sagen.«

Alles klar, dachte Sarah, das wird eine kurze Meldung.

Ein Drogenfund lockte niemanden mehr hinter dem Ofen hervor, es sei denn, er wurde in der Wohnung eines Prominenten gemacht.

Ihr Blick fiel auf die Ausdrucke neben dem PC. Die verstorbenen Obdachlosen. Darum wollte sie sich endlich kümmern. Sie suchte im Verzeichnis des *Wiener Boten* die Telefonnummer der freien Mitarbeiterin heraus, die das Porträt über Friedrich Ladewig geschrieben hatte. Die Frau hob sofort ab, und Sarah erklärte, warum sie anrief, nachdem sie sich vorgestellt hatte.

»Das ist noch nicht so lange her. Ich war drei Tage mit ihm unterwegs. Tage und Nächte. Ist echt Hardcore da draußen. Jeden Tag die Jagd auf Lebensmittel. Und wenn man dann sieht, wie viel Essbares im Müll landet«, plapperte sie drauflos. »Unsere Gesellschaft ist doch krank. Die einen führen ein Leben im Überfluss, und die anderen haben nichts. Genau – nichts …«

»Er hatte einen Job«, unterbrach Sarah ihren Redefluss.

»Ja. Aber er wollte mir nicht genauer sagen, was es für ein Job war. Ich nehme an, irgendwas nicht ganz Legales, sonst hätte er's sicher erzählt. Er meinte, dass er bald von der Straße weg wäre.«

»Hast du deine Aufzeichnungen noch?«

»Klar. Aber das meiste davon hab ich eh verwertet. Eigentlich wollte ich Ladewig noch mal besuchen, sobald er es geschafft hätte. Das wäre eine schöne Geschichte geworden, der ehemalige Obdachlose … Wer hätte ahnen können, dass er eine Woche nach Erscheinen meines Artikels stirbt. Aber warum fragst du eigentlich?«

Sarah schilderte ihr die Situation.

»Willst du damit sagen, es handelte sich nicht um einen sogenannten natürlichen Tod?«

»Ich recherchiere«, antwortete Sarah ausweichend.

»Auch wegen Ladewig? Warte mal kurz, mir fällt gerade etwas ein.«

Sarah hörte, wie sie den Hörer zur Seite legte.

Sekundenlang herrschte Stille.

»So«, meldete die Journalistin sich zurück. »Ich hab die Notizen schnell rausgesucht. Ladewig erzählte nämlich, er hätte diesen Job von einer Kollegin übernommen.«

Martha Wessely, schoss es Sarah durch den Kopf. Sie bedankte sich bei ihrer Kollegin, versprach, sie auf dem Laufenden zu halten, und legte auf.

Martha Wessely war im November gestorben, Friedrich Ladewig im Januar und der Greißler im März. Ob dieser ominöse Job alle zwei Monate weitergereicht wurde?

Sarah war fest davon überzeugt, dass hier etwas nicht stimmte.

Als sie nach Hause kam, stand Chris am Herd und kochte. Eine Leidenschaft, der er schon länger nicht mehr nachgegangen war.

Marie saß auf der Fensterbank und wartete, bis ein Vogel vorbeikam. Wenn einer kam, sprang sie am Fenster hoch und tat hinterher so, als hätte sie selbstverständlich gewusst, dass das so nichts wurde.

»Duftet verlockend«, meinte Sarah.

»Lammfilet in Balsamico. Dazu Ratatouille. Bist du allein?«, fragte er.

»Ja. David hat noch zu tun.« Sie kraulte Marie zwischen den Ohren, und die Katze begann zu schnurren. »Habe ich einen Geburtstag vergessen, oder warum kochst du so toll auf?«

Ihr Bruder drehte sich um und strahlte Sarah an.

»Ich habe die letzte SIP bestanden, Schwesterherz! Das heißt, das KPJ steht an, und wenn alles gut geht, bin ich nach dem praktischen Jahr fertig.«

»Wow, Wahnsinn!«, rief Sarah aus und erschrak im selben Moment darüber, dass sie in letzter Zeit kaum noch etwas vom Leben ihres jüngeren Bruders mitbekommen hatte.

»Doktor Christian Pauli«, sagte sie dann und grinste.

»Klingt wie eine Halskrankheit oder so«, meinte Chris.

Sarah schnappte sich das Glas Rotwein, das auf der Anrichte stand.

»He, das ist meins«, protestierte er.

Sarah ging aus der Küche hinaus und ins Wohnzimmer. Dort legte sie eine CD in den Player, drehte laut auf und ging wieder in die Küche zurück.

Santa Lucia

»Alles gut?«, fragte Chris.

Sarah nickte. Sie hatte Tränen in den Augen. Ihr kleiner Bruder war erwachsen geworden. Nach dem Unfalltod ihrer Eltern war er zu ihr gezogen, und sie konnte, nein, sie wollte sich gar nicht vorstellen, dass das jemals anders sein würde.

Venite all'agile barchetta mia

Chris breitete die Arme aus. »Komm her!«

Sie stellte das Glas ab und warf sich an seine Brust. Er drückte sie und sang das alte neapolitanische Volkslied leise mit, so wie ihre Mutter es früher getan hatte.

Su passeggeri, venite via
Santa Lucia, Santa Lucia

So blieben sie eine ganze Weile stehen und wiegten sich gemeinsam im Takt.

Barchetta mia
Santa Lucia, Santa Lucia

Dann war das Lied zu Ende, und Chris gab Sarah wieder frei.

»Wolltest du deinen Erfolg mit Gabi heimlich feiern, ohne David und mich?«, fragte Sarah, während sie sich die Tränen abwischte.

»Erfolg«, lachte Chris.

Er küsste sie auf beide Wangen und nahm ein neues Glas aus dem Küchenschrank.

»Keine Party, falls du das meinst. Wir wollten nur etwas Gutes essen und trinken. Noch bin ich ja nicht fertig. Aber ihr könnt gerne mitessen.«

Er goss Rotwein in das frische Glas und reichte es Sarah, nahm das alte Glas zurück und stieß an.

»Auf uns, Schwesterherz.«

»Auf uns.«

Nachdem sie einen Schluck getrunken hatten, widmete Chris sich wieder dem Gemüse.

Es läutete.

Sarah stellte das Glas auf der Anrichte ab und ging zur Tür.

Es war Gabi, und Sarah umarmte ihre Freundin zur Begrüßung.

»Ist was passiert?«, fragte Gabi alarmiert.

»Oje, sehe ich so schlimm aus?«, lachte Sarah. »Nein, nein, alles gut. Komm rein.«

Gabi hängte ihre Jacke an die Garderobe.

»Kommst du direkt aus dem Büro?«, fragte Sarah.

Gabi schüttelte ihre blonden Locken. »War vorher zu Hause, duschen und umziehen. Warum fragst du?«

»Ach, nur so.«

»David war noch im Büro, als ich ging«, erriet Gabi den Grund der Frage und ging weiter in die Küche.

Sarah blieb ihm Flur stehen und schickte David eine SMS, in der sie ihm ein gutes Essen in Aussicht stellte. Er antwortete prompt.

Bin schon unterwegs!

Schließlich saßen sie alle vier zusammen. Meine Familie, dachte Sarah in einem Anflug von Glück. Der Rotwein war schon in den Gläsern, und sie stießen an.

Auf Chris' bestandene Prüfung. Darauf, dass der Barkeeper Chris in absehbarer Zeit Arzt wurde. Ob er die Nächte im *Panorama* vermissen würde, konnte Chris noch nicht sagen.

»Es wird auf jeden Fall alles anders«, meinte er.

16

Freibach saß am Schreibtisch, die Beine hochgelegt, und dachte nach. Die Sekretärin und seine Mitarbeiter hatten längst Feierabend gemacht.

Er ließ die Würfel zwischen seinen Fingern kreisen.

Die Liste der Firmen, die er vor großen Zahlungen an das Finanzamt bewahrt hatte, war lang. Es war von immensem Vorteil, dass er jedes noch so kleine Schlupfloch im Steuersystem kannte. Außerdem liebte er das Spiel mit dem Feuer und wusste jede Grauzone zu nutzen. Die Schlüssel zum Erfolg hießen Wissen, Erfahrung und Beziehungen, ganz gleich, um welche Branche es sich handelte. Freibach wusste, was zu tun war. Die kleinen Fische überließ er seinen Angestellten. Er selbst kümmerte sich ausschließlich um Kunden, die international agierten. Kapazunder, die man auf dem großen Parkett schätzte.

Über die Jahre hatte er ein hochkarätiges und hervorragend funktionierendes Netzwerk geschaffen. Und er hielt die Fäden in der Hand. Wie ein Marionettenspieler, der für sein Publikum unsichtbar bleibt. Seine Verbündeten bewegten sich in die Richtung, die er vorgab. Dafür rettete er ihr Geld vor den gefräßigen Haien im Finanzamt.

Und wenn er es wollte, wurden die Fäden zu Fallstricken.

Macht. Einfluss. Kontrolle. Schon als Kind hatte er davon geträumt. Als seine Freunde begannen, den Mädchen hinterherzulaufen, las er Machiavelli. Und begriff bald, dass er auf der Seite der Leader stand, der Drahtzieher und der Manipulanten.

Inzwischen schuldeten ihm mehr Leute einen Gefallen, als er jemals einfordern konnte. Er fühlte sich sicher. Doch wie diese kleine Unachtsamkeit nun bewies: viel zu sicher. Er war leichtsinnig geworden. Sonst hätte es dieses Foto nie gegeben. Das Foto einer vollkommen unbedeutenden Fotografin, die sich der Szene anzubiedern versuchte. Nach dem Motto Frechheit siegt.

Er nahm die Beine vom Tisch.

Sein Handy vibrierte. Lotte. Jetzt nicht. Er wischte übers Display und aktivierte die Mailbox. Das würde ihm zwar eine Menge lästiger Fragen einhandeln, was aber zur Sekunde nicht sein Problem war.

Wieder vibrierte das Handy. Uwe. Endlich.

»Du wirst es nicht glauben, Linus! Ich habe die komplette Ausstellung verkauft.«

»Was heißt die komplette Ausstellung?«

»Alles, verstehst du? Fünf Sammler, und sie zahlen den verlangten Preis.«

»Das wird Lotte freuen.«

»Afrikanische Kunst liegt anscheinend voll im Trend. Du hattest wieder einmal den richtigen Riecher, Linus. Wo bist du?«

»Im Büro.«

»Ich maile dir die erste Liste. Inklusive Namen der Käufer.«

Eine Liste, die niemand sonst je zu Gesicht bekäme. Es gab immer zwei Listen. Die eine vernichtete er nur zur Sicherheit nicht. Für den Fall, dass ihm irgendwann mal jemand einen Gefallen schuldig blieb und er ihn daran erinnern musste.

»Gute Arbeit, Uwe. Ah ja, und schick mir nächste Woche deine Rechnung.«

»Wofür?«

»Du wirst vergesslich, mein Freund. Coaching für öffentliche Auftritte. Ist schon eine Weile her«, antwortete Freibach.

»Alles klar.«

Danach besprachen sie noch ein paar Punkte des Parteiprogramms. Sicherheit, Wohlstand und Freiheit waren die Worthülsen, mit denen man die Wähler und Wählerinnen ködern konnte. Uwe würde aus Freibachs Vorgaben einen Entwurf ausformulieren.

Unmittelbar nachdem ihr Telefongespräch beendet war, landete die angekündigte Mail von Uwe in Freibachs Posteingang. Er öffnete das angehängte Dokument und druckte es aus.

Natürlich standen auf diesen Listen selten die Namen der Endabnehmer, sondern die der Strohmänner. Doch zumindest wusste Freibach so, wohin die Reise ging, und konnte die wahren Käufer leichter entlarven.

Zufrieden lehnte er sich zurück und studierte aufmerksam das Namenverzeichnis. Dann legte er das Papier zur Seite. Das Geschäft versetzte ihn in Feierlaune.

Er nahm ein Tütchen mit weißem Pulver und sein Röhrchen aus der Schublade und gönnte sich eine Line.

Der Stoff war von feinster Qualität.

Sein Kopf wurde klar.

Das 21. Jahrhundert, dachte er, dominiert von Grausamkeit und Zerstörung. Neid, Hass und Gier hatten

Empathie und Hilfsbereitschaft verdrängt. Nur wer es bis nach ganz oben geschafft hatte, bekam Anerkennung. Die Menschen verneigten sich vor dem Bösen.

Und er war böse.

Nicht, dass er Schuld an den desolaten Zuständen hatte. Er nutzte nur, was sich ihm bot, um seine Macht nicht nur zu stabilisieren, sondern sie auszubauen. Wenn man einmal durchschaut hatte, welche Mechanismen griffen und welche Vorgehensweisen sinnvoll waren, so war alles andere ein Spiel. Teuflisch, aber dennoch ein Spiel. Und deshalb brauchte er auch diejenigen, die an seinen Fäden zappelten. Die seine Vorgaben umsetzten. Die die Probleme für ihn lösten.

17

Scheinwerfer beleuchteten das Riesenrad. Ein Waggon baumelte am Kran eines meterlangen Lkws. Der Einbau der neuen Gondeln war Millimeterarbeit. Lucie konnte mit dem Zoom die Schweißperlen auf der Stirn der Arbeiter deutlich erkennen.

Einer der Monteure hatte sich neben sie gestellt. Er erklärte unaufgefordert, dass die neuen Waggons aus St. Johann im Pongau kamen.

»Die sind hochmodern. Klimaanlage, Wand- und Fußbodenheizung«, ließ er sie wissen. »Auch im Dinnerwaggon. Das ist der mit der Nummer 30.« Er zeigte auf eine der Gondeln. Wahrscheinlich dachte er, sie wäre Journalistin.

»Alle drei Wochen kommen neue Fichtenholzgondeln. Zuerst bauen wir den Boden, dann die Oberkonstruktion«, redete er weiter auf sie ein. »Ist nicht einfach, die Waggons zu verankern. Das Stahlkonstrukt ist '44 bei dem Brand ja ziemlich beschädigt worden.«

Dann reichte er ihr unvermittelt die Hand und sagte, er wäre der zuständige Bauingenieur und verantwortlich für das alles. Ein Fotograf kam auf sie zu. Ein junger Typ in Skaterklamotten. Er stellte sich ihnen vor. Simon Friedmann vom *Wiener Boten*. Verwirrt sah der Bauingenieur zwischen Lucie und dem anderen Fotografen hin und her und begriff offenbar seinen Irrtum.

Lucie lächelte freundlich, sagte rasch, dass sie jetzt genug Fotomaterial hätte, und trollte sich. Sie spürte die Blicke der beiden Männer im Rücken.

Auf ihrem Streifzug durch den einsamen Wurstelprater schoss sie Fotos aus der Hüfte. Unzugängliche Fahrgeschäfte. Verlassene Parkbänke. Straßenlaternen. Dunkle Gehwege.

Sie war beileibe kein ängstlicher Typ. Doch um diese Zeit die Prater Hauptallee entlangzugehen, das war selbst ihr etwas unheimlich. Ein Pärchen kam ihr entgegen, und sie atmete erleichtert auf. Der Wind strich durch die noch kahlen Bäume. Sie bog in die Rotundenallee ein. An knorrigen Ästen entdeckte sie erste zarte Knospen. Sie fotografierte aus verschiedenen Perspektiven.

Diese Nachtaufnahmen waren genial. Ihre Ausstellung würde der Renner schlechthin.

Die Idee, auch hier Nachtfotos zu schießen, war ihr am Nachmittag gekommen. Als die Polizei Richtung Praterstern raste, war sie so schnell wie möglich hinterhergerannt. Sie hoffte auf eine Schlägerei, möglichst emotional, grell und blutig, Szenen, die sie festhalten und später auf Fotopapier bannen könnte. Live dabei … Doch schon auf der Hauptallee waren überall Absperrbänder, und sie kam nicht nah genug heran, um das Geschehen zu fotografieren. Deshalb hatte sie beschlossen, abends wiederzukommen. Hinterher hatte sie gehört, dass man auf ein Drogenversteck gestoßen war.

Auch die Leiche des Obdachlosen, den sie alle Greißler genannt hatten, wurde hier im Waldstreifen bei der Jesuitenwiese gefunden. Das fiel Lucie jetzt wieder ein.

Sie zog ihre Taschenlampe aus der Jackentasche,

knipste sie an und kroch ins Unterholz. Hundescheiße. Ein Gestank, der ihr sofort in die Nase stieg. Verfaultes Laub. Und Gerüche, die sie nicht identifizieren konnte. Sie leuchtete den Boden ab und suchte nach Spuren. Liegen gebliebene Details. Fragmente von etwas. Vergessene Reste. Stumme Zeugen … Doch sie fand nichts Brauchbares. Der Waldboden war so sauber, als hätte ihn jemand extra geharkt.

Das Knacken eines Astes.

Lucie fuhr erschrocken herum. Ihr wurde auf einmal unheimlich. Sie ging rasch zurück Richtung Rotundenallee.

Da explodierte ein gewaltiger Schmerz in ihrem Rücken. Sie taumelte und kippte nach vorne. Instinktiv schützte sie ihren Kopf mit den Händen und ging in die Knie. Sie wollte nicht aufs Gesicht fallen. Was war das? Ein Ast, vom Baum abgebrochen? Noch ein Schlag traf sie, diesmal auf die Schulter. Dann kamen die Schläge heftiger und schneller. Keine Äste, dachte sie. Sie fiel, schmeckte Blut im Mund und versuchte verzweifelt wegzukriechen. Aber sie konnte sich vor Schmerz keinen Millimeter bewegen, sie konnte nicht einmal mehr den kleinen Finger rühren.

Bin ich tot?

Das war das Letzte, was sie dachte.

Dienstag, 22. März

18

Sie haben heute Morgen eine Frau im Prater gefunden.«

Patricia Franz legte Sarah statt einer Begrüßung den Ausdruck der Polizeipressemeldung auf den Schreibtisch.

»Tot?«, fragte Sarah.

Patricia schüttelte den Kopf. »Aber schwer verletzt. Auf der Rotundenallee. Man hat sie zusammengeschlagen.«

»Auf der Rotundenallee«, wiederholte Sarah, als wäre das ein besonderer Ort. »Der Obdachlose wurde doch auch dort in der Nähe gefunden. Und gestern haben sie das Drogenversteck ausgehoben. Ist doch eigenartig, dass sich alles in derselben Gegend abspielt.«

Patricia zuckte mit den Achseln.

»Wenn du meinst.«

Die Gleichgültigkeit ihrer jungen Kollegin ärgerte Sarah. Wenn schon nicht misstrauisch, so sollten Journalistinnen doch wenigstens neugierig sein, war Sarahs Standpunkt. Patricia wäre in der Lifestyle-Redaktion wohl wirklich besser aufgehoben.

»Wissen wir schon, wer die Frau ist?«

Sarah schälte sich aus ihrer Jacke und hängte sie über die Stuhllehne.

Patricia schüttelte den Kopf, ihre Locken wippten.

»Fährst du hin?«, fragte sie auf einmal und sah Sarah fast erschrocken an. Ihr Gesichtsausdruck verriet, dass sie höchst ungern vor Ort recherchieren wollte. Es war ihr ein Gräuel, fremde Menschen anzusprechen und ihnen Beobachtungen, Einschätzungen oder Geschichten zu entlocken.

»Ja, na klar«, beruhigte Sarah sie. »Lass mich nur die Polizeimeldung lesen, und dann rufe ich Stein an.«

Sie ließ sich auf den Stuhl fallen.

Kurz danach war sie im Bilde.

Ein Mann, der früh am Morgen mit seinem Hund unterwegs war, hatte die Frau gefunden. Schwer verletzt und bewusstlos. In welches Krankenhaus man sie gebracht hatte, verschwieg die Polizeimeldung. Die Identität des Opfers stand noch nicht fest. Man fand weder einen Ausweis noch ein Portemonnaie bei der Frau. Augenzeugen gab es keine.

Sarah suchte nach einem Lageplan vom Prater, druckte ihn aus und befestigte ihn mit Tesafilm an der Wand. Mit einem roten Textmarker malte sie drei Kreuze darauf.

»Schau, Patricia. Hier wurde der Obdachlose gefunden, da die Drogen und ungefähr … hier«, sie tippte mit dem Marker auf eine bestimmte Stelle, »die Frau. Das kann doch kein Zufall sein.«

»Und wenn doch?«, fragte Patricia.

Sarah schüttelte den Kopf, ging an ihren Schreibtisch und griff zum Hörer, um sich bei Chefinspektor Stein zu erkundigen, wer den Fall bearbeitete. Sie erfuhr, dass Martin Stein selbst in dieser Sache ermittelte. Das machte es leichter für Sarah. Der bullige Ermittler mochte sie, auch wenn er das nicht immer so zeigen konnte. Sie waren einander inzwischen in gegenseitiger Wertschätzung verbunden. Obwohl Stein sich manchmal aufführte, als wäre er ihr Vater. Sarah hätte ihm schon längst das Du angeboten, doch sie wahrte die Etikette. Das musste von der älteren Person kommen, die in ihrem Fall eindeutig der Bulle mit den kurz geschorenen Haaren war.

»Weiß man schon, wer die Frau ist? Und was passiert ist?«

»Nein. Sie war nicht ansprechbar. Ich werde nachher zu ihr ins Krankenhaus fahren.«

»Wie schwer sind ihre Verletzungen?«

»Wissen wir noch nicht.«

»Haben Sie schon eine Idee?«

»Ich rate nicht, wie Sie wissen.«

»Ist sie zwischen die Fronten geraten?«

»Spielen Sie auf den Drogenfund von gestern an?«

»Könnte doch sein, dass sie etwas damit zu tun hat.«

Stein brummte etwas Unverständliches.

»Ist sie vergewaltigt worden?«, fragte Sarah weiter.

»Auch das wissen wir noch nicht. Auf den ersten Blick hätte ich behauptet nein. Aber ich bin kein Arzt, sondern Kriminaler.«

»Sie haben sie also gesehen?«

»Ich hatte Dienst.«

»Oder ein Bandenkrieg«, fuhr Sarah in ihren Überlegungen fort.

»Sie meinen Tschetschenen und Afghanen? Da war gestern nichts.«

Ethnische Konflikte standen in der Gegend auf der Tagesordnung genau wie Drogenhandel und Prostitution. Obwohl der Straßenstrich aus dem Prater verbannt worden war, das Ende einer Tradition, die so alt gewesen war wie der Prater selbst.

»Vielleicht war sie mit jemandem liiert, und das hat einem anderen nicht gepasst«, meinte sie.

»Wie gesagt, wir wissen noch nicht, was passiert ist«, sagte Martin Stein gereizt. »Ich hoffe, dass sie sich an den Überfall erinnern kann und erinnern will. Wenn sie wirklich in die Drogensache verwickelt sein sollte, werden wir's kaum von ihr erfahren.«

»Rufen Sie mich an, wenn Sie mehr wissen?«

»Schreiben Sie darüber?«, fragte Stein.

Er wusste, dass Sarah in die Chronik gewechselt hatte.

»Ja. In welchem Spital liegt die Frau denn?«

Er lachte. »Sie probieren es immer wieder, was, Sarah? Aber ich werd's Ihnen nicht sagen. Die Frau braucht jetzt Ruhe und sicher keine lästigen Reporterinnen in ihrem Zimmer.«

»Ich bin nicht lästig.«

»Sagt wer?«

»Aber den Namen der Frau …«

»Schau'n wir mal.«

Er legte auf.

Sarah lächelte. Herauszufinden, in welchem Krankenhaus die Frau lag, war nicht schwer. Normalerweise brachte die Rettung Verletzte in dasjenige, was am nächsten lag. Sarah hatte eine Liste mit allen Wiener Hospitälern. Das Unfallkrankenhaus Wien Lorenz Böhler war nicht weit vom Prater entfernt. Sarah wusste jedoch, dass man Opfer von Überfällen wie diesem meistens ins SMZ-Ost oder ins AKH brachte. Jetzt fehlte ihr nur noch der Name der Frau, dann konnte sie ihr Glück versuchen.

»Klemmst du dich bitte ans Telefon und versuchst, etwas herauszubekommen, während ich mich mal im Prater umsehe?«

»Und was genau soll ich herausfinden?«

»Alles. Egal was, wenn es nur mit dem Überfall zu tun hat und wir eine Geschichte daraus machen können. Vor allem wär's gut zu wissen, wie die Frau heißt, das würde die Recherche natürlich enorm erleichtern.«

»Ah, bevor ich's vergesse«, Patricia griff nach einem Blatt Papier, »hier ist die Antwort von der Spedition.« Sie schob Sarah den Ausdruck zu. »Es ist nicht unüblich, Kunstwerke ohne bewaffnete Security durch Europa zu transportieren. Die Route führt durch Deutschland, kein Land, wo man so schnell Lkws überfällt. Die Spedition war schon zum dritten Mal von der Galerie beauftragt worden, als das passierte. Und sie arbeitet bis heute für die Freibach.«

»Vielleicht findest du ja raus, wer vorher für die Transporte zuständig war. Ob es schon mal solche Zwischenfälle gab und aus welchem Grund die Freibach die Spedition gewechselt hat«, sagte Sarah, während sie noch einmal zum Hörer griff und eine redaktionsinterne Nummer anwählte.

Patricia verzog das Gesicht.

»Als ob ich nicht genug anderes zu tun hätte …«

Simon hob ab.

Sarah schluckte herunter, was sie Patricia hätte sagen wollen. Dass sie sich nun mal für die interne Recherche entschieden hatte. Dass sie also jetzt nicht jammern sollte.

Stattdessen berichtete sie dem Fotografen von dem

Überfall und tat so, als hätte sie Patricias letzten Satz gar nicht mehr gehört.

»... und du warst doch gestern Abend im Prater. Hast du vielleicht irgendetwas davon mitbekommen?«

»Auf der Rotundenallee ist das passiert, sagst du? Das ist mindestens zwanzig Minuten zu Fuß vom Riesenrad entfernt. Wenn nicht mehr. Wie soll ich da etwas mitbekommen haben?«

»Ich dachte ja nur.«

»Das ist euer Problem. Ihr Redakteure denkt immer nur.«

Er ließ offen, was er damit meinte.

»Aber da ich dich schon an der Strippe habe. Sag Stepan, dass er die Fotos von gestern Nacht in einer halben Stunde auf seinem Rechner hat. Ach ja, sag ihm auch, dass noch eine Fotografin da war.«

Simon überraschte und amüsierte Sarah zugleich. So ein langes Gespräch hatten sie noch nie miteinander geführt, nicht einmal in jener Nacht, als sie wegen eines Polizeieinsatzes stundenlang in seinem Auto vor dem Otto-Wagner-Spital gewartet hatten.

»Kanntest du sie?«, fragte sie ihn.

»Nein.«

»Von welcher Zeitung war sie?«

»Keine Ahnung.«

»Wie hat sie ausgesehen?«

»Ich schicke dir ein Bild. Hab sie fotografiert, weil ich wusste, dass ihr da oben wieder alles ganz genau wissen wollt.«

Simons Ton konnte Sarah nicht entnehmen, ob das kooperativ sein sollte oder eher zynisch gemeint war.

Sekunden später kam seine Mail. Sarah klickte das

Foto an und erkannte das Gesicht. Es war die Kunstfotografin aus dem *Kuba*.

»Wenn ich nicht irre, ist das hier unser Opfer.«

Sie drehte den Bildschirm so, dass Patricia das Foto darauf erkennen konnte.

»Lucie Viktor, Kunstfotografin. Also du weißt, was zu tun ist?«

»Ich muss den nächsten Bericht über das Praterjubiläum zu Ende schreiben.«

Sarah lächelte sie an und sagte: »Du schaffst das. Falls du etwas brauchst oder wissen willst, ruf an, ich bin im Prater.«

Mit diesen Worten stand sie auf, schnappte sich ihre Jacke und verließ das Büro.

19

Lucie lag in einem Bett mit gelber Bettwäsche und einem Raum mit weißen Wänden. Ihr Kopf dröhnte, ihr Brustkorb brannte, und ihre Hände fühlten sich fremd an. Sie bekam schlecht Luft. Irgendetwas rauschte in ihren Ohren. Über ihr hing ein Plastikbeutel mit einer durchsichtigen Flüssigkeit, die durch einen dünnen Plastikschlauch in ihren Arm floss. Ihren Hals schützte eine Manschette. Über ihr baumelte ein Haltegriff aus Plastik. Ihre Schulter war einbandagiert. Sie war schon einmal wach geworden, hatte festgestellt, dass sie nicht tot war, und war wieder eingeschlafen.

Kai saß auf einem Stuhl neben dem Bett. Er hielt ihre bandagierte Hand in seiner und hatte den traurigen Blick eines Bassets, dem man die Futterschüssel weggenommen hatte.

»Schau mich bitte nicht mit diesem Hab-ich's-dir-nicht-gesagt-Blick an.«

Kai seufzte.

»Drei gebrochene Rippen, die Hände zerschlagen, blaue Flecken und Prellungen am ganzen Körper, eine mittelschwere Gehirnerschütterung«, fasste er zusammen. »Du hast Glück, dass du überhaupt noch lebst.« Er klang jetzt vorwurfsvoll. »Was um Himmels willen hat dich geritten, mitten in der Nacht auf der Jesuitenwiese herumzugeistern?«

»Wo ist die Kamera?«

Lucie überhörte den Vorwurf.

»Die Kamera? Ist das alles, was dir dazu einfällt? Die beschissene Kamera?«

Lucie presste die Lippen aufeinander. Selbst das tat weh.

»Die Polizei hat sie nicht gefunden. Alles ist weg. Die Kamera, deine Tasche mit Portemonnaie, Schlüssel, Papiere … Einfach alles.« Er gestikulierte verzweifelt, als wollte er sagen: »Weißt du, was es kostet, das alles zu ersetzen?«

»Scheiße.«

Lucie schloss die Augen.

»Da waren megageile Fotos drauf.«

Kai schwieg.

Lucie spürte seinen Blick und hörte seine lautlose Gardinenpredigt, als schreie er sie an. Die Stille des stummen Vorwurfs, schlimmer als jedes Geschrei. Natürlich hatte er recht. Mitten in der Nacht allein im Prater durchs Unterholz zu kriechen war nicht die intelligenteste Idee.

»Du warst heute Morgen *das* Thema in den Radionachrichten«, hörte sie Kai sagen.

Sie schlug die Augen wieder auf.

»Das wollte ich schon immer mal sein. Allerdings lieber wegen meiner Arbeiten, aber irgendwie muss man ja anfangen.«

Es sollte witzig sein, aber Kai fand es eindeutig nicht witzig.

Die Tür zu ihrem Krankenzimmer wurde geöffnet. Lucie drehte vorsichtig den Kopf zur Seite, soweit das schmerzfrei ging.

Ein Unbekannter kam herein. Bulliger Typ. Bürstenschnitt. Durchdringender Blick.

»Frau Viktor?«

»Ja?«

Der Mann stellte sich ans Fußende ihres Bettes.

»Chefinspektor Martin Stein.«

Er zückte seinen Dienstausweis.

»Kann ich Ihnen ein paar Fragen stellen?«

Lucie versuchte zu nicken, was ihr misslang, weil die Manschette sie daran hinderte.

Kai stand auf, gab dem Polizisten die Hand, stellte sich vor und sagte, er wäre Lucies Lebensgefährte.

Lucie wollte protestieren. Lebensgefährte klang in ihren Ohren wie die Vorstufe von Ehemann. Doch sie schwieg. Protestieren war im Augenblick viel zu anstrengend.

Kai setzte sich wieder hin.

Der Polizist klappte einen Notizblock auf.

»Können Sie mir etwas über den Überfall erzählen?«, fragte er Lucie.

»Es ging alles so schnell. Ich weiß nicht genau, was passiert ist.«

»Versuchen Sie's trotzdem. Jemand will gesehen haben, wie zwei Männer wegrannten. Haben Sie die vielleicht auch gesehen?«

Lucie bemühte sich nach Kräften, sich an irgendetwas zu erinnern, seit sie wieder bei Bewusstsein war. Das Riesenrad. Die Dunkelheit. Der laubbedeckte Waldboden. Der Gestank nach Hundescheiße. Der Strahl ihrer Taschenlampe im Unterholz. Und dann wieder Dunkelheit.

»Nein.«

Ob sie sich vorstellen könnte, dass ihr jemand aufgelauert hatte. Jemand, der ihr nicht wohlgesonnen war.

»Nein. Ich habe keine Feinde, jedenfalls keine, die ich kenne. Und die Idee mit der Jesuitenwiese kam spontan, nachdem ich die Montagearbeiten am Riesenrad fotografiert hatte. Davon wusste niemand etwas.«

»Aber was wollten Sie dort?«

Sie erzählte dem Polizisten von ihrem Projekt.

»Ich hatte gehofft, Motive für mein Buch zu finden. Weggeworfene Spritzen oder irgendwelche anderen Abfälle. Weil man doch dort versucht hat, den obdachlosen Mann zu retten.«

Der Inspektor sah sie unverwandt an und schwieg.

Lucie wurde auf einmal mulmig zumute. Welchen Eindruck würde er jetzt von ihr haben? Bestimmt wirkte sie sehr sonderbar auf ihn.

»Wenn Sie glauben, ich hätte etwas mit dem Tod des obdachlosen Mannes zu tun oder mit den Drogen … Nein, habe ich nicht.«

»Das habe ich auch nicht behauptet«, sagte Stein.

»Aber ich weiß doch, wie die Bullen … ähm … wie die Polizei tickt.«

»Woher wissen Sie das? Hatten Sie schon mal mit der Polizei zu tun?«

Lucie sagte nichts. Sie hatte schon genug Blödsinn geredet.

»Wer nichts zu verbergen hat, hat auch nichts zu befürchten«, sagte der Mann und kritzelte etwas auf seinen Block.

»In Lucies Wohnung wurde eingebrochen«, mischte sich nun Kai in das Gespräch ein. »Die Schlüssel waren in ihrer Tasche. Eine Umhängetasche. Die haben sie ihr bei dem Überfall gestohlen.«

»Und die Kamera«, krächzte Lucie, die dieser Verlust mehr schmerzte als die Brüche, Prellungen und Schürfwunden.

Martin Stein runzelte die Stirn.

»Wann haben Sie denn festgestellt, dass eingebrochen wurde?«, fragte er Kai.

»Als ich heute Morgen vor der Arbeit bei Lucie vorbeischauen wollte, war die Tür nicht abgeschlossen. Zuerst dachte ich, Lucie hat vergessen zuzusperren. Dann bin ich rein und habe das Chaos gesehen. Ich habe sofort die Polizei gerufen, die augenblicklich kam. Sie haben sich alles angesehen und die Anzeige aufgenommen.«

Kai zog eine Visitenkarte aus seiner Brieftasche und gab sie dem Ermittler.

Stein notierte sich den Namen des Kollegen und die Polizeidienststelle, bei der der junge Mann Anzeige erstattet hatte.

»Können Sie mir sagen, was fehlt?«

»Ja. Lucies Computer, Foto-CDs und zwei oder drei Ordner.«

»Geld? Schmuck?«

»Ich lasse kein Geld in der Wohnung rumliegen«, sagte Lucie. »Und Schmuck besitze ich nicht.«

»Ich habe gleich die Schlösser austauschen lassen, nachdem Ihre Kollegen wieder weg waren … Das ist doch in Ordnung?«, fragte Kai unsicher. »Ich meine, die haben Lucies Schlüssel und können jederzeit wieder …«

»Ja natürlich, das ist völlig in Ordnung«, sagte Stein.

»Auf dem PC ist die Arbeit des letzten halben Jahres.«

Lucie hustete. Ihr Hals war trocken und rau. Der ganze Brustkorb tat weh. Sie musste sich eine Schmerztablette bringen lassen.

»Zum Glück speichere ich alles mehrmals.« Sie warf Kai ein Lächeln zu. »Mein Freund achtet mit Argusaugen darauf, dass ich es tue. Müsste also alles noch da sein.«

Sie berichtete Stein von dem Foto, auf dem sie vor ein paar Tagen den Drogendeal festgehalten hatte, und dass sie es dann an die Drogenfahndungsstelle geschickt hatte.

»Ein Foto Ihres Dealers?«

Lucie sah ihn mit großen Augen an.

»Wie kommen Sie denn darauf? Nein!«, rief sie aus, als sie begriff, was er meinte.

»Weil wir Drogen in Ihrer Hosentasche gefunden haben«, antwortete Stein.

20

Am frühen Nachmittag fuhr Freibach ins *Kuba*.

Das Lokal war um diese Zeit noch nicht geöffnet. Dennoch saßen am Tresen zwei Männer, die schweigend ihr Bier tranken. Typus böse Buben mit dem Habitus von Rausschmeißern, Muskelpakete in hautengen T-Shirts, die die kräftigen Oberkörper betonten. Um den Hals goldene Panzerketten, die Arme zutätowiert. Der eine mit einem Kahlkopf, der andere mit dichtem dunklem Haar, nach hinten gegelt im Stil der Neunzigerjahre. Rein optisch passten sie nicht in diese Bar.

Freibach nannte die beiden Typen im Stillen Psycho 1 und Psycho 2, weil er fand, dass das eins zu eins auf sie zutraf.

Eine junge Barkeeperin bestückte die Kühlladen mit Bierflaschen und das beleuchtete Wandregal mit diversen Spirituosen. Später würde sie sich wieder das Geschwafel der Gäste anhören müssen, dachte Freibach. Niemals hätte er so einen Job machen können. Nicht einmal früher, während des Studiums. Die Probleme anderer Leute interessierten ihn nicht.

»Das Personal ist tabu«, brummte Kubanek.

Freibach wandte sich zu ihm um. Der Szenewirt hatte tiefe Ringe unter den Augen.

Sie setzten sich an einen Tisch in der Nähe des Tresens.

»Sag mal, nimmst du Rauschgift?«, fragte Freibach.

»Nein. Bin nur müde.« Er nippte an einem Mineralwasser.

»Bist du nervös?«

»Was wird das hier? Ein Kaffeeklatsch?«

»Du bist grantig.«

»Du klingst wie meine Frau.«

Freibach dachte boshaft: Ich klinge nicht wie deine Frau. Ich vögle deine Frau.

Er musste ein Grinsen unterdrücken.

»Wir rühren das Zeug nicht an«, sagte er.

»Das sagt genau der Richtige«, konterte Kubanek.

»Ich habe die Sache im Griff.«

»Klar, und jetzt mach endlich weiter, damit wir heute noch fertig werden!«

Sie gingen die Bestellungen durch, die Kubanek in den nächsten Tagen bei einem bestimmten Getränkelieferanten ordern sollte. Für Außenstehende sah es so aus, als würde der Steuerberater mit seinem Klienten die Bilanz des vergangenen Jahres besprechen. Freibach im Maßanzug, Kubanek in Jeans und Hemd.

»Das Zeug verkauft sich bei uns nicht in dem Ausmaß«, protestierte er mürrisch, nachdem Freibach ihn drei Paletten Aperol auf den Lieferschein schreiben ließ.

»Schau ich aus, als würde mich das interessieren?«

»Die Hälfte davon muss ich ins Klo schütten.«

»Und?«

Freibachs Blick wanderte zu den Schlägertypen. Er ertrug ihre Anwesenheit nicht. Sie verkörperten, was er verabscheute. Dummheit gepaart mit Muskeln.

»Die beiden sind zuverlässig und verschwiegen«, sagte Kubanek.

»Das hoffe ich. Für dich.«

»Sie sind verdammt gut. Die Besten. Ich meine …«

»Ich hab's im Radio gehört«, unterbrach Freibach ihn. Die beiden Kraftprotze hatten nicht zum ersten Mal eines ihrer Probleme gelöst. In seinen Augen ihre einzige Daseinsberechtigung.

»Ich frag mich nur, warum sie noch lebt.«

»Sie mussten weg. Da kam so ein verfluchter Hundebesitzer.«

»Und wo ist das Zeug jetzt?«, fragte Freibach ungehalten.

»In einem Schließfach am Westbahnhof wie vereinbart. Willst du die Karte?«

Freibach dachte nach und schüttelte den Kopf.

»Später vielleicht.«

Er widmete sich wieder den Unterlagen.

»Du kannst die Getränke weiterverkaufen. Ich regle das.«

Kubanek nickte.

Sie schwiegen.

Freibach dachte an Kubaneks Frau. Vor ein paar Stunden. Wie sich ihre Haut auf seiner angefühlt hatte. An ihr lautes Stöhnen. Wie sie den Nacken zurückbog, wenn sie kam. Das gab ihm das Gefühl, ein Hengst zu sein.

»Du solltest aufhören damit, Linus. Du bist jetzt Politiker.«

»Und?«

»Und?«, herrschte Kubanek seinen Freund an.

Freibachs Blick traf sich für den Bruchteil einer Sekunde mit den Blicken der Schlägertypen im Spiegel hinter der Bar. Ein Tritt gegen Kubaneks Schienbein unter dem Tisch. Der Wirt dämpfte die Stimme.

»Du bist eine Person des öffentlichen Interesses. Die verdammte Presse beobachtet dich. Deine Gegner beobachten dich. Die Tage in deiner Steuerberatungskanzlei sind gezählt. Die Bilanzen deiner internationalen Freunde muss in Zukunft jemand anders fälschen.«

»Was meinst du?«

Freibach bemühte sich, sachlich zu bleiben. Was fiel diesem Idioten ein, sich in seine Angelegenheiten einzumischen? Niemand diktierte Linus Freibach etwas, niemand!

»Du weißt genau, was ich meine.«

Kubanek zerrte eine Packung Zigaretten aus seiner Jackentasche und zündete sich eine an. Zwei, drei tief inhalierte Züge. Seine Hände zitterten.

»Heißt das, du willst aussteigen?«, fragte Freibach.

Kubanek schluckte. »Um ehrlich zu sein? Ja. Mir wird die Sache allmählich zu heiß, Linus. Aber mit Harry kann man ja nicht reden.«

»Harry lebt davon. Wir alle leben davon, und zwar seit Jahren. Und zwar ziemlich gut«, sagte Freibach eindringlich.

»Wir beide könnten auch ohne gut leben.«

Kubanek sah hinüber zu den Problemlösern an der Bar und sprach noch leiser weiter. »Ich wiederhole mich nur ungern, Linus. Du bist jetzt Politiker, und wenn uns jemand auf die Schliche kommt, hat es sich ausgelebt. Für uns alle.«

Linus Freibach lehnte sich selbstgefällig zurück.

»Wer sollte uns denn auf die Schliche kommen?«

Kubanek wich seinem Blick aus.

»Ich kontrolliere meine Netzwerke«, sagte Freibach. »Passieren kann nur was, wenn einer seine Goschen nicht halten kann.« Es klang wie eine Drohung. »Und selbst dann habe ich Schachzüge parat, die meine Spuren verwischen. Man wird andere Spuren finden. Verstanden, Toni?«

Er wartete, bis Kubanek nickte. Der hatte schon vor langer Zeit begriffen, dass Freibach ihn mit einem kalten Lächeln ans Messer liefern würde, wenn es ihm zum Vorteil gereichte.

»Wir haben keinen Job, den man einfach so wechseln kann. Wir haben uns gemeinsam etwas aufgebaut, Toni.« Er tätschelte Kubaneks Hand. »Wir sind wie eine Familie, und eine Familie passt aufeinander auf. Auch wenn sich das jetzt anhört wie in einem Mafiafilm.«

Freibach lachte. Kubanek zwang sich zu einem Grinsen.

Freibachs Handy läutete. Er nahm das Gespräch an.

»Wir haben ein Problem.« Es war Höfer. »Komm sofort zu mir!« Mehr sagte er nicht.

Freibach wischte einmal übers Display.

»Wollte Harry nicht heute zurück nach Monaco?«

»Keine Ahnung.«

Der Steuerberater streckte seine Hand aus. Sein Zeigefinger schnellte vor und bohrte sich in Kubaneks Brust.

»Niemand steigt bei irgendwas aus.«

Er stach Kubanek mit dem Finger.

»Niemand. Kapiert? Mach einfach, was man dir sagt, Toni. Dann passiert auch nichts.«

Das Penthouse lag in der Prinz-Eugen-Straße mit Blick auf das Schloss Belvedere. Höfer hatte es nur gekauft, weil er es dann nicht weit zu den Kunstschätzen hatte. Klimt, Kokoschka, Schiele. Davon konnte Höfer nicht genug bekommen. Wenn er sich in Wien aufhielt, ging er fast täglich in das Museum. Ob er auch Originale besaß, wusste niemand, nicht einmal seine Freunde. Linus wettete, dass da, wo andere ein Herz hatten, bei Harry ein Fabergé-Ei saß. Dass die Sammlung aus dem Lkw nach drei Jahren noch immer verschwunden war, ärgerte Höfer nach wie vor über alle Maßen. Ein paar der Bilder hätten über Lottes Galerie in seinen Privatbesitz gelangen sollen. Ein Jahr zuvor hatte Höfer einen Privatdetektiv darauf angesetzt. Bisher ohne Ergebnis. Freibach war sicher, dass das so bliebe.

»Ich dachte, du bist schon wieder in Monaco«, sagte Freibach zur Begrüßung.

»Dachte ich auch«, knurrte Höfer.

Er ignorierte Freibachs ausgestreckte Hand. Seine Miene verhieß nichts Gutes.

»Wenn du eh noch in Wien bist, komm doch heute Abend zur Vernissage. Lotte würde sich freuen.«

Freibach versuchte vergeblich, die Stimmung zu lockern.

»Ich interessiere mich nicht für afrikanische Kunst.«

»Seit wann geht es bei einer Vernissage um die Kunst?«

Freibach lachte.

»Sind Parteifreunde von dir anwesend?«

»Ja.«

Höfer schnaubte abfällig. »Dann interessiert es mich noch weniger. Das ist dein Part.«

»Wovon du profitierst, wenn ich erst mal fest im Sattel sitze.«

Noch begegnete Höfer ihm auf Augenhöhe, doch Freibach bemerkte seit einiger Zeit, dass sein alter Freund sich über ihn stellen wollte. Noch belauerten und beschnupperten sie nur einander, aber mit schon leicht aufgestelltem Nackenhaar. Bald würde einer von ihnen die Zähne blecken und wenn nötig auch zubeißen.

»Dann wird es Zeit, dass das bald geschieht.«

»Ich kann leider keine Neuwahl ausrufen.«

Höfer sah ihn nur kalt an.

»Hör auf, mich mit dieser Scheiße vollzuschwafeln. Ich habe dich nicht zum Nachmittagstee hergebeten, Linus. Hast du etwa keine Nachrichten gehört?«

Höfer ließ sich auf dem Stuhl hinter seinem Schreibtisch nieder. Eine chinesische Antiquität aus dem frühen 19. Jahrhundert. Lotte hatte ihm das wertvolle Stück vor zwei Jahren auf einer Auktion in Paris ersteigert. Er zog einen Montblanc-Füllfederhalter aus der Innentasche seines Sakkos, als ginge es darum, einen Vertrag zu unterschreiben.

»Du meinst die Sache mit dem Drogenfund im Prater«, sagte Freibach. Keine Frage, sondern eine Feststellung. »Sag jetzt nicht, dass die 200 Tütchen dir Sorgen machen. Nicht im Ernst, oder?« Beinahe hätte er laut losgelacht. Das war nicht mehr als ein Taschengeld für sie beide. »Das holen wir doppelt wieder rein.«

»Dieses beschissene Kleingeld meine ich nicht«, blaffte Höfer ihn an. »Sie haben die Wohnung entdeckt.«

Augenblicklich wich alle Farbe aus Freibachs Gesicht. Sein Mund wurde trocken. Das hatte ihm niemand gesagt. Kubanek und die beiden Psychos waren einigermaßen ruhig und entspannt gewesen. Das hieß, sie wussten auch nichts davon.

»Mach dir keine Sorgen«, sagte er. Er versuchte, seinen Schock zu verbergen und die Sache herunterzuspielen. »Die Wohnung gehört uns nicht.« Gegenüber Höfer durfte man keine Unsicherheit zeigen.

Höfers Gesicht wurde nun rot vor Zorn. Wütend schlug er mit der Faust auf den Tisch. »Ich mache mir keine Sorgen wegen der verfluchten Wohnung! Scheiße noch einmal!« Der Füller rollte über die Schreibtischplatte und fiel auf den Boden. Freibach überlegte, ihn aufzuheben, ließ ihn aber dann liegen. Er holte tief Luft. Höfer war ein Choleriker. Es konnte passieren, dass eine solche Geste ihn erst recht auf die Palme brachte und er Freibach mit einem Gegenstand bewarf, sobald er sich bückte.

»Kannst du oder willst du nicht kapieren, Linus?«, brüllte Höfer. »Wir reden hier von einer Million Euro. Eine Million Euro! Das ist das zweite Mal, dass ich Geld verliere bei einem Geschäft, das du eingefädelt hast!« Er sah Freibach mit einem Blick an, der Wasser zu Eis gefrieren ließ. »Wie zum Teufel konnte das passieren?«

Freibach dachte an Kubanek.

21

Sarah fühlte sich am Praterstern nicht unsicherer als sonst wo in Wien. Nur ihre Tasche klemmte sie ein wenig fester unter den Arm. Sie hatte mal gelesen, dass an dem Verkehrsknotenpunkt täglich über 200 000 Menschen aufeinandertrafen. Und im Moment kam es ihr so vor, als hätten die sich alle um sie herum versammelt. Dicht an dicht gedrängt. Wie Lemminge strebten sie in Scharen dem Ausgang zu.

Vor dem Bahnhof kippte die Blumenhändlerin einen Eimer Wasser auf den Asphalt vor ihrem Geschäft. Ein Stück weiter weg stand eine Gruppe von Männern mit Bierdosen in den Händen. Abgerissene schmutzige Kleidung, eher ungepflegte Erscheinung. Sie ignorierten ihr Umfeld. Sarah wäre gerne zu ihnen hingegangen, um sie wegen des toten Mannes zu fragen. Doch sie vermutete, dass sie ihr gegenüber argwöhnisch wären und ihr nichts erzählen würden.

Sie beschloss, zuerst Erkundigungen über Lucie Viktor einzuholen, soweit es ihr gelang. Ein Foto von ihr hatte sie bei sich.

Im Wurstelprater herrschte eine entspanntere Stimmung. Gut gelaunte junge Menschen liefen an ihr vorbei, auf der Suche nach dem Megakick, nach dem nächsten gigantischen Abenteuer, in das sie sich stürzen konnten. Ein Paar mit Kleinkind und Buggy stellte sich vor der Kasse beim Riesenrad an. Zwei verliebte Jugendliche in Jeans, er schenkte ihr Zuckerwatte. Kinder, die mit großen Augen zum Himmel schauten und das Riesenrad bewunderten. Das Gesicht des Praters mochte sich im Laufe der Jahre verändert haben, doch die staunenden Kinderaugen gab es heute noch genauso wie früher.

Sarah hielt Passantinnen, Wartenden und Schaustellern das Foto der Kunstfotografin unter die Nase, doch bis jetzt schien niemand sie zu kennen. Fotografierende Frauen gab es hier schließlich zuhauf. Immerhin meinte ein Schießbudenbesitzer schließlich, sie schon mal gesehen zu haben. Wann und wo, daran erinnerte er sich jedoch leider nicht mehr. Der nächtliche Überfall regte niemanden ernsthaft auf. »Hier passiert immer wieder was«, so lautete der Grundtenor. Schon zu Zeiten der Monarchie sei der Prater ja kein ungefährlicher Ort gewesen. Und wo bitte schön sei man schon sicher auf dieser Welt? Und so weiter. Sarah erkundigte sich auch nach dem obdachlosen Mann, den man gefunden hatte, doch sie erntete allseits Kopfschütteln. »Ich habe davon gehört, aber …«

Sarahs Handy läutete. Conny fragte, ob sie Lust hätte, heute Abend auf die Vernissage in die Galerie Freibach mitzukommen.

»Weil du dich doch für den Kunstraub interessierst.«

»Hat sich das also schon bis zu dir rumgesprochen?«, lachte Sarah.

Klar wusste Conny Bescheid. Sie wusste über praktisch alles Bescheid, was in der Redaktion passierte, und wenn nicht, dann wusste es garantiert auch sonst niemand.

»Um sieben geht's los. Gabi kommt auch mit.«

Sarah sagte zu. David würde sich nicht anschließen, denn er wollte abends mit den Eigentümern des *Wiener Boten* essen gehen. Sie beendete das Gespräch und setzte ihre Suche nach Menschen fort, denen sie Lucie Viktors Foto unter die Nase halten konnte.

Als sie am Fuße des schwindelerregend hohen Praterturms stand, läutete ihr Handy schon wieder. Martin Stein.

»Warten Sie, ich verstehe kein Wort!«, brüllte sie in das Handy.

Die Leute johlten und quietschten in den Doppelsitzen des österreichweit höchsten Kettenkarussells, während sie, nur durch Gurte gesichert, rund 100 Meter hinaufgezogen wurden. Je höher sie kamen, desto schneller drehte sich das Karussell.

Sarah hätte man nicht einmal für sehr viel Geld oder mit vorgehaltener Pistole in einen der Sitze bekommen. Sie eilte über den Platz bis zum legendären Schweizerhaus, wo es ein wenig ruhiger war. Trotzdem hielt sie sich das eine Ohr zu, um Stein besser zu verstehen.

Ihr Verdacht bestätigte sich. Die Frau, die überfallen und zusammengeschlagen worden war, hieß Lucie Viktor.

»Aber von mir haben Sie den Namen nicht erfahren, eh klar?«

»Eh klar«, antwortete Sarah. »Gibt es ein Motiv? Weiß man was über den oder die Täter?«

»Kein Motiv, kein Täter, nicht mal ein Tatverdächtiger. Die Viktor hat niemanden gesehen und kann sich an nichts erinnern. Inzwischen wurde in ihre Wohnung eingebrochen. Besser gesagt, man verschaffte sich Eintritt mit dem Schlüssel, der wie der Ausweis in ihrer Tasche war. Computer, Drucker und noch ein paar andere Dinge wurden gestohlen.«

»Scheiße.«

»Sehr schön zusammengefasst, Sarah.«

»Noch was. Es wurde eine kleine Menge Drogen in ihrer Hosentasche gefunden. Marihuana. Möglicherweise Eigenbedarf, obwohl sie vehement abstreitet, Drogen zu nehmen. Aber das tun sie ja alle.«

»Wie bitte? Die Frau wird überfallen und bestohlen, und ausgerechnet die Drogen lassen sie ihr?«

»Vielleicht hatten sie keine Zeit, die Frau so genau zu durchsuchen. Oder nicht damit gerechnet, dass sie Drogen dabeihatte.«

»War das Gras aus dem Versteck, das ausgehoben wurde?«

»Wird noch untersucht. Ich erzähle Ihnen das alles nur, weil heute Abend eine Pressemeldung rausgeht.«

Sarah begriff sofort.

»Danke«, beeilte sie sich zu sagen, bevor er auflegte.

Stein gab ihr damit nicht zum ersten Mal einen kleinen Vorsprung. Die Online-Redaktion des *Wiener Boten* konnte die Nachricht sofort einbauen, während andere Redaktionen noch damit beschäftigt waren, die Meldung zu lesen. Die Information würde bereits am nächsten Morgen im *Wiener Boten* erscheinen. Alle anderen Zeitungen waren schon im Druck, bevor die Polizeimeldung zu später Stunde rausging. So gelang es Sarah, die Meldung vor der Konkurrenz druckfrisch zu veröffentlichen. Nur Radio- und Fernsehsender waren schneller. Aber das war immer so und juckte sie nicht, weil der *Wiener Bote* in so einem Fall gerne mal als Quelle angegeben wurde. Deshalb schwor David seine Teams auch verstärkt auf die Analyse von Nachrichten ein, weniger auf deren schnelle Verbreitung.

Sarah verstaute das Handy wieder. Zwei Sozialarbeiterinnen kamen ihr entgegen. Sarah erkannte sie an ihren roten Arbeitsjacken. Immerhin eine Chance. Sie ging auf sie zu und stellte sich vor. Die Frauen sahen Sarah misstrauisch an. Schnell kramte Sarah ihre Visitenkarten hervor und gab jeder von ihnen eine.

»Und was wollen Sie von uns?«, fragte die Ältere der beiden.

Sarah erkundigte sich nach dem Obdachlosen.

»Er ist laut Polizeimeldung an Herz-Kreislauf-Versagen gestorben?«

Sie ließ den Satz absichtlich wie eine Frage klingen.

»Den Greißler meinen Sie?«, sagte nun die Jüngere. Ein Piercing zierte ihre Nase, und um ihre Schultern baumelte eine Sporttasche von Adidas.

»Ja. Aber nicht nur ihn. Im letzten halben Jahr starben drei Obdachlose hier in der Pratergegend an Herz-Kreislauf-Versagen«, antwortete Sarah.

»Na ja. Wissen Sie«, die Jüngere hielt inne und sah auf der Visitenkarte nach, »Frau Pauli, das Leben auf der Straße ist beinhart. Es setzt unseren Leuten körperlich und psychisch zu. Herz-Kreislauf-Erkrankungen kommen häufig vor. Schlafmangel, schlechte Ernährung, Alkohol, Kälte und Dauerstress. Das ist alles extrem belastend. Die meisten haben außerdem schwere psychische Probleme. Je länger die Situation sich nicht bessert, desto schlimmer wird es.«

»Viele von ihnen verdrängen ihre Krankheiten, auch wenn diese längst chronisch sind«, sagte ihre Kollegin.

»Die Leute sind ja hauptsächlich damit beschäftigt, ihren Alltag zu organisieren, was viele überfordert.«

Sarah ließ sie weiterreden, denn sie hatten sich entspannt und wurden offener. Vielleicht dachten sie, dass Sarah eine Reportage über Streetwork schreiben wollte.

So erfuhr sie auch, warum der Greißler »Greißler« genannt worden war.

»Pferdefleisch«, sagte die Ältere, »das kriegt man ja heute kaum noch.«

»Bis wann hatte er denn seinen Stand auf dem Meidlinger Markt?«, fragte Sarah.

Das wussten jedoch beide nicht.

»Der war halt ein Einzelgänger, total verschlossen und menschenscheu«, erklärte die Jüngere. »Hat meistens einen großen Bogen um uns gemacht und wollte keine Hilfe annehmen.«

»Kennen Sie seinen richtigen Namen?«

Die Frauen sahen einander kurz an.

»Keine Angst«, versicherte Sarah ihnen. »Ich werde nicht schreiben, dass ich die Information von Ihnen bekommen habe. Ich kenne ja nicht mal Ihre Namen.«

»Okay. Sein Vorname war Klaus«, sagte die Frau mit dem Piercing. »Klaus Maierhuber. Und von Clara weiß ich, dass er früher Pferdefleisch verkauft hat.«

»Wer ist Clara?«, fragte Sarah.

Wieder wechselten die beiden einen raschen Blick.

»Auch eine Wohnungslose. Sie war die Einzige, mit der er sich ab und zu unterhalten hat. Der hat er vertraut.«

»Wo finde ich diese Clara?«

»Fragen Sie am Praterstern nach ihr, oder suchen Sie sie im Stuwerviertel. Da ist sie oft unterwegs.«

Das Stuwerviertel. Einst wegen seiner unmittelbaren Nähe zum Prater lebendiges Rotlichtmilieu und von zweifelhaftem Ruf, heute durch Sanierungen aufgewertet, ein immer hipper und leider auch teurer werdendes Grätzel. Doch das Viertel hatte immer noch Charme, fand Sarah.

»Sie geht aber nicht anschaffen, falls Sie das jetzt denken«, beeilte die Jüngere sich zu sagen.

Sarah schüttelte den Kopf. »Und selbst wenn. Ich habe großen Respekt vor Prostituierten. Sie haben wahrlich keinen leichten Job.«

Die Sonne kam hinter den Wolken hervor. Die ältere Sozialarbeiterin setzte sich eine Sonnenbrille auf.

»Seit wann interessiert sich eigentlich die Presse für Obdachlose?«, fragte sie.

»Die Presse interessiert sich eh nicht. Nur ich.«

»Und warum?«

»Das weiß ich selber noch nicht so genau. Sagt Ihnen vielleicht der Name Lucie Viktor etwas?«

Sarah zeigte den Sozialarbeiterinnen das Foto.

Wieder sahen die beiden einander an. Diesmal kam es Sarah länger vor. Dann schüttelten sie gleichzeitig die Köpfe wie Synchronschwimmerinnen.

»Sie ist letzte Nacht hier im Prater überfallen worden«, sagte Sarah.

»Ja, das habe ich heute Morgen im Radio gehört«, sagte die Jüngere. »Das ist arg.«

»Sie ist Fotografin«, sagte Sarah.

Die Ältere schien nachzudenken. »Fotografin sagen Sie?« Sie wandte sich an ihre Kollegin. »Hat Clara nicht mal erzählt, dass sie für irgendein Buch fotografiert wurde? Kann das die Frau sein?«

Doch die jüngere Kollegin zuckte nur vage mit den Schultern.

»Suchen Sie Clara, die kann Ihnen das sicher beantworten.«

Die Ältere beschrieb Sarah, wie Clara aussah.

Sarahs Handy läutete.

»Entschuldigung. Die Redaktion.«

Die Sozialarbeiterinnen ergriffen die Gelegenheit beim Schopf und verabschiedeten sich rasch. Die beiden würden in Zukunft vermutlich einen großen Bogen um Sarah machen. Ganz geheuer war ihnen das Gespräch mit ihr wohl nicht gewesen.

Sarah hob ab. Patricia.

»Sie haben den Dealer geschnappt.«

Sarah sah auf die Uhr. Es war zu spät, um noch ins Krankenhaus zu fahren, bevor die Vernissage begann.

22

Auf dem Weg zur U-Bahn presste Sarah das Handy fest ans Ohr und konzentrierte sich auf Patricias Stimme. Ihre Kollegin klang so aufgeregt, als hätte sie selbst den Dealer gestellt, auf den die Polizei durch den Hinweis einer Touristin aufmerksam geworden war. Daraufhin hatten die Drogenfahnder ihn beschattet und das Versteck mit den 200 Baggys gefunden. Nachdem sie es ausgehoben hatten, behielten sie den Verdächtigen im Visier.

»Der ist bis jetzt unauffällig gewesen, keine polizeilichen Vorstrafen, nicht mal eine Ordnungswidrigkeit. Nichts. Wahrscheinlich weil es ihn offiziell gar nicht gibt.« Patricia kicherte. »Er ist nirgends gemeldet.«

»Und weiter?«, fragte Sarah etwas ungeduldig.

»Okay, also die Fahnder haben beobachtet, wie er zu einer Wohnung in die Vorgartenstraße ging und versucht hat, dort einzubrechen. Da haben sie ihn gestellt. Die Wohnung ist ein reiner Drogenbunker, also da wohnt niemand drin. Und stell dir vor, sie haben dort Drogen im Wert von sage und schreibe einer Million Euro gefunden. Wahnsinn! Jedenfalls wollte der Typ sich offenbar Nachschub beschaffen und ist dabei den Fahndern ins Netz gegangen. Das war sein P…«

»Weiß man, wer diese Wohnung angemietet hat?«, unterbrach Sarah ihre redefreudige Kollegin.

»Das wird gerade überprüft. Der Dealer, den sie geschnappt haben, jedenfalls nicht, das steht schon mal fest.«

»Sehr gut, Patricia. Da hast schon mal genug Stoff für eine ordentliche Geschichte.«

Dann setzte Sarah ihre Kollegin über die Ergebnisse ihrer Vor-Ort-Recherche in Kenntnis.

»Ob Lucie Viktor auch gedealt hat?«, überlegte Patricia. »Und sich mit dem Typen das Versteck geteilt hat?« Sie schien mit Feuereifer bei der Sache zu sein. Sarah registrierte das positiv überrascht.

»Wer weiß«, antwortete sie. »Aber teilen Dealer sich ihre Verstecke? Halten die das nicht eher geheim?«

»Woher soll ich das wissen?«, fragte Patricia und kicherte wieder.

»Das Marihuana in der Hosentasche der Viktor geht als Eigenbedarf durch, damit ist sie erst mal aus dem Schneider.«

»Aber vielleicht war ihr eigenes Versteck in der Nähe des anderen.« Es ließ Patricia einfach nicht los. »Oder … Hey, vielleicht ist sie eine Kundin, die von dem Versteck wusste und gehofft hat, dass beim Ausräumen was übersehen wurde, und dann …«

»Kann alles sein«, sagte Sarah, während sie die Treppe hinunter zum U-Bahnsteig ging. »Wir werden es erfahren. Könntest du bitte auch noch den Artikel für morgen dazu schreiben?«

Auch wenn es in eine Frage verpackt war, begriff Patricia, dass es sich um eine Anweisung Sarahs handelte, die sie befolgen musste. Trotz aller Kollegialität gab es nun mal hierarchische Verhältnisse.

»Klar«, antwortete sie.

»Danke«, sagte Sarah. »Bleib neutral, aber erwähne ruhig, dass sie das Marihuana bei Lucie Viktor gefunden haben. Morgen fahre ich ins Krankenhaus und erfahre hoffentlich mehr.«

Die U-Bahn fuhr ein.

»Ach ja, was ist mit dem Kunstraub?«

»Da hab ich nur den Namen der Versicherung rausgefunden. Themis.«

»Themis?«, wiederholte Sarah und musste lachen. »Die Göttin der Gerechtigkeit und der Ordnung als Namenspatronin für eine Versicherung?«

Vor ihr wurden die Türen geöffnet, und sie ließ sich in einer Menschentraube in den U-Bahn-Wagen schieben.

»Kommst du noch mal in die Redaktion?«, fragte Patricia.

»Nein, ich hab noch einen Abendtermin und muss vorher heim, duschen und umziehen. Bis morgen also!«

»Okay, bis morgen. Schönen Abend.«

Die U-Bahn setzte sich in Bewegung.

Vernissagen und Partys hatten zumindest eines gemeinsam: Geladene Gäste standen mit ihren Wein- oder Sektgläsern herum und führten Small Talk.

Bei Ausstellungseröffnungen ging es oft nicht im engeren Sinne um die Kunst, sondern man traf sich, um Kontakte zu knüpfen oder um Geschäfte einzufädeln. Der Verkauf der ausgestellten Bilder spielte sich in der Regel vor der offiziellen Eröffnung ab, meist aber danach. So jedenfalls handhabte man es in der Galerie Freibach, hatte Conny Sarah aufgeklärt. Kein Promi würde jemals vor Zeugen ein Gemälde kaufen, es sei denn, es handelte sich um einen guten Zweck. Ansonsten waren ihm Neid und Missgunst der Kollegen und Kolleginnen gewiss.

Die Society-Löwin des *Wiener Boten* war in einem kobaltblauen Jumpsuit erschienen, dazu trug sie High Heels, und ihre kupferrote Mähne tat den Rest, um sie ins Blickfeld aller Anwesenden zu rücken. Sissi, ihren schwarzen Mops, hatte sie ausnahmsweise zu Hause gelassen.

Sarah in ihrem eleganten Hosenanzug und selbst Gabi trotz weißer Bluse mit Carmen-Ausschnitt und dunkelblauer Bundfaltenhose blieben neben Conny unscheinbare Mauerblümchen.

Was Sarah nur als Vorteil erachtete. Denn so konnte sie die Leute beobachten, ohne dass es ihnen auffiel. Und an der provisorischen Bar mehrere Gläser Wein erbitten, ohne dass der junge Mann, der sie ausschenkte, sich wunderte.

Sarah reichte ein Glas an Conny und eines an Gabi weiter und beschloss, sich die Exponate anzuschauen.

Ihr fiel sofort auf, dass auf sämtlichen Bilderrahmen ein roter Punkt klebte. Sollte das etwa heißen, dass alle Bilder schon verkauft waren?

Vor einer Vitrine blieb sie stehen und betrachtete eine Skulptur aus Holz. »EUR 15 000, Vili, Magische Figur, Quittenholz, Kongo, Anfang 20. Jahrhundert« stand auf dem Objektschild. Sie hätte zu gerne gewusst, wem diese Figur mit den durchgedrückten Knien und der leicht vorgebeugten Haltung jetzt gehörte und was mit ihr passieren würde. Verschwand sie in einem Safe, oder wurde sie der Mittelpunkt eines großen Wohnzimmers? Kunst als Vermögensanlage war in unsicheren Zeiten wie diesen jedenfalls beliebt.

»Ob die Freibachs sich als Dritte-Welt-Kunst-Förderer verstehen?«, fragte Gabi spöttisch.

Sie hatte sich zu Sarah gesellt, und auch Conny kam hinzu.

»Schaut mal unauffällig nach links«, raunte sie ihnen zu.

»Wir fallen eh nicht auf«, meinte Gabi glucksend und wandte sich nonchalant um.

Sarah blieb etwas diskreter. Sie wusste sofort, auf wen Conny anspielte.

Neben der Galeristin Lotte Freibach stand ein attraktiver junger Mann in blauem Designeranzug. Er hing an ihren Lippen und ließ sie keine Sekunde aus den Augen.

»Ihr Assistent«, tuschelte Conny ihnen zu.

»In allen Belangen?«, fragte Gabi und gluckste schon wieder.

»Man kann ihr nur wünschen, dass er hält, was er verspricht«, antwortete Conny mit einem breiten Grinsen.

In dem Moment betrat Oskar Kretschmer von *Neues der Woche* die Galerie.

»O nein. Da kommt der nächste Herumschwänzler«, stöhnte Sarah leise.

Jetzt brachen sie alle drei in Lachen aus, sodass mehrere der anwesenden Gäste zu ihnen hinsahen.

»Was sind wir doch für wunderbar bösartige Weiber«, flüsterte Conny und strich ihre Lockenmähne so formvollendet zurück, als wäre sie auf dem Laufsteg.

Es wirkte.

Hatte man im ersten Moment leicht pikiert auf ihr Gelächter reagiert, so wurden sie jetzt nachsichtig belächelt und wieder in Ruhe gelassen.

Conny hatte völlig unbeeindruckt davon längst begonnen, verborgene Geheimnisse der Gäste an deren Gesten und Mienenspiel abzulesen. Ein verstohlenes Zuzwinkern, ein etwas zu langer Blickkontakt, eine Berührung, die wie zufällig aussehen sollte. Hinter den unscheinbarsten Bewegungen konnte sich mehr als ein harmloser Flirt verbergen. Stummes Begehren, heimliche Affären, filmreife Liebesgeschichten. Conny liebte es, Leuten wie diesen auf die Schliche zu kommen.

Sarah fing einen Blick von Linus Freibach auf. Er wirkte verstimmt und seltsam fahrig. Immer wieder schaute er auf sein Handy. Sarah fiel auf, dass sein Schatten Uwe Schmid gar nicht da war. Ob es damit etwas zu tun hatte? Oder war womöglich Lucie Viktors Gesundheitszustand der Grund für seine Unruhe? Vielleicht war sie ja doch seine Geliebte und er machte sich Sorgen um sie. Sonja Kubanek trat an seine Seite, auch diesmal wieder in einem bunten Kleid, das zu den ausgestellten Bildern passte, als hätte sie es darauf abgestimmt. Freibach lächelte unverbindlich, sie sagte irgendetwas, und er antwortete ihr.

»Wieder ganz in Chanel«, sagte Conny. »Scheint abonniert drauf zu sein.«

»Steht ihr aber gut«, meinte Sarah. »Diese intensiven Farben lassen ihre dunklen Haare doch schön zur Geltung kommen.«

Conny starrte sie verdattert an.

»Bist du jetzt unter die Stilberaterinnen gegangen?«,

fragte sie. »Bisher waren doch Jeans und T-Shirts das Nonplusultra deines Modebewusstseins.«

»Tja. Auch ich habe mich weiterentwickelt.«

Conny grinste amüsiert. »Man sieht's. Dunkler Hosenanzug …«

Sie pfiff leise durch die Zähne.

In dem Moment klopfte die Galeristin mit einem Kugelschreiber mehrmals gegen ihr Sektglas. Die Gäste stellten nach und nach das Reden ein.

Nachdem Ruhe eingekehrt war, sagte zuerst die Gastgeberin ein paar einleitende Worte. Anschließend hielt ein Kunstexperte eine ausschweifende Rede mit dem Fokus auf afrikanische Kunst, die in Europa immer beliebter werde. Er spickte seine Ausführungen jedoch derart mit kunsthistorischen Fachtermini, dass Sarah bald abschaltete und aufatmete, als er zum Ende kam.

»An den Wänden sehen Sie die farbenfrohen Gemälde eines hierzulande noch unbekannten aufstrebenden Künstlers. Ich an Ihrer Stelle würde gleich heute kaufen, denn wer weiß, ob die Bilder morgen nicht schon das Doppelte wert sind.«

Dezentes Lachen der Gäste.

»Die sind doch alle schon verkauft«, raunte Gabi.

Conny zuckte mit den Achseln.

»In den Vitrinen sehen Sie Figuren und rituelle Masken, die hundert Jahre alte Schnitzkunst dokumentieren«, sagte Lotte Freibach, »natürlich mit Zertifikat namhafter Experten, wie zum Beispiel von unserem Herrn Doktor.«

Es folgte ein Applaus.

Die Galeristin bedankte sich, strahlte ihre Gäste an und hob das Glas: »Auf einen kunstvollen Abend!«

Die Gäste applaudierten erneut, prosteten Lotte Freibach zu, nippten an ihren Gläsern und setzten ihre Gespräche fort. Im Hintergrund lief ein ruhiger Chill-out-Sound.

Sarah wandte sich um und erhaschte einen Blick von Linus Freibach, der in dem Moment sein Handy in der Sakkotasche verschwinden ließ.

Sie nahm all ihren Mut zusammen und ging auf ihn zu.

»Herr Freibach?«

Er musterte sie mit schmalen Augen, eine Hand in der Tasche seines Sakkos vergraben, in der anderen ein Glas Weißwein, an dem er sich festzuhalten schien.

Sarah stellte sich vor.

Und fast unmerklich straffte sich Freibachs Haltung. Vor Sarahs Augen verwandelte sich der Privatmann in den Politiker. Gewinnendes Lächeln. Offene Pose, joviales Lächeln. Er zog die Hand aus der Tasche und reichte sie Sarah zur Begrüßung. Uwe Schmid musste ein guter PR-Berater sein. Die Freibach-Politiker-Marionette hatte er jedenfalls bestens geschnitzt.

Sarah ließ sich jedoch davon nicht blenden. Sein Blick wanderte jetzt zu ihrem Dekolleté, wo er ein paar Sekunden zu lange verharrte.

Alles klar, dachte Sarah. Ein bisschen Small Talk, bis Freibach sich sicher war, dass sie mit ihm flirtete. In dem Augenblick sprach sie ihn direkt auf Lucie Viktor an. Ein kaum wahrnehmbares Zucken um seine Augen verriet, dass sie ins Schwarze getroffen hatte. Wie leicht es doch war, Männer wie ihn zu durchschauen!

»Wie kommen Sie darauf, dass ich die Frau kenne?«

Noch immer lächelte Freibach, als flirteten sie miteinander.

Doch genau derselbe Gesichtsausdruck hatte Sarahs Aufmerksamkeit geweckt, als sie ihn mit der Kunstfotografin im *Kuba* beobachtet hatte.

»Sie haben sich lange mit ihr unterhalten.«

Er lachte auf, es klang etwas heiser.

»Ich habe an dem Abend mit so vielen Leuten gesprochen. Haben wir beide nicht auch …«

Er runzelte die Stirn und mimte den Grübelnden.

»Nein, haben wir nicht.«

Er warf einen Blick über ihre Schulter. Nach wem hielt er Ausschau?

»Ich hatte den Eindruck, dass Sie nicht ganz zufrieden waren mit dem, was Lucie Viktor Ihnen zu sagen hatte.«

Wieder sein heiseres Lachen. Ein flüchtiger Blick in Sarahs Augen. Ihr Dekolleté schien er vergessen zu haben.

»Was sind Sie? Eine Prophetin?« Er schüttelte angewidert den Kopf. »Ihr Journalisten wittert doch hinter allem und jedem gleich eine Verschwörung! Also ich kann Ihnen versichern, liebe Frau Pauli, dass diese Frau nichts gesagt hat, was meinen Unmut hervorgerufen hätte.«

»Was wollte sie denn von Ihnen?«

»Sie wollen es aber ganz genau wissen.«

»Das ist mein Job.«

Er zwinkerte ihr zu und bemühte sich, Fassade zu wahren.

»Es war ein vollkommen belangloses Gespräch. Nichts Dramatisches. Nichts, was die Öffentlichkeit interessiert.«

»Wenn es so belanglos war, können Sie mir doch sagen, worum es ging.«

»Privat bleibt privat. Auch wenn man Politiker ist. Warum interessiert Sie das überhaupt?«

»Lucie Viktor wurde letzte Nacht im Prater zusammengeschlagen. Sie liegt schwer verletzt im Krankenhaus.«

Freibach setzte ein erschrockenes Gesicht auf.

»Das ist ja grauenvoll! Von wem?«

»Weiß man noch nicht.«

»Ich habe großes Vertrauen in unsere Polizei.«

Klar, dass er an der Stelle ein politisches Statement einstreute.

»Aber warum erzählen Sie mir das?«

»Weil ich dachte, Sie kennen sie näher«, antwortete Sarah.

Sie beobachtete ihn. Keine Reaktion. Jedenfalls keine, die man von jemandem erwarten würde, dessen Geliebte schwer verletzt im Krankenhaus lag.

»Sie schauen nämlich schon den ganzen Abend so nervös auf Ihr Handy.«

»Und da dachten Sie, dass Frau Viktor und ich …? Also Ihre Fantasie möchte ich haben! Ich bin glücklich verheiratet, liebe Frau Pauli.«

Freibach stellte sein Glas Wein auf einer Vitrine ab. In dem Schaukasten lagen drei Halsketten, in die ansehnliche Samen eingearbeitet waren. Ihre Form erinnerte Sarah an Zecken, nur glänzender.

»Das sind Rizinussamen«, sagte sie.

»Gut erkannt«, sagte Linus Freibach erstaunt und offensichtlich froh darüber, dass sie das Thema wechselte. »Rizin ist 25 000-mal giftiger als Strychnin. Wussten Sie das?«

Sarah schüttelte den Kopf.

An der Vitrine war kein Preiskärtchen befestigt.

»Warum wird der Schmuck hier ausgestellt, wenn man ihn nicht kaufen kann? Ist er nicht wertvoll genug oder unbezahlbar?«

»Nein, wir verkaufen diese kleinen Kunstwerke nicht. Der Künstler, dessen Bilder Sie hier sehen, hat uns gebeten, die Ketten mit auszustellen. Er nutzt seine Ausstellungen nämlich auch dazu, auf die Gefahr dieser Samen hinzuweisen. In seiner Heimat werden solche Ketten als Schmuck getragen, sogar von Kindern. Viele sterben an dem Gift, weil sie daran lutschen.«

Seine Frau gesellte sich zu ihnen und streifte Sarah mit einem abschätzigen Blick.

»Na? Unterhalten Sie sich gut?«

Sarah spürte, dass Lotte Freibach nur gekommen war, um ihr Terrain abzustecken.

»Eine wunderbare Ausstellung«, sagte Sarah überschwänglich.

Lotte Freibach lachte glockenhell und sagte: »Wenn Sie Details wissen wollen, ist mein Mann allerdings die falsche Ansprechperson. Aber wenn es Sie interessiert, kann ich …«

»Ich habe mit Ihrem Mann gerade über die Frau gesprochen, die letzte Nacht im Prater überfallen wurde«, unterbrach Sarah. »Sie heißt Lucie Viktor und war am Freitag auch auf dem Fest im *Kuba*. Ihr Mann hat sich dort mit ihr unterhalten, und deshalb nahm ich an, er kennt sie.«

Lotte Freibach legte die Hand auf den Unterarm ihres Mannes.

»Und woher sollte mein Mann sie kennen?«

»Das weiß ich nicht. Aber die Unterhaltung wirkte auf mich sehr vertraut. Vielleicht habe ich mich aber auch einfach geirrt.«

»Frau Pauli ist nämlich Journalistin«, erklärte Linus Freibach.

»Wie schön«, sagte seine Frau, nun wieder lächelnd, »dann schreiben Sie ja hoffentlich über die Vernissage?«

»Ich nicht«, antwortete Sarah. »Aber meine Kollegin.« Sarah wies mit einer Kopfbewegung in Connys Richtung. »Ich arbeite für die Chronik-Redaktion. Da recherchieren wir im Moment, welche Galerien und Kunsthäuser mit Offshore-Firmen zusammenarbeiten und welche Vorteile die Partner jeweils davon haben.«

»Oje, damit kenne ich mich leider überhaupt nicht aus«, beeilte sich Lotte Freibach zu sagen und sah zu ihrem Mann.

»Vielleicht ist das in Österreich ja auch nicht üblich. Aber Sie als Steuerberater wissen wahrscheinlich, wie so etwas prinzipiell funktioniert«, sagte Sarah, wieder an Linus Freibach gewandt.

Der verzog keine Miene. »Da wenden Sie sich wahrscheinlich am besten an eine Agentur, die solche Dienste anbietet«, sagte er. »Meine Klientel zahlt brav ihre Steuern ebenso wie meine Frau und ich.«

»Das bezweifele ich auf keinen Fall«, säuselte Sarah. »Ich dachte eher daran, dass Sie Opfer eines Kunstraubes wurden und sich möglicherweise gefragt haben, ob die gestohlenen Gemälde in einem Depot in Panama gelandet sind.«

»Nein, diese Frage haben wir uns nicht gestellt«, behauptete Freibach. »Aber sollten Sie sie finden, Frau

Pauli, dann sagen Sie uns doch bitte Bescheid. Wir sind auch bereit, Finderlohn zu bezahlen.«

Was für ein überhebliches Arschloch, dachte Sarah grimmig.

»Na dann«, unterbrach Lotte Freibach leichthin, als hätten sie sich gerade gepflegt über die Exponate unterhalten. »Wenn Sie uns jetzt bitte entschuldigen würden. Ich muss meinen Mann einem ganz lieben Besuch vorstellen.«

Sie schenkte Sarah ein charmantes Lächeln, fasste Freibach leicht am Arm und zog mit ihm ab.

Sarah sah ihnen nach.

Da tauchte Oskar Kretschmer an ihrer Seite auf.

»Na, versuchst mir jetzt den Freibach abspenstig zu machen? Soll er in Zukunft mehr bei euch werben?«

»Oskar, schön, dich zu sehen«, meinte sie geflissentlich, »das trifft sich nämlich gut. Du kennst dich doch aus in der Szene. Sagt dir der Name Art Move Management etwas?«

»Die Spedition?«

»Ja, genau.«

»Klar. Die gehört seit drei Jahren zum Höfer-Imperium.«

Sarah hob die Augenbrauen. Damit glaubte sie, die Antwort zu haben, warum die Freibach ihre Spedition gewechselt hatte. Das Geld sollte natürlich in der Familie bleiben.

»Was gehört denn sonst noch zum Höfer-Imperium?«

»So genau weiß ich das auch wieder nicht. Aber so viel steht fest, für Harry Höfer musst du nicht Spenden sammeln gehen.«

Er grinste.

Sarah grinste zurück, bedankte sich und ließ ihn stehen.

Sie spürte seine Blicke im Rücken.

»Was wollte der Kretschmer denn von dir?«, fragte Gabi, nachdem Sarah sich wieder zu ihr und Conny gesellt hatte.

»Was wolltest du denn von Freibach?«, fragte Conny und grinste leicht frivol.

»Wartet mal, ich sag's euch gleich.«

Sie beobachtete Freibach unauffällig. Prompt verschwand seine Hand in der Sakkotasche. Genau darauf hatte sie gewartet. Er holte zwei blaue Würfel hervor und ließ sie durch seine Finger rollen. Wie ein Komboloi, dachte Sarah. Nach einer gewissen Zeit hörte er damit auf und schaute sich das Ergebnis an.

Nein, das war nicht nur ein Tick. Da steckte mehr dahinter.

»Ich würde zu gern wissen, welche Zahl ich bekommen habe.«

Gabi und Conny sahen sie verständnislos an.

»Die Würfel. Freibach scheint immer zu würfeln, wenn er sich eine Frage stellt, zum Beispiel jetzt, wie sehr ich ihm vorhin auf die Nerven gegangen bin.«

Sie erzählte ihnen von dem Gespräch mit ihm.

»Und was sagt er zu den Offshore-Firmen?«, fragte Gabi, ohne Freibach aus den Augen zu lassen.

»Na, selbstverständlich hat er keine Ahnung. Aber ich schätze, zur nächsten Vernissage bekomme ich keine Einladung«, antwortete Sarah.

»Lässt ihn nicht unbedingt gut dastehen, oder? Wenn der mal nichts zu verbergen hat«, sagte Gabi.

»Der hütet mehr als nur ein Geheimnis, jede Wette.

Sag, Conny, du witterst doch heimliche Affären von Promis mit der sensiblen Nase eines Spürhundes. Was sagt sie über den Freibach?«

Conny runzelte die Stirn. »Hörst, wenn das ein Kompliment sein soll, dann arbeite bitte noch mal an der Formulierung«, entgegnete sie etwas spitz. »Und nein, diesbezüglich weiß ich nichts. Der war zwar früher ein Hallodri, aber seit er in der Politik mitmischt, hält er sich anscheinend zurück.«

»He«, sagte Gabi dazwischen, »er geht.«

Und sie sahen zu, wie Freibach sich auf einmal von den umstehenden Gästen und seiner Frau verabschiedete und offenbar eilig die Galerie verließ.

»Meinst? Ich glaub's nicht«, meinte Sarah. »Typen wie Freibach brauchen das doch für ihre Selbstbestätigung wie einen Bissen Brot. Warum der wohl so schnell wegmusste, frage ich mich …«

»Allerdings«, stimmte Conny zu, und Sarah sah ihr an, dass sie Blut geleckt hatte. »Na, dann lass uns doch mal schauen, was sich im Hause Freibach so tut.«

Sie schnitt eine vielsagende Grimasse. Dann machte sie eine kaum wahrnehmbare Kopfbewegung in Richtung der Galeristin, die mit einem Gästepaar vor einem der Bilder stand und ins Gespräch vertieft zu sein schien.

»Gib mir einen Tag«, hauchte sie Sarah ins Ohr und warf ihre kupferrote Mähne kokett nach hinten.

Die Löwin ist los, dachte Sarah und schmunzelte in sich hinein.

23

Als Sarah ihre Wohnungstür öffnete, stand Marie zur Begrüßung vom Teppich im Vorraum auf und rekelte sich genüsslich.

»Na, warst einsam, meine Süße?«

Sarah streifte die Schuhe von den Füßen und nahm ihre Katze auf den Arm. Die Halbangora schnurrte. Auf dem Weg zum Schlafzimmer streichelte Sarah über Maries Fell und erzählte ihr von der Ausstellung. Sie setzte die Katze auf dem Bett ab.

»Ich ziehe mich schnell um, und dann kuscheln wir eine Runde vor dem Fernseher. Spätnachrichten ansehen. Gut? Mal schauen, ob sie über Lucie Viktor und den Dealer berichten. Kann ja sein, dass der ORF mehr weiß als wir.«

Sie stieg aus ihrem Hosenanzug, schlüpfte in Jogginghose und T-Shirt und machte sich einen Tee. Damit ging sie ins Wohnzimmer, stellte die Tasse auf dem Couchtisch ab, griff nach der Fernbedienung und ließ sich aufs Sofa fallen. Marie, die ihr gefolgt war, sprang auf ihren Schoß. Schnurrend rieb sie ihren Kopf an Sarahs Bauch und forderte Streicheleinheiten ein.

Die Nachrichten begannen, und der Moderator begrüßte Linus Freibach als Gast im Studio. Damit war Sarah klar, warum Freibach die Vernissage so hastig verlassen hatte. Der Drogenfund in Wien erwies sich als perfekter Aufhänger für seinen Auftritt. Freibach nutzte ihn als Plattform für seine Partei, indem er die bisherigen Maßnahmen der Regierung im Kampf gegen die Drogenmafia umfassend kritisierte und in populistischer Manier Szenarien heraufbeschwor, die den Eindruck erwecken sollten, dass Wien, und nicht nur Wien, bald im Morast der Drogenkriminalität, Prostitution und Korruption versinken würde.

Sarah gähnte. Ihr Handy vibrierte. David hatte eine SMS geschickt. Ob sie noch wach sei, fragte er.

Nein, ich schlafe schon.

Wo und mit wem?

Auf dem Sofa mit Marie vor dem Fernseher.

Dreh ihn ab und freu dich, ich bin in zehn Minuten da!

Der Moderator der *Zeit im Bild* bedankte sich bei Linus Freibach für das Gespräch, dessen Ende sie nun verpasst hatte. Sie schob Marie sanft von ihrem Schoß aufs Sofa.

David kam noch schneller als angekündigt. Er sah müde aus. Sie sahen einander für einen magischen Moment lang nur an. Dann nahm er Sarah in den Arm, stieß mit dem Fuß die Wohnungstür zu und küsste sie. Sie musste sich auf die Zehenspitzen stellen, weil sie barfuß war. Ohne seine Lippen von ihren zu lösen, bugsierte er sie sanft ins Schlafzimmer. Worte brauchte es keine.

Später lagen sie im Halbdunkel nebeneinander.

»Heute war ein Scheißtag«, sagte David schließlich leise.

Sarah machte Licht, drehte sich auf die Seite und sah ihn an.

»Was ist passiert?«, fragte sie.

»Kubanek hat seinen Werbeauftrag storniert. Ein Auftrag in Höhe von 40 000 Euro.«

»Hat er gesagt, warum?« Sarah ließ ihre Hand auf Davids Bauch liegen.

»Er sagte, die Geschäfte gehen schlechter als gedacht.«

»Sagtest du nicht, das *Kuba* sei eine Goldgrube?«

»Da sieht man mal, wie man sich irren kann.«

Sarah sagte eine Weile nichts.

»Lass uns darüber reden, wie man Geld wäscht«, schlug sie dann vor.

David musste lachen.

»Wie kommst du denn jetzt darauf?«

»Einfach so.«

David schmunzelte und strich ihr eine Strähne aus der Stirn.

»Das brauchst du nicht. Der *Wiener Bote* überweist dir seriös erwirtschaftetes Geld. Außerdem, Sarah, verdienst du leider zu wenig, um ...«

»Und das sagst du mir jetzt so einfach ins Gesicht?«, unterbrach sie ihn gespielt entrüstet. »Dann ändere das. Aber schnell. Du bist mein Chef.«

»Schläfst du nur deshalb mit mir, damit ich dir ein besseres Einkommen verschaffe?«

»Warum sollte ich es sonst tun?« Sie küsste ihn. »Gut, dann kann ich mein Geld eben nicht waschen. Aber wie wird das zum Beispiel übers *Kuba* gemacht?«

»Ich kann mir nicht vorstellen, dass im *Kuba* Geld gewaschen wird.«

David sah sie an.

»Ich glaube, ich weiß jetzt, woher der Wind weht. Conny ... Sie hat dir erzählt, dass der Höfer verdächtigt wurde, Geld zu waschen. Und weil er Teilhaber des *Kuba* ist, denkst du, dass an dem Gerücht was dran ist.«

Er schüttelte den Kopf.

»Sarah, Sarah, du und deine finstere Gedankenwelt. Wenn du einmal auf etwas anspringst, bist du wirklich nicht zu stoppen ...«

»Tja, was soll ich sagen? Wenn meine Kristallkugel nicht kaputt wäre, hätte ich längst die Buchhaltung vom *Kuba* herausgelesen. Aber so ...«

Sie zog ihre Hand unter der Decke hervor, streichelte ihm zärtlich über die Stirn.

»Also, was denkst du? Wie würde das ablaufen? Konkret, meine ich.«

»Na gut«, gab David ihrem Drängen nach. »Nehmen wir an, rein theoretisch natürlich, im *Kuba* würde Geld gewaschen. Was meiner Meinung nach dort nicht passiert, weil der Laden dafür viel zu gut läuft. Aber gut, ist ja deine Hypothese.«

»Ich hab's begriffen, David. Das *Kuba* ist seriös, und meine Gedankenwelt ist finster.«

Sie setzte sich auf und sah ihn herausfordernd an.

»Komm, lass es uns mal durchspielen. Also es geht darum, ein illegales Einkommen in einen legal geführten Betrieb fließen zu lassen. Das heißt, man muss Einnahmen fingieren, die dann ordnungsgemäß versteuert werden. So weit richtig, oder?«

David nickte.

»Im Falle des *Kuba* sähe das dann so aus«, sagte er, »dass der Kubanek mit illegal eingenommenem Geld …«

»… zum Beispiel aus dem Verkauf von Drogen«, unterbrach Sarah.

»Muss gar nicht gleich Drogenhandel sein, ganz normales Schwarzgeld tut's auch. Jedenfalls kauft der Kubanek von diesem Geld, sagen wir, Getränke und Lebensmittel. Am besten bei einem Geschäftspartner, wenn er einen hat, oder Tochterunternehmen, wie zum Beispiel einem Getränkegroßhandel. In der Buchhaltung scheinen dann Einnahmen von Gästen auf, die nie in dem Lokal waren. Sogenannte Scheineinnahmen.«

»Und die Ware, die ja dann in Wahrheit nicht verbraucht wurde, wirft man weg oder verkauft sie unter der Hand weiter.«

»Aber dazu brauchst du ein Lokal, in das so gut wie keine Gäste kommen. In einem Laden wie dem *Kuba* kannst du das vergessen.«

David gähnte.

»Solange sich die Einnahmen einigermaßen mit den Ausgaben decken und du Steuern zahlst, kann das Finanzamt dir nichts anhaben«, führte Sarah den Gedanken zu Ende. »Aber das ist nur eine Methode.«

»Aber die einzige, die ich mir für ein Lokal wie das *Kuba* vorstellen könnte. Rein theoretisch.« Er gähnte erneut.

»Man kann doch über Bankkonten Schwarzgeld zu Graugeld machen und danach durch Transaktionen über die ganze Welt zu Weißgeld waschen.«

Sarah war in ihrem Element.

»Dann kann man auch übers Internet Leute ködern, indem man ihnen einen lukrativen Job anbietet. Denen überweist man dann eine Summe Geld auf ihr Konto, sie überweisen es wiederum auf ein anderes Konto und bekommen dafür eine vorher vereinbarte Provision.«

»Und was hat das alles mit dem *Kuba* zu tun?«, fragte David mit geschlossenen Augen.

»Weiß ich nicht«, gab Sarah zu.

»Glaub nicht, dass alle, die Erfolg haben, kriminell sind, Sarah. Sonst hältst du eines Tages noch mich für einen Verbrecher.« David streckte sich müde. »Ich kenne das Prozedere übrigens auch nur theoretisch. Wie leicht oder schwer das in der Praxis umzusetzen ist, weiß ich auch nicht.«

Sarah machte das Licht aus und kuschelte sich an Davids warmen Körper.

24

Die Dachwohnung lag in totaler Finsternis.

Leise zog er im Flur die Schuhe aus, hängte sein Sakko an die Garderobe und ging auf Zehenspitzen über das Parkett ins Wohnzimmer. Er wusste schon, dass sie in dem drehbaren Art-déco-Ohrensessel saß und durch die Glasfront auf die in Dunkel gehüllte Dachterrasse starrte. Er spürte ihre Anwesenheit.

Er betätigte den Lichtschalter.

»Wo warst du?«

Ihre Stimme war wie eine kalte Dusche.

»Unterwegs.«

Auf dem Tisch vor dem Rolf-Benz-Sofa standen eine offene Flasche Whisky und ein leeres Glas. Glendronach 21 Parliament. Nicht sein teuerster. Ihr Glück. Er holte sich ein Glas aus der Bar, griff zur Flasche und schenkte sich ein.

Die Spannung im Raum war spürbar.

»Wo?«

Jetzt drehte Lotte sich mit dem Stuhl herum. Das offene Haar wie ein samtener Schal über ihren Schultern. Ihr dunkelblauer Morgenmantel aus Seide, das rote Negligé darunter. Dezentes Make-up. Sie bemühte sich, schön zu sein in ihrer Wut. Das gelang ihr zweifellos.

Einen Moment lang erwog er, sie einfach in den Arm

zu nehmen und zu küssen. Um das Spiel, das sich ankündigte, schon im Vorfeld zu gewinnen. Sie würde sich zieren und ihn beschimpfen. Reizend!

Und sich am Ende doch hingeben. Langweilig!

Nein, er hatte einen Scheißtag hinter sich und brauchte die Konfrontation. Das kühlte ihn ab.

»Ich war beim ORF. Du wusstest, dass ich deshalb früher wegmuss. Spiel jetzt nicht die Beleidigte.«

Dann erzählte er von dem Interview, sprach mit demonstrativ lässigem Ton, ignorierte ihren Zorn. Denn das würde ihre Wut höher kochen lassen. Wenn schon Streit, dann ordentlich.

»Ich meine danach.«

»Im Büro.«

Das war ausnahmsweise die Wahrheit. Das Interview hatte ihn aufgewühlt, und er musste allein sein, um seine Gedanken zu ordnen. Außerdem hatte er mit Uwe nachbesprochen, was gut rüberkam und wo es Defizite gab.

»Da warst du nicht.«

Na also. Das Spiel begann.

»Nicht? Wo war ich denn dann?«

Lotte sprang vom Sessel auf, ging zum Tisch und goss sich ein Glas Whisky ein. Vermutlich das zweite oder dritte an diesem Abend. Den Morgenmantel ließ sie absichtlich offen. Er sollte sehen, worauf er heute Nacht verzichten musste.

»Bei einer anderen Frau«, sagte sie so beiläufig, als teilte sie ihm mit, dass der Weinhändler den Wein gebracht hatte. Doch Linus Freibach kannte sie. Innerlich brodelte der Vulkan, und schon bald würde ihm heiße Lava entgegenspucken.

Sie leerte den Whisky auf ex und stellte ihr Glas zurück auf den Tisch.

»Und bei welcher anderen Frau soll ich gewesen sein?«

Sie fuhr herum, bemüht, ihr Gesicht nicht zu einer gehässigen Fratze zu verziehen. Das sah er ihr an. Hass erzeugte reizlose Falten.

»Das weiß ich natürlich nicht!«

»Warum wirfst du es mir dann vor?«

»Weil ich es weiß.«

»Woher willst du es denn wissen?«

Seine scheinbare Gleichgültigkeit reizte sie. Lange würde es nicht mehr dauern, dann hatte er sie dort, wo er sie haben wollte, und sie würde seine Macht zu spüren bekommen. Wie sehr er diese Spielchen liebte! Wie gern er sie provozierte und mit seiner Fragerei in den Wahnsinn trieb.

Allmählich begann er, sich zu entspannen.

Sie stellte sich dicht vor ihn. Er roch ihren Whiskyatem.

»Sag mir, wer sie ist. Sag es, wen fickst du?«

Sie hob ihre Hand. Er fing sie ab, umfasste ihr Handgelenk und drückte fest zu.

»Proletenausdrücke stehen dir gar nicht zu Gesicht, Lotte. Lass das.«

Er ließ sie los.

Ihr Handgelenk war gerötet. Sie rieb sich die schmerzende Stelle.

»Willst du nicht endlich eine Therapie machen?«, schlug er ihr zum x-ten Mal vor. »Deine krankhafte Eifersucht ist extrem belastend. Für dich und für mich.«

»Glaubst du etwa, ich habe nicht gesehen, dass du dieser Fotografin im *Kuba* schöne Augen gemacht hast?«

»Verdammt, Lotte, sie hat mir von diesem Foto erzählt!«

»Hör auf, Linus. Eine attraktive Frau, und das sollte dich kaltlassen?«

»Findest du sie attraktiv? Ich finde sie langweilig.«

»Ihre Hand vertraulich auf deinem Arm. Und wie du ihr nachgesehen hast.«

Jetzt verwandelte ihr hübsches Gesicht sich in eine wütende Grimasse. Linus Freibach unterdrückte ein Lachen. Diese Szenen liefen immer nach demselben Muster ab. Anschuldigung. Tatsachenverdrehung. Tränen. Es wunderte ihn, dass es seiner Frau bei allem Argwohn noch nie gelungen war, auf die richtige Frau zu tippen.

»Was du dir da wieder zusammenreimst …«

»Ach, ich reime mir da wieder was zusammen? Ha! Und warum hat diese Journalistin dich dann heute Abend ausgerechnet auf sie angesprochen, na?«

Linus Freibach schüttelte wortlos den Kopf.

Lotte wollte keine Antworten. Lotte wollte ihre hysterische Szene.

»Dann besitzt dieses Luder auch noch die Frechheit, mich anzusprechen und mit ihren Fotos in die Galerie zu kommen!«

»Niemand hat dich gezwungen, mit ihr zu sprechen oder sie einzuladen.«

Ihre Augen funkelten vor Wut.

Er begann, sich zu langweilen. Zeit, das Spiel zu beenden. Er hatte sich nur noch nicht entschieden, wie er es diesmal ausgehen lassen wollte.

Sie beugte sich vor und ballte die Fäuste.

»Du verdammter Hurenbock«, zischte sie ihn an.

Das war der Moment. Lotte war kein tiefes Wasser. Linus wusste immer, was in ihr vorging. Er holte aus, und bevor sie reagieren konnte, schlug er ihr ins Gesicht. Ihr Kopf schnellte zur Seite. Die Unterlippe sprang auf. Sie blutete. Sie hatte ihm soeben die Entscheidung abgenommen. Dann eben auf die harte Tour.

»Niemand nennt mich Hurenbock. Auch du nicht. Verstanden?«

Sie wischte sich mit dem Handrücken über den Mund. Sie wusste genau, dass sie jetzt besser den Mund hielt.

»Hurenbock!«

Er holte erneut aus und streckte sie mit dem zweiten Schlag zu Boden.

Er dachte einen Moment lang darüber nach, sie einfach liegen zu lassen und schlafen zu gehen. Doch dann griff er nach ihren Haaren und zog sie unsanft wieder auf die Beine. Lotte stöhnte. Tränen liefen über ihre Wangen. Natürlich schlug man keine Frau, das wusste auch er. Doch es gab Tage, da war ihm das scheißegal. Heute war so ein Tag. Wenn es passierte, lief auch das immer nach demselben Muster ab. Eifersuchtsszene. Provokation. Gewalt.

Er ließ ihre Haare los, aber nur, um sie fest im Nacken zu packen wie einen ungezogenen Hund. Dann drehte er ihren Kopf in seine Richtung und zwang sie, ihm direkt in die Augen zu sehen. Er erkannte Hochmut in ihrem tränenverschleierten Blick. Sie ertrug die Demütigung wie eine Heldin. Das machte ihn noch hitziger. Ihr Negligé war verrutscht und entblößte ihre Brüste.

»Frag mich nie wieder, wo ich gewesen bin! Hast du verstanden?«

Der Versuch zu nicken. Einen Augenblick lang herrschte eiskaltes Schweigen.

Dann schubste er sie quer durch den ganzen Raum bis zum Esstisch und drückte sie mit dem Gesicht nach unten auf die Tischplatte. Ihr Versuch der Gegenwehr ließ ihn siegesgewiss lächeln. Sie wusste doch, dass er stärker war. Das hatte er ihr schon einige Male bewiesen. Er zwang ihre Beine auseinander. Mit der freien Hand öffnete er den Gürtel, den Reißverschluss, schob sich Hose und Slip hinunter und ihren Seidenmantel hoch. Sie war nackt darunter, wie er vermutet hatte.

Gewaltsam drang er in sie ein.

»Hör auf!«, fauchte Lotte und versuchte, sich zu wehren. »Hör verdammt noch mal auf!«

Zu spät. Der Kampf erregte ihn. Macht erregte ihn.

»Du Arschloch«, schrie sie voller Zorn.

Er hielt sie fest und pumpte sich zu einem einsamen Höhepunkt.

Dann zog er sich langsam aus ihr zurück und ließ sie los. Mit wenigen Handgriffen brachte er seine Kleidung wieder in Ordnung, als wäre lediglich das Hemd ein wenig verrutscht.

»Ist es das, was du willst?«, fragte er selbstgefällig.

Lotte Freibach glitt langsam zu Boden. Ihre Haare hingen wie ein Vorhang vor ihrem Gesicht. Sie zog den Bademantel eng um ihren Körper, rollte sich zusammen und weinte leise.

Freibachs Wut war verraucht.

»Das wirst du bereuen«, sagte sie tonlos.

Er nahm die Flasche Whisky und das Glas vom Couchtisch und ging in sein Schlafzimmer am anderen Ende des Gangs.

Mittwoch, 23. März

25

David stahl sich um halb sieben aus dem Bett. Er musste noch in seine Wohnung, um sich umzuziehen. Sarah lag ausgestreckt unter der Decke.

»Ich komme heute später«, murmelte sie verschlafen. »Ich will vorher die Frau im Krankenhaus besuchen, die im Prater überfallen wurde.«

Er küsste sie auf die Stirn.

»Überleg dir bei Gelegenheit, wie wir das in Zukunft handhaben wollen mit zwei Wohnungen. Ich finde das auf die Dauer ziemlich anstrengend.«

Mit diesen Worten ging er hinaus.

Sarah war plötzlich hellwach. Hatte er ihr soeben vorgeschlagen zusammenzuziehen? Wohin? In ihre oder seine Wohnung? Wann? Jetzt? Oder in einem Jahr? Gedanken rasten wie ein Railjet durch ihren Kopf. Sie schlug die Decke zurück, sprang aus dem Bett und ging hinaus in den Flur. Marie kam aus dem Badezimmer gelaufen. Die Katze liebte es, auf dem flauschigen Teppich vor der Dusche die Nacht zu verbringen.

In der Küche füllte Sarah den Fressnapf der Halbangora und goss sich einen Tee auf. Mit der Tasse in der Hand stellte sie sich ans Fenster und sah hinunter auf den Yppenplatz. An den Marktständen und vor den Pavillons herrschte das übliche geschäftige Treiben.

Irgendwie stand es außer Frage, dass sie im Fall des

Falles zu David ziehen würde. Seine Wohnung war größer, moderner und ruhiger, der Türkenschanzpark direkt vor der Haustür, und das Cottageviertel im 18. Bezirk gehörte zu den schönsten Wohngegenden Wiens. Nur – wollte sie das hier wirklich verlassen? Die Wohnung, mit der sie so viele Erinnerungen verband. Der Platz. Der Brunnenmarkt. Farbenfrohes Obst und Gemüse. Schafskäse. Ihre geliebten Marmeladen aus Staud's Pavillon.

Sie seufzte. Vielleicht hatte David das auch nur so dahingesagt, und es würde vorläufig gar keine Rede mehr davon sein. Sie wollte es auf sich zukommen lassen. Und wenn es doch spruchreif werden sollte, dann würde sie sich eben damit auseinandersetzen.

Das Leben bestand nun mal aus Veränderungen.

Sie holte ihren Laptop und setzte sich damit an den Küchentisch.

»Guten Morgen!«

Sarah erschrak.

Es war Gabi. Sarah hatte sie nicht gehört.

»Morgen! Du bist hier?«

»Ich bin gestern noch ins *Panorama*, und da praktisch nichts los war, ist der Chris mit mir zusammen nach Hause gefahren.«

Sie zuckte mit den Achseln und wuschelte ihre blonden Haare zurecht.

»Jetzt werde ich schnell was essen, dann heim, duschen und umziehen. Magst auch ein Frühstück?«

»Ja, gern«, antwortete Sarah erfreut.

»Was recherchierst du gerade?«, fragte Gabi, während sie in der Küche hantierte, als wäre es ihre eigene.

Sarah erzählte ihr von den Halsketten in der Galerie.

»Ich will mich schlaumachen über die Wirkung von Rizin.«

»Und, schon was gefunden?«

»Ich habe noch gar nicht angefangen.«

»Für Rizin liegen kaum toxikokinetische Daten vor. Relevant ist jedenfalls die Aufnahme. Entweder durch Injektionen, Inhalation oder oral«, zählte Chris an den Fingern ab. Er stand noch etwas verschlafen in Boxershorts und T-Shirt im Türrahmen und hatte offensichtlich zugehört.

Jetzt kam er herein und küsste Sarah auf die Stirn.

»Frag mich doch, Schwesterherz.«

Dann stellte er sich dicht hinter Gabi, schlang seine Arme um ihre Hüften und presste sich an sie. »Du warst so schnell aus dem Bett.«

Vielleicht ist ein Umzug doch nicht so übel, dachte Sarah.

»Und an welchen Symptomen erkennt man eine Rizinvergiftung?«, fragte sie.

»Hohes Fieber, Schleimhautreizung, Brennen im Mund, Koliken, blutiger Durchfall, Kreislaufkollaps. Man stirbt nicht zwangsläufig, aber wenn, dann fast immer weil der Kreislauf schlappmacht. So zwei, drei Tage nach der Vergiftung, manchmal später. Menschen mit schwachen Immunsystemen wahrscheinlich früher.«

»Gegengift?«

»Gibt's nicht, soweit ich weiß. Aber solange du keine Rizinussamen kaust oder herunterschluckst, kann dir nichts passieren.«

Gabi reichte Chris eine Tasse Kaffee und Sarah Tee, dazu gab es Marmeladenbrote.

»Klasse Gesprächsthema zum Frühstück«, bemerkte sie trocken.

Sarah und Chris grinsten sie an.

»Und was ist, wenn ich das Gift zum Beispiel in Flüssigkeit auflöse?«

»Dann wird's allerdings gefährlich.« Chris trank einen großen Schluck Kaffee. »Da gab's Ende der 1970er-Jahre ein Attentat in London auf einen bulgarischen Regimekritiker.«

»Stimmt«, antwortete Sarah, »Georgi Markow. Er war auch Schriftsteller. Was ist da noch mal genau passiert?«

»Jemand, wahrscheinlich ein bulgarischer Spion, hat ihm mit einem präparierten Regenschirm ein Giftkügelchen in den Unterschenkel injiziert. Das bestand praktisch aus Zuckerguss. Der löste sich im Körper auf, und das Rizin wurde freigesetzt. Drei Tage später war der Mann tot.«

»Wisst's eh, dass sie den Täter erst vor drei, vier Jahren in Österreich aufgespürt haben, oder?«, mischte sich Gabi jetzt ein.

Sarah und Chris sahen sie überrascht an und schüttelten die Köpfe.

»Willst du denn wen vergiften«, erkundigte sich Chris, »oder warum fragst du?«

»Im Prater starben gleich drei Obdachlose an Herz-Kreislauf-Versagen. Kann es da nicht sein …«

»O nein!«, stöhnte Chris gespielt theatralisch. »Miss Marple ist wieder unterwegs. Wie kommst du denn jetzt darauf?«

»Chris …!«, sagte Gabi nur.

Er biss von seinem Brot ab und kaute.

»Im Aberglauben hat Gift eine große Bedeutung. So etwas interessiert mich immer.«

Chris schluckte.

»Aber du denkst jetzt nicht im Ernst, dass ich dir das glaube, oder? Sarah? Hallo, ich bin's, dein Bruder … Also sag schon, worum geht's?«

»In der Galerie gestern gab es afrikanischen Schmuck. Halsketten mit eingearbeiteten Rizinussamen, die haben mich auf die Idee gebracht«, antwortete Sarah.

»Geh … Und jetzt meinst du, dass da draußen jemand rumläuft und Obdachlose mit Rizin vergiftet? Vielleicht Templer oder Freimaurer oder Illuminaten?«

»Jetzt lass sie doch mal, Chris«, sagte Gabi leicht ungehalten. »Aber wirklich, Sarah, wer könnte so etwas tun? Und warum?«

»Vielleicht will jemand keine Wohnungslosen im Prater, ich weiß es nicht. Aber wie auch immer, ich muss jetzt los.«

In Krankenhäusern fühlte Sarah sich immer wie in einer Parallelwelt. Die Zeit verging langsamer, es roch anders, und die Farbe Weiß, die eigentlich keine war, herrschte vor. Ein Mikrokosmos mit eigenen Regeln und Abläufen. Und mit Sauerstoff in kleinen Häppchen. Wahrscheinlich mit ein Grund, warum Sarah generell schlecht Luft bekam, sobald sie ein Krankenhaus betrat.

Das riesige AKH war außerdem eine echte Herausforderung für ihren ohnehin kümmerlichen Orientierungssinn. Sie wollte aber niemanden nach dem Weg fragen, schließlich kam sie außerhalb der Besuchszeiten. Auch wenn das heutzutage nicht mehr so streng gehandhabt wurde.

Die Zugänge zu den Stationen waren durch Zahlen-Buchstaben-Kombinationen und Farben gekennzeichnet. Lucie Viktor lag im grünen Bettenhaus. Grüner Aufzug. Grüne Türen. Sarah atmete erleichtert auf.

Sie klopfte an und trat ein. Lucie Viktor lag im Bett und starrte an die Decke. Sie war allein. Sarah hatte ihr Blumen und die aktuelle Ausgabe des *Wiener Boten* mitgebracht. Sie stellte sich vor.

»Woher wissen Sie, dass ich in diesem Krankenhaus liege?«, fragte die Fotografin.

Die Frage klang neugierig. Vielleicht wollte sie einschätzen, wie groß ihre Chance war, PR herauszuschlagen.

»Ich wäre eine schlechte Journalistin, wenn ich das nicht rausfinden würde«, antwortete Sarah und lächelte. »Recherche ist eine Mischung aus Kombination, Erfahrung und den richtigen Fragen zur richtigen Zeit an die richtige Person.«

»Sie sind die erste Journalistin, die mich hier besucht.«

»Vielleicht kommen ja noch mehr, wenn sie sich nicht damit begnügen, die Pressemitteilung der Polizei abzuschreiben.«

»Und warum sind Sie gekommen?«

Sarah überreichte ihr den *Wiener Boten*.

»Wir wissen, dass man bei Ihnen Drogen gefunden hat. Hier, lesen Sie selbst, es steht auf Seite fünf. Ich hole inzwischen eine Vase für die Blumen.«

Lucie Viktor nahm die Zeitung entgegen, und Sarah ging hinaus.

Der Flur war menschenleer. Im Schwesternzimmer traf sie auf eine Krankenschwester, die Medikamente in eine Lade sortierte. Als sie Sarah sah, öffnete sie ohne Worte eine Schranktür, nahm eine Vase heraus und gab sie ihr.

»Sie wissen schon, dass jetzt eigentlich keine Besuchszeit ist, oder?«, merkte sie an.

»Ja klar. Ich bin auch gleich wieder weg. Nur ein ganz kurzer Besuch. Ich hab die ganze Woche Spätschicht, deshalb …«

Sie log ungern.

Die Krankenschwester nickte milde.

Sarah lief durch den Gang zurück zu dem Zimmer. Sie hoffte, dass die Fotografin noch mit ihr sprechen und ihr nicht den *Wiener Boten* entgegenwerfen würde. Doch Lucie Viktor hatte die Rückenlehne vom Bett erhöht und las. Mit der Manschette um den Hals wirkte ihre Haltung geradezu majestätisch.

»Ich wollte Sie um einen Kommentar bitten«, sagte Sarah. »Sie sollen die Chance bekommen, Ihre Sichtweise darzustellen.«

Sie stellte die Vase auf einem Tisch beim Fenster ab. So waren die Blumen geradeaus im Blickfeld der Patientin.

»Sicher«, sagte Lucie Viktor spöttisch. »Weil Ihnen meine Sichtweise wichtig ist. Aber ich bin nicht auf der Nudelsuppen dahergeschwommen. Sie sind auf der Suche nach einer spektakulären Story. Aber ich muss Sie enttäuschen. Weder nehme ich Drogen, noch habe ich jemals Drogen besessen oder mit Drogen gedealt. Reicht das als Kommentar?«

»Hat man Ihnen das Marihuana in die Hostentasche

gesteckt?«, fragte Sarah, die sich von solchen Reaktionen inzwischen nicht mehr verunsichern ließ.

»Ich weiß nicht, ich war ja bewusstlos. Aber ich nehme es an, weil das die einzige Erklärung ist. Vorher hatte ich es ja noch nicht in meiner Tasche.«

»Sie sind in der Nähe von dem Drogenversteck überfallen worden, das die Polizei kurz vorher ausgehoben hat. Kann es sein, dass die Polizei Ihnen unterstellt, davon gewusst zu haben? Und glaubt, Sie wollten nur schauen, ob nicht doch noch etwas übrig geblieben war?«

»Ha, zum ersten Mal in meinem Leben bin ich froh, nicht berühmt zu sein. Stellen Sie sich die Schlagzeilen vor. Starfotografin mit Drogen erwischt.«

»Aber es gibt auch Fälle, da hat den Berühmtheiten das gar nicht geschadet.«

»Trotzdem, ich würd's nicht wollen. Nein. Ich habe im Prater nach Müll gesucht, liegen gebliebenen Abfällen, also nach dieser Art Spuren, die Menschen so hinterlassen. Um sie zu fotografieren.«

Und sie klärte Sarah über ihr Buchprojekt über die hässlichen Seiten Wiens auf. Sarah hörte interessiert zu.

»Toll«, sagte sie dann ehrlich angetan von dieser Idee.

»Ich lade Sie zur Präsentation ein, wenn es fertig ist.«

»Da komme ich gerne«, versprach Sarah. »Wissen Sie, dass vor ein paar Tagen ein Obdachloser gestorben ist, auch dort?«

»Ja. Der Notarzt hat ja noch versucht, den armen Kerl zu retten. Jedenfalls hoffte ich, im Unterholz Motive für mein Buch zu finden. Reste von Verbandsmaterial zum Beispiel, Pflaster, Mullbinden und so Zeug, halt alles, was dort nicht hingehört. Natur und Zivilisation.

Gegensätze. Spannungsmomente. Das reizt mich dran. Aber ich habe keine Motive gefunden. Leider hat die Rettung den Ort besenrein hinterlassen. Zum Glück konnte ich vorher ein paar gute Fotos vom Gondeltausch am Riesenrad machen. Klasse Nachtaufnahmen.«

»Ich weiß.«

Lucie Viktor sah sie überrascht an.

»Ein Kollege von mir hat Sie gesehen. Unser Fotograf.«

Die Kunstfotografin musste lachen und verzog sofort vor Schmerz das Gesicht.

»Jetzt ist mir klar, warum der Bauingenieur mir dort unaufgefordert die ganze Montage-Story erzählt hat!«

Sie strich sich ein paar Fransen aus der Stirn.

»Mein Freund wollte nicht, dass ich nachts im Prater fotografiere. Er macht sich ständig Sorgen, deshalb würde ich's ihm auch nie erzählen, falls ich dort mal in eine brenzlige Situation kommen würde.«

Sarah hatte den Eindruck, dass die Frau etwas Bestimmtes meinte.

»Waren Sie denn schon mal in einer brenzligen Situation?«

»Ich habe zufällig einen Drogendeal fotografiert. Dealer und Kunde haben mich dabei bemerkt und sind mir nach. Aber ich war schneller. Kai hab ich verschwiegen, dass die beiden mich verfolgt haben.«

»Sie meinen, die waren es, die Sie überfallen und so übel zugerichtet haben?«

»Wäre doch eine logische Erklärung.«

Sarah nickte. »Angenommen, so war es, wie konnten die wissen, dass Sie nachts wiederkommen würden, ausgerechnet an diese Stelle?«

»Tja. Zufall? Oder vielleicht hat der Dealer mich gesehen, als ich das Riesenrad fotografierte, und ist mir von da an gefolgt? Keine Ahnung. Jedenfalls ist meine Kamera weg. Meine Tasche mit Geld, Papieren und dem ganzen Kram auch. Deshalb hat die Polizei zuerst auf Raubüberfall getippt, bis sie das Gras in meiner Hosentasche fanden.«

»In Ihre Wohnung wurde eingebrochen.«

»Ja, die Kerle hatten ja meine Schlüssel. Mein Freund Kai hat es gesehen. Er hat sofort die Polizei verständigt. Wenn's einem reinscheißt, dann ordentlich, was?«

»Ist denn viel gestohlen worden?«

»Mein Computer. Das heißt, meine Arbeit der letzten Monate. Zum Glück hat mein Freund mich immer bekniet, ja alles mehrmals abzusichern. Es ist also nicht alles verloren, nur die letzten Bilder. Kai arbeitet bei einer Versicherung, Absicherung ist sein zweiter Vorname. Bevor ich mit ihm zusammenkam, kannte ich so etwas wie eine Hausratversicherung gar nicht. Ausgeraubt werden doch immer die anderen, einem selbst passiert so was nicht.«

»Stimmt genau«, sagte Sarah.

Auch sie hatte sich damit erst beschäftigt, nachdem bei ihr eingebrochen worden und sie knapp einem Mordanschlag entgangen war. Das war noch gar nicht so lange her. Das Sicherheitsschloss, das anschließend innen an die Wohnungstür montiert wurde, erinnerte sie täglich daran.

Sie sah Lucie Viktor aufmunternd an.

»Na, dann hoffe ich für Sie, dass Ihre Versicherung sich mit der Auszahlung nicht zu lange Zeit lässt. Manchmal legen die sich ja auch quer.«

»Die Themis ist da anders.«

»Themis?«, fragte Sarah entgeistert.

Sie versuchte erst gar nicht, ihre Überraschung zu verbergen. Dann erzählte sie Lucie Viktor von dem Kunstraub.

»Ich weiß nicht, ob Kai da irgendwas mitbekommen hat«, meinte Lucie Viktor, nachdem Sarah geendet hatte. »Gesagt hat er nichts, und wir haben in letzter Zeit öfter über die Freibachs gesprochen.«

»Vielleicht kann er sich ja bei mir melden?«

»Ich sag's ihm. Versprochen.«

Den Namen Kai hatte Sarah im selben Moment abgespeichert. Wenn er sich nicht von allein meldete, würde sie ihn schon ausfindig machen. So viele Kais gab es bei der Themis-Versicherung bestimmt nicht.

»Ich habe gehört, dass Sie eine obdachlose Frau längere Zeit getroffen und fotografiert haben«, wechselte Sarah das Thema.

»Ja, die Clara«, sagte Lucie Viktor. »Wow. Sie haben sich ja wirklich gut informiert. Warum eigentlich? Ich bin kein Star, deshalb wird es niemanden weiter interessieren, warum ich zusammengeschlagen wurde. Und Sie wollen ja auch kein Porträt über mich machen, oder?«

Sarah überging die Fragen.

»Sie haben sich auf dem Jubiläumsfest im *Kuba* mit Linus Freibach unterhalten«, sagte sie stattdessen.

»Der ist zufällig mit auf einem meiner Fotos von Clara.« Sie berichtete, wie es dazu kam. »Er will aber nicht, dass es veröffentlicht wird.«

»Warum nicht?«

»Keine Ahnung. Trotzdem war ich bei seiner Frau in

der Galerie, auch um mit ihr über die Möglichkeit einer Ausstellung zu sprechen. Die Freibach war aber nur an dem einen Foto sehr interessiert. Wenn Sie mich fragen, für die ist jede Frau eine potenzielle Rivalin.«

Sarah wunderte sich darüber, dass Lotte Freibach Lucies Besuch in der Galerie gar nicht erwähnte, als es gestern um die Fotografin ging.

»Kennt Clara denn den Freibach?«

»Nein. Sie hat ihn angeblich um zehn Euro für Drogen angeschnorrt. Behauptet er. Aber ich glaub's ihm nicht. Clara schnorrt nicht, und sie nimmt auch keine Drogen.«

»Woher wissen Sie das so genau?«

»In der Woche, in der ich fast ununterbrochen mit ihr zusammen war, hätte ich davon was mitbekommen.«

»Geld für Alkohol?«

»Nein. Clara säuft nicht, also längst nicht in dem Ausmaß wie viele andere. Zwei, drei Biere über den Tag verteilt, höchstens. Clara ist nach dem Suizid ihres Mannes auf keinen grünen Zweig mehr mit sich und ihrem Leben gekommen und irgendwann halt auf der Straße gelandet. Sie zitiert Nestroy!«

Das klang, als würde allein diese Tatsache gegen Claras Drogen- und Alkoholkonsum sprechen.

»Aber was kann sie dann von Freibach gewollt haben?«

»Das hat sie mir nicht verraten.«

»Ein Blowjob?«, fragte Sarah weiter. »Freibach soll ja kein Kind von Traurigkeit sein, hörte ich.«

»Auch das glaube ich nicht.«

»Aber wissen tun Sie's nicht, oder?«

»Nein. Aber … Ein so geschniegelter Typ wie der

Freibach, und dann eine Sandlerin, das kann ich mir beim besten Willen nicht vorstellen.«

»Hm, oft brechen gerade so geschniegelte Typen aus ihrem Alltag aus. Aber noch etwas anderes. Wissen Sie, ob Clara den obdachlosen Mann kannte, der verstorben ist?«

»Ja. Sie nannten ihn in der Szene übrigens Greißler, weil er früher auf dem Meidlinger Markt einen Stand besaß. Er muss der absolute Einzelgänger gewesen sein, das hat Clara mir erzählt.«

»Hat diese Clara auch einen Familiennamen?«

Lucie Viktor zögerte.

»Warum interessiert Sie das eigentlich? ... Clara Weismann.«

»Journalistenneugier«, antwortete Sarah.

»Ach, kommen Sie! Keine Journalistin dieser Welt interessiert sich für einen Obdachlosen, der sich totgesoffen hat. Da steckt doch noch etwas dahinter.«

»Journalisten sehen manche Zusammenhänge mit anderen Augen als Ermittler.«

»Ermittler? Wird denn in dem Fall ermittelt?«

»Nein.«

»Glauben Sie, dass der Greißler umgebracht wurde?«

»Nein, nein«, wiegelte Sarah ab.

Lucie Viktor presste ihre Lippen aufeinander. Sie schien konzentriert nachzudenken, das konnte Sarah ihr ansehen.

Ihr Handy meldete sich. Eine SMS von Patricia.

Kleine Sitzung um 10 Uhr 30, Chronik-Redaktion.

Sarah schickte ein »O.K.« zurück.

»Ich weiß nicht, ob es von Belang ist«, sagte die Fotografin da.

Und sie erzählte Sarah von einem Sonderling, der sich im Prater herumtrieb und als Obdachloser ausgab.

»Clara hat ihn mit dem Greißler gesehen. Am Abend vor dessen Tod. Der Kerl hat dem Greißler Schnaps geschenkt. Clara hat so eindringlich darüber gesprochen, als ob's wirklich wichtig wäre.«

In dem Moment ging die Tür des Zimmers auf, und mehrere Menschen in weißen Kitteln kamen hereingeflattert, als Letzte die Krankenschwester, von der Sarah die Vase bekommen hatte.

»Ich muss Sie jetzt hinausbitten. Visite.«

»Ja, natürlich.«

Sarah legte ihre Visitenkarte auf das Krankenbett.

»Für alle Fälle. So können Sie mich jederzeit erreichen.«

Plötzlich umklammerte Lucie Viktor Sarahs Handgelenk.

»Finden Sie Clara!«, sagte sie leise, fast flehentlich. »Clara soll Ihnen sagen, wer dieser Fremde ist. Es ist zwar nur ein Gefühl, aber ich glaube, dass sie es weiß. Und ich glaube, dass es wichtig ist.«

26

Im Flur lief Sarah Conny über den Weg. Hinter der Society-Löwin wedelte sich wie üblich Sissi durchs Leben. Sarah streichelte den kleinen Hund, der ihr dankbar über den Handrücken schleckte.

»Ich weiß noch nicht, mit wem der Freibach aktuell ins Bett steigt. Aber ich bin dran«, verkündete die Gesellschaftsreporterin. »Übrigens, ich habe die Freibach noch gefragt, wer die Bilder gekauft hat. Ist ja schon ungewöhnlich, dass schon vor der Vernissage alles weg ist. Ich hab gehofft, dass sie mir zumindest den Namen eines prominenten Käufers verrät. Aber nein, die gute Frau hat sich bedeckt gehalten und nur verraten, dass die meisten Bilder nach Asien gehen. Dort mögen sie afrikanische Kunst offenbar sehr.«

»Echt? Ich hab nur gehört, dass chinesische Schuhfabrikanten in Zukunft in Äthiopien produzieren, weil's dort noch billigere Arbeitskräfte gibt als in China«, meinte Sarah zynisch. »Jetzt kaufen die auch noch deren Kunstwerke auf? Sichern die sich den Kontinent oder wie?«

»Vorurteile?«

»Nein.«

»Egal. Ich halt dich auf dem Laufenden über Freibach. Wäre doch gelacht, wenn ich dem nicht auf die Schliche komme.«

Als Sarah hereinkam, saß Patricia schon am Schreibtisch, vor sich etliche lose Blätter Papier.

»Hier steht alles drauf, was ich seit gestern recherchiert habe«, sagte sie nicht ohne Stolz. »Das Haus, in dem diese sogenannte Bunkerwohnung ist, gehört einer Immobilienfirma. Die Polizei weiß inzwischen auch den Namen des Mieters, rückt damit aber nicht raus.«

»Versuch mal, ein Statement von den Hauseigentümern zu bekommen. Am besten per E-Mail, dann können sie später nicht behaupten, sie wären falsch zitiert worden.«

Sarah legte ab, ließ sich auf ihrem Bürostuhl nieder und berichtete Patricia, was sie von Kretschmer über die Spedition erfahren hatte.

Herbert Kunz betrat den Raum.

Sarah hielt inne.

»Schön, dich wiederzusehen. Na, wie war der Urlaub?«, fragte sie.

»Lang.«

Sarah lachte. Sie kannte den Chef vom Dienst inzwischen gut genug. Ein Workaholic, wie er im Buche stand. Urlaub war für ihn die reinste Folter.

»Entzugserscheinungen?«

»Hm, hm. Aber jetzt bin ich wieder da. Alles ist gut.«

»David ist auch froh, der musste dich vertreten.«

»Zwei Wochen miese Laune?«

»Aber ganz miese Laune«, bestätigte Sarah lachend.

Stepan erschien und begrüßte Kunz, als hätten sie sich seit einer Ewigkeit nicht mehr gesehen.

Patricia Franz verteilte Kaffee, und Herbert Kunz erzählte von dem Wellnessurlaub, den seine Frau gebucht hatte.

»Nie wieder!«, lautete sein Fazit.

»Also. Was haben wir zum Überfall im Prater?«, eröffnete Stepan anschließend die Sitzung.

Sarah erstattete ihnen Bericht über ihren Krankenhausbesuch bei Lucie Viktor.

»Gibt es Beweise, dass ihr das Marihuana untergeschoben wurde?«, fragte Stepan, nachdem sie geendet hatte.

»Nein. Sie war bewusstlos.«

»Ist sie denn glaubwürdig?«, fragte Kunz.

»Ja, schon. Sie kam mir offen und ehrlich vor, soweit ich's halt beurteilen kann.«

»Gut. Trotzdem, solange wir keine Beweise haben, belassen wir es dabei. Spekulatives Informieren überlassen wir dem Boulevard. Keine Unterstellungen, die nicht auf Fakten beruhen. Keine Behauptungen ohne stichhaltige Gründe.«

»Wenn ich mir das Interview von der Viktor autorisieren lasse, könnten wir drüber schreiben, ohne uns irgendwelchen Spekulationen hinzugeben«, warf Sarah ein. »Vielleicht fällt dann einem aufmerksamen Leser doch noch ein, etwas gesehen zu haben, wer weiß.«

»Also gut«, brummte Stepan.

Herbert Kunz streckte sich.

»Ich bin ziemlich ausgeruht und deshalb im Moment sehr aufmerksam …«

»Also doch erholt?«, unterbrach Sarah ihn. Sie ahnte, was kommen würde.

»Ich sehe, dass in deinem Kopf etwas umgeht, Sarah. Du kannst es nur noch nicht fassen.«

»Hast du hellsehen gelernt?«

»Nein. Aber du würdest uns nicht mit der lahmen

Drogenstory daherkommen, wenn du die andere schon in petto hättest.«

»Welche andere?«

»Nun, mir ist zu Ohren gekommen, dass dich die alte Kunstraubgeschichte interessiert, dass du den Freibach nicht magst und dass dir der Höfer nicht koscher zu sein scheint.«

»Respekt!« Sarah grinste. »Dabei warst du doch zwei Wochen lang gar nicht da.«

»Der *Wiener Bote* ist ein Dorf. Also, würdest du bitte deinem Ruf gerecht werden und uns an deinem Kopfturnen teilhaben lassen?«

Sarah grinste, fingerte ein rotes Band aus der Hosentasche und fasste ihre Haare im Nacken zusammen. Der Auftakt zu einem längeren Vortrag. Dann griff sie nach dem Block auf ihrem Schreibtisch und schrieb die Namen Freibach, Höfer und Kubanek darauf. Sie zog Verbindungsstriche zwischen ihnen untereinander und jeweils zum *Kuba*. Daneben schrieb sie in Druckbuchstaben »Geldwäsche« und setzte drei Fragezeichen dahinter.

»Dieses Gerücht ist so alt wie das Lokal selbst«, gab Stepan als Kommentar zu ihrer These ab und wiederholte, dass er nichts davon hielt, alte Geschichten aufzuwärmen.

»Das heißt aber noch nicht, dass nichts dran ist«, erwiderte Sarah.

Unter die Namen der drei Männer schrieb sie »Lucie Viktor« und zog von dort eine Linie zu Linus Freibach.

Ausgehend von dieser Grafik setzte sie die anderen über die einzelnen Verbindungen und die weiteren Zusammenhänge in Kenntnis, so weit sie sie hatte recherchieren können.

»Warum will Freibach nicht, dass das Foto veröffentlicht wird?«, fragte Kunz. »Das würde doch Bürgernähe zeigen.«

»Das konnte mir Lucie Viktor auch nicht beantworten. Möglich, dass er sich von der Dame auf dem Foto sexuell hat bedienen lassen und deshalb auf keinen Fall will, dass das Foto an die Öffentlichkeit kommt«, meinte Sarah. »Mir wurde zwar versichert, dass sich diese Clara nicht prostituiert, aber vielleicht hat sie ja ihre Meinung geändert. Wenn der Preis stimmt.«

»Ruf den Freibach an und frag ihn«, schlug Kunz vor.

»Mach ich«, meinte Sarah und verdrehte die Augen. Sie zeigte auf die Kreuze.

»Drei Obdachlose sind binnen Kurzem im Prater an Herz-Kreislauf-Versagen gestorben. Lucie Viktor weiß nun von dieser Clara, dass ein Fremder dem Greißler am Abend vor seinem Tod Schnaps ausgegeben hat.«

»Soll vorkommen«, brummelte Stepan.

Sarah ließ sich nicht beirren und kam auf die Rizinussamen in den Exponaten zu sprechen.

»Die haben mich auf die Idee gebracht, dass dieser spendable Fremde möglicherweise Gift in den Alkohol gemischt hat. Ich will heute Nachmittag noch einmal in den Prater und Clara suchen. Bei der Gelegenheit schaue ich mir auch das Haus in der Vorgartenstraße an. Denn …«

»Also ich steige da nicht ganz durch«, bremste Stepan Sarahs Vortrag. »Was bitte hat das alles jetzt mit Freibach, Höfer und Kubanek zu tun?«

»Ich bin sicher, dass das alles irgendwie miteinander zu tun hat, ich weiß nur noch nicht, wie.«

Kunz erhob sich.

»Gut, wenn du da so sicher bist, Sarah, dann lassen wir dich jetzt mal dran arbeiten. Was meinst du, Günther? Bis jetzt hatte unsere Sarah noch immer den richtigen Riecher.«

Stepan nickte zwar schweigend, er wirkte jedoch nach wie vor nicht überzeugt.

»Patricia«, sagte er schließlich, »Sie kümmern sich in den nächsten Tagen vorrangig um die alltäglichen Artikel.«

Sarahs Telefon klingelte, und sie hob ab. Die Rezeption war am Apparat und kündigte Besuch an. Einen Kai Lackner.

»Lucie Viktors Freund kommt jetzt«, verkündete sie in die Runde, nachdem sie aufgelegt hatte.

Kurz danach klopfte es auch schon, und ein junger Mann kam herein. Er sah Patricia an.

»Ich suche eine Frau Pauli«, sagte er zu ihr.

»Die bin ich«, meldete Sarah sich.

»Ich will auch gar nicht stören. Lucie Viktor schickt mich.«

Sarah ging auf ihn zu und gab ihm die Hand.

»Sie stören nicht. Ich freue mich, dass Sie gekommen sind, Herr Lackner.«

»Gut. Wir waren ja so weit erst mal fertig«, sagte Herbert Kunz. »Auf meinem Schreibtisch türmt sich nämlich die Arbeit.«

Er nickte dem jungen Mann zu und verließ den Raum.

»Kommen Sie.« Sarah wies auf einen freien Stuhl neben ihrem Schreibtisch.

»Ich dachte, ich komme einfach vorbei, ohne mich vorher groß anzumelden«, sagte er. »Lucie hat mich gebeten, Ihnen ein paar ihrer Fotos zu zeigen. Dauert auch nicht lange.«

Er zog einen USB-Stick aus seiner Hosentasche.

»Und Sie haben entdeckt, dass in die Wohnung Ihrer Freundin eingebrochen wurde, richtig?«, sagte Sarah beiläufig, während sie den Stick in den USB-Anschluss an ihrem Computer steckte.

Stepan kam herbei und sah ihr neugierig über die Schulter.

»Ja«, antwortete Kai und seufzte. »Dabei habe ich sie inständig davor gewarnt, nachts alleine in den Prater zu gehen.« Er klang wie ein besorgter Vater.

Auf dem Desktop erschienen Fotos im Kleinformat. Kai zeigte auf eines. Sarah klickte es an. Ein schwarzer SUV war zu erkennen, daneben eine Frau, die sich durch das auf der Fahrerseite geöffnete Fenster mit Linus Freibach unterhielt.

»Das ist Clara«, sagte Kai.

Dann zeigte er ihr noch ein paar Fotos, die dieselbe Frau an verschiedenen Orten im Prater zeigten.

»Das sind Fotos aus einer ganzen Serie, die Lucie von Clara aufgenommen hat.«

»Für den Fotoband?«

»Genau.«

»Sie arbeiten doch bei der Themis-Versicherung«, lenkte Sarah das Gespräch nun in eine andere Richtung und kam auf den Kunstraub zu sprechen. »Diese Kunstwerke waren bei Ihnen versichert.« Sie ließ es so klingen, als ob es ihr gerade erst eingefallen wäre.

»Kann gut sein. Aber damit war ich nicht befasst.«

»Könnten Sie eruieren, wer das bearbeitet hat, und einen Blick in die Unterlagen werfen?«

Er sah sie erschrocken an. »Sie wollen jetzt aber nicht, dass ich Ihnen vertrauliche Daten zuspiele, oder? Das würde mich meinen Job kosten!«

»Nein, nein, auf gar keinen Fall«, beruhigte Sarah ihn. »Nur würde ich mir an Ihrer Stelle die Sache gerne mal anschauen, rein aus Interesse. Wäre doch spannend zu erfahren, an wen die Versicherungssumme überwiesen wurde.«

»An die Galerie Freibach, nehme ich an.«

»Sind Sie sicher?«

Sie machte eine Kunstpause.

»Also falls damals etwas nicht mit rechten Dingen zuging«, fuhr sie dann fort, »und Sie das aufdecken würden … na ja, würde dann nicht eine Beförderung anstehen?«

In seinen Augen sah sie für den Bruchteil einer Sekunde ein Leuchten. Sie hatte ihn am Haken.

Er räusperte sich. »Ich muss jetzt …«

Er hielt Sarah seine offene Hand entgegen. Sie zog den Stick aus der Buchse und gab ihn zurück.

Kai verabschiedete sich hastig und ging.

»Der schaut sicher gleich heute nach«, meinte Stepan. »Fragt sich bloß, ob er dir verrät, was du wissen willst.« Er wartete keine Antwort ab, sondern verschwand in seinem Büro hinter der Glaswand. Die Jalousien zog er immerhin hoch.

Sarah begann umgehend, den Artikel über Lucie Viktor zu schreiben. Eine halbe Stunde später rief sie die Fotografin an und stellte auf Lautsprecher, sodass Patricia mithören konnte. Damit hatte sie eine Zeugin, falls die Frau im Nachhinein das Gespräch leugnen sollte.

Sarah bedankte sich für die Fotos. Dann las sie ihr die verfassten Zeilen vor.

»Können wir das so behaupten?«

»Ja. Die Drogen wurden mir definitiv untergejubelt«, bestätigte die Fotografin.

Sarah bedankte sich und legte auf.

»Könntest du bitte mal nachfragen, was mit den Habseligkeiten der drei verstorbenen Obdachlosen passiert ist?«, bat Sarah ihre Kollegin. »Und frag auch, ob man bei den Toten Alkoholflaschen gefunden hat.«

27

Uwe Schmids Büro am Albertinaplatz gab den Blick auf das Reiterdenkmal Erzherzog Albrechts und die Staatsoper frei.

An den Wänden der Agenturräume hingen Plakate der unterschiedlichsten Kampagnen. Der Eingangsbereich war hell und großzügig gestaltet, und hinter dem stylischen Empfangstresen stand eine junge Frau, die die Gäste mit einem gewinnenden Lächeln empfing.

Sein eigenes Büro war nüchtern. Schreibtisch, Rauchglastisch, sechs dunkelgraue Stühle, hellgrauer Teppich. Keine Bilder, keine Fotos. Kein Schnickschnack. Eine einsame Palme in Fensternähe. Der Raum spiegelte den Menschen wider, der hier arbeitete: nüchtern, strukturiert, schnörkellos. Tamara, Uwe Schmids Assistentin, war sein Pendant. Er schlief mit ihr und sie mit ihm. Arbeit, Sex und Ende. Die beiden machten aus der Übereinkunft kein Geheimnis, weder voreinander noch anderen gegenüber. So ersparten sie sich den Stress einer ernsthaften Beziehung. Dafür waren sie nicht geschaffen. Sie lebten für ihre Karriere, arbeiteten rund um die Uhr. Familie kam für sie nicht infrage. Sie waren die idealen Geschäftspartner für Freibach und Höfer.

Tamara rückte das 3-D-Modell eines Hotelkomplexes in die Mitte des Rauchglastisches und verließ kommentarlos den Raum.

Freibach sah ihr nach. Hochgesteckte rote Haare, beige Bluse, dunkler eng anliegender Rock, schwarze halbhohe Pumps, keine Strümpfe, schlanke Beine, geiler Arsch. Er war kurz davor, Uwe zu fragen, wie sie im Bett war, ließ es jedoch sein. Irgendwann würde sie sich für ihn flachlegen, war er überzeugt.

»Was verdammt noch mal ist los mit euch«, schnauzte Höfer sie an, nachdem Schmids Assistentin die Tür hinter sich geschlossen hatte. »Ich hoffe nicht, dass ihr mich verarschen wollt. Und wehe euch, ich habe meine Rückreise nach Monaco umsonst noch einmal verschoben. Das Meer und meine Jacht haben lange genug auf mich verzichten müssen.«

Er öffnete den Drehverschluss einer Mineralwasserflasche, die er sich von Schmids Schreibtisch genommen hatte, und suchte nach einem Glas.

Schmid schob eine Schranktür zur Seite, entnahm ein Wasserglas und reichte es ihm. Dann sagte er: »In zwei Wochen verschicken wir schon die Kunstwerke aus der Galerie. Geht alles nach Asien. Dann können wir nachliefern. In Marseille stehen zwanzig neue Gemälde für den Abtransport bereit, damit sie endlich der österreichischen Kunstwelt gezeigt werden können.«

Ein Lächeln entblößte seine strahlend weißen Zähne.

Höfers Miene jedoch blieb finster. Er schenkte sich Wasser ein und trank einen Schluck.

»Zwanzig?«, sagte er dann. »Das ist viel zu wenig. So kriegen wir das Depot nie aufgefüllt.«

»Was hältst du davon, das Museum früher als geplant zu realisieren?«, fragte Freibach und deutete auf das Modell. »Damit bekommen wir auf einen Schlag zig

Kunstwerke ins Land und können den Schaden schneller beheben.«

Er griff in seine Sakkotasche und drehte die Würfel darin.

»Plan B?«, fragte Höfer.

Freibach und Schmid nickten synchron.

Kubanek saß da und schwieg.

»Wie bald?«

»Wir könnten in zwei Monaten beginnen.«

»Und die Genehmigungen?«

»Lass das mal meine Sorge sein«, sagte Freibach und zog seine Hand wieder aus der Sakkotasche. »Das Grundstück gehört uns ja schon. Und wer sollte dagegen sein, dass du den zweiten Bezirk mit einem Museum aufwertest? Was mit Wirtschaftsuniversität und Messegelände begonnen wurde, setzen wir jetzt mit deiner Hilfe fort.«

»Mit dem Effekt, eine Gegend, die, ich zitiere, lange Zeit für den Straßenstrich bekannt war, zu einem Stadtviertel mit multifunktionalem Nutzungskonzept zu machen«, las Schmid aus ihrer Pressemitteilung vor.

Der ursprüngliche Plan sah vor, das Projekt gemeinsam mit der Idee für eine Drogenklinik kurz vor den nächsten Nationalratswahlen zu präsentieren. Soziales Engagement zeigen. Bereitschaft zu investieren. Freibach hätte damit bei den Wählern ordentlich gepunktet. Immerhin war Harry Höfer ein wichtiger Investor, um den die halbe Welt buhlte. Und er, Freibach, hatte ihn dafür begeistert, verstärkt in Österreich zu investieren. Das gelang keinem anderen Politiker in diesem Land.

»Mich brauchst nicht vom Projekt überzeugen«,

meinte Höfer. Dann verzog sich sein Gesicht zu einem bissigen Grinsen. »Kunst ist mein Fachgebiet.«

»Vor allem weil dieses Steckenpferd dich noch reicher macht, als du eh schon bist«, meldete Kubanek sich erstmalig zu Wort.

»Was dagegen?«

Der Szenewirt schüttelte den Kopf.

»Komm du lieber mal hinter deiner Bar hervor, dann siehst was anderes als Flaschen und die Ärsche deiner Kellnerinnen«, blaffte Höfer ihn an.

»Wenn alles glatt verläuft, können wir in acht Monaten eröffnen«, erläuterte Schmid rasch, um zu beschwichtigen. Er reichte Höfer einen Ausdruck. Projektbeschreibungen, Skizzen und Kostenaufstellung.

»Wir brauchen nur mehr deinen Namen, dann legen wir los, groß angelegte Medienkampagne inklusive.«

Höfer sah von einem zum anderen, sah sich den Ausdruck an, schien die Zahlen zu überschlagen.

»Ich kann für morgen früh eine Pressekonferenz ansetzen, bei der wir das Projekt vorstellen«, schlug Freibach vor.

»Also gut«, sagte Höfer schließlich. »Es scheint mir ein guter Plan zu sein.« Er hob den Zeigefinger in die Höhe. »Ich will keine Probleme mehr, nicht die kleinste Komplikation, sonst könnt ihr euch in Zukunft die Sache sonst wohin schieben.«

Dann fixierte er Freibach.

»Was ist mit der Wohnung?«

»Ich habe mit ein paar Leuten telefoniert«, ergriff Schmid an Freibachs Stelle das Wort. »Die Polizei fahndet noch nach dem Mieter. Der Dealer ist jedenfalls keine Gefahr. Der hält die Klappe und kennt sowieso keine

Zusammenhänge. Jetzt sitzt er erst mal ein. Für Ersatz ist gesorgt.«

Höfer nickte, ohne Freibach auch nur für eine Sekunde aus den Augen zu lassen.

Freibach hielt dem Blick stand, doch hinter seiner Stirn überschlugen sich die Fragen. Fieberhaft dachte er darüber nach, welchem seiner Geheimnisse Höfer auf die Schliche gekommen sein könnte. Doch er kam zu keinem Ergebnis.

Endlich ließ Höfer von ihm ab und wandte sich an Kubanek.

»Jetzt zu dir. Mir ist zu Ohren gekommen, dass du aussteigen willst.«

Kubanek zuckte zusammen und schluckte trocken.

Der Ton, den Höfer angeschlagen hatte, verhieß nichts Gutes.

28

Sarah hatte sich am Praterstern nach Clara erkundigt, doch bisher ohne Erfolg. Niemand konnte oder wollte sich erinnern, wann er oder sie Clara zuletzt gesehen hatte. Zeit, ein dehnbarer Begriff, dachte Sarah. Auch im Wurstelprater fand sie keine Spur von der Frau. Blieb nun noch das Stuwerviertel, von dem die Sozialarbeiterinnen gesagt hatten, dass Clara sich dort manchmal aufhielt. Es bildete ein weitläufiges Dreieck entlang der Lassalle-, Vorgarten- und Ausstellungsstraße, das sich zum Praterstern hin zuspitzte.

Sarah lief die Gegend mit offenen Augen ab. Schließlich kam sie in der Vorgartenstraße an. Der Name dieser Straße ging zurück auf die um 1893 erstmalig angelegten Vorgärten vor den Mietshäusern. Gegenüber der Wohnung, in der das Drogendepot gefunden worden war, blieb sie stehen. Ein Haus aus dem späteren 19. Jahrhundert, zu erkennen an dem späthistoristischen Stil. Wenige Autominuten von hier entfernt, am anderen Ende der kilometerlangen Straße, befand sich die Polizeiinspektion.

»Schleichen S' Ihnen«, rief plötzlich jemand hinter ihr. Sarah fuhr herum.

Eine Frau aus der Wohnung im Mezzanin des Hauses, vor dem Sarah stand, hatte ihr Fenster geöffnet und beugte sich hinaus.

»Wie bitte?«, fragte Sarah, obwohl sie genau verstanden hatte.

»Na, schleichen sollen S' Ihnen. Meine Enkel kommen gleich von der Schule z'haus. Die sollen Sie nicht sehen. Das ist ja sittenwidrig. Stellen S' Ihnen woanders hin!«

Sarah schüttelte den Kopf. »Ich bin nicht …«

»Na, das sagen s' alle.«

»Ich bin Journalistin.«

»A Journalistin? Na, das ist ja noch schlimmer. Das sind mir ja die Huren noch lieber.«

Die Frau schickte sich an, das Fenster wieder zu schließen.

»Ach, ähm, Sie haben sicher davon gehört, dass die Polizei Drogen in einer Wohnung hier ganz in der Nähe gefunden hat«, beeilte Sarah sich zu sagen. »Wissen Sie, in welchem Haus das war?«

Sie vermutete, dass dies die einfachste Art war, mit der Frau ins Gespräch zu kommen. Es wirkte.

Die Anrainerin sah sie zwar immer noch misstrauisch an, ließ das Fenster jedoch offen. Sarah rechnete schon damit, dass sich ein Schwall von Schimpfwörtern über sie ergießen würde, doch da schnellte unvermittelt die Hand der Frau vor.

»Da sind S' schon richtig. Das da drüben ist es.«

Sie zeigte auf das Haus gegenüber.

»Im ersten Stock. Da hat es sich abgespielt gestern. Den ganzen Tag. So viel Polizei hab ich noch nie g'sehen in unserer Straßen.«

»Wissen Sie, wem das Haus gehört?«

»Na, woher soll ich das wissen? Ich kenn da drüben niemand. Da sieht man selten jemand. Und was scheren mich andere Leut'?«

»Natürlich. Sie haben bestimmt Wichtigeres zu tun.«

»Und ob. Nur ab und zu hab ich wen gesehen.« Sie beugte sich wieder vor und machte jetzt ein verschwörerisches Gesicht. »Aber das waren alles Leut', mit denen unsereins nix zu tun haben will.«

»Warum nicht?«

»Das waren alles so finstere Typen, wenn S' wissen, was ich mein.« Sie richtete sich wieder auf. »Und was man jetzt so hört, waren's Drogendealer.«

»Haben Sie mehrere gesehen?«

Die Frau nickte.

»Wie haben die denn ausgeschaut?«

»Einer so ein Muskelprotz mit Glatze und einer mit den Haaren so nach hinten gegelt. Die waren nie lange da. Hat jedes Mal ausg'schaut, als würden s' was abholen oder herbringen. Zuerst hab ich g'laubt, dass da ein Fitnesscenter drinnen ist, weil die immer Sporttaschen dabeig'habt haben.«

»Haben Sie da zufällig auch diese Frau mal gesehen?« Sarah reichte den Ausdruck eines der Fotos von Clara hinauf. Die Nachbarin betrachtete ihn eine Weile.

»Ist das a Sandlerin?«

»Ja.«

»Hab ich mir gedacht, so abgerissen, wie die ausschaut.«

Sie gab Sarah den Ausdruck zurück.

»Na, die hab ich noch nie gesehen. Die Sandler stehen eher am Praterstern. Nur einmal war einer von denen vor dem Haus und hat sich mit einem Mann gestritten. Ist aber gleich wieder verschwunden.«

Zwei Kinder mit Schultaschen auf dem Rücken kamen herbeigelaufen und winkten.

»Meine Enkel. Ich muss jetzt. Die haben sicher an Riesenhunger, da brauchen's die Omama.«

Sarah bedankte sich schnell, bevor die Frau das Fenster schloss, und überquerte die Straße.

Sie warf einen Blick auf das Klingelbrett. Es wohnten mehr Leute in dem Haus, als man von außen vermutet hätte. Eigenartig, dass die Nachbarin davon sprach, selten jemanden gesehen zu haben. Sie drückte gegen die Eingangstür. Überraschenderweise ließ sie sich öffnen. Sarah hätte geschworen, sie verschlossen vorzufinden. Sie kam in ein breites Treppenhaus. Die Stufen aus Stein, der Handlauf aus verschnörkeltem Eisenguss. Sarah ging eine Etage höher. Die Frau von gegenüber hatte recht gehabt, die Wohnung im ersten Stock war sofort zu erkennen. Eine Polizeiplakette an der Tür verbot Unbefugten den Zutritt. Sarah sah sich um. Der Treppenaufgang war sauber. Kein Kinderwagen, kein liegen gelassenes Spielzeug, kein Schmutz auf dem Boden, weder verschüttete Cola noch klebrige Himbeersaftflecken. Nur vor der Bunkerwohnung ein bisschen Dreck. Auch die Stufen hinauf waren blitzblank geputzt.

Sarah horchte. Es war ganz still. Familien mit Kleinkindern wohnten schon mal nicht in dem Haus.

Sie klingelte an der Tür der Nachbarwohnung. Wartete. Nichts passierte. Dasselbe noch einmal an der nächsten Tür. Dann versuchte sie es an sämtlichen Wohnungen im Haus. Klingelte. Lauschte. Schließlich kam sie wieder im Parterre an.

Sie sah auf die Uhr. Es war fünf. Innerhalb der nächsten Stunde kämen wohl die meisten von der Arbeit nach Hause. Sie setzte sich auf die Stufen. Irgendjemand würde ihr etwas erzählen. Was er oder sie beobachtet hatte. Und vor allem, wen. In Gedanken hörte sie bereits die üblichen Kommentare.

»Drogen in unserem Haus, wer hätte das gedacht?«

»Na, ich hab mir ja schon immer gedacht, dass da was nicht mit rechten Dingen zugeht.«

»Ab und zu hab ich einen von denen gesehen. Alles Ausländer, wenn S' mich fragen …«

Sie zog das Handy aus ihrer Umhängetasche und den Zettel, auf dem sie sich die Telefonnummer der Steuerkanzlei Freibachs notiert hatte. Eine freundliche Stimme meldete sich. Sarah nannte ihren Namen und bat darum, mit Linus Freibach verbunden zu werden.

»Einen Moment bitte.«

Klaviermusik ertönte. Warteschleife.

»Frau Pauli.« Er klang freundlich. »Was kann ich für Sie tun?«

»Ich weiß, worüber Sie sich mit Lucie Viktor im *Kuba* unterhalten haben.«

»Ach ja?«, kam es amüsiert. »Hat Sie das tatsächlich beschäftigt? Na, dann sagen Sie's mir.«

Das tat Sarah, und dann fragte sie:

»Warum wollen Sie nicht, dass das Foto veröffentlicht wird?«

»Das ist meine Privatsache.« Sein Ton war wieder ernst.

»Was wäre, wenn seine Urheberin es mir zur Verfügung gestellt hätte und ich es veröffentlichen würde?«, bluffte Sarah.

»Frau Pauli«, sagte er gedehnt. »Ich weiß ja nicht, was Sie damit bezwecken wollen. Das Bild zeigt mich weder in einer kompromittierenden Situation, noch hat es sonst irgendeine Bedeutung. Eine Nullaussage. Abgesehen davon glaube ich nicht, dass Frau Viktor Ihnen das Foto überlassen hat.«

»Warum nicht?«

Er lachte. »Lassen wir diese Spielchen, Frau Pauli.«

»Warum wehren Sie sich dann dagegen?«

»Ich wehre mich nicht. Ich will nur keine nicht autorisierten Fotos von mir veröffentlicht wissen. Schon gar nicht in einem solchen Buchprojekt. Die hässlichen Seiten Wiens, also wissen Sie …«

»Daran werden Sie sich als Politiker aber gewöhnen müssen. Nicht alles, was über Sie veröffentlicht wird, wird Ihnen gefallen.«

»Ich weiß, worauf Sie hinauswollen. Ich kenne die Gerüchte, die sich um meine Person ranken, und weiß, dass Journalisten wie Sie hoffen, etwas zu finden, womit …«

»Von was für Gerüchten sprechen Sie?«, unterbrach Sarah ihn.

»Geldwäsche, Steuerbetrug. Irgendwer hat sogar behauptet, ich würde mich in die Politik einkaufen. Es sind die üblichen Verschwörungstheorien. Aber wir sind hier in Österreich, nicht in einem Hollywoodstreifen. So leid es mir tut, Frau Pauli, ich muss Sie enttäuschen. Keine Verschwörung, kein Kartell, keine dunklen Kanäle, nichts. Deshalb muss ich jetzt auch weiterarbeiten. Und was das Foto angeht, fragen Sie Ihren Vorgesetzten, ob es klug wäre, sich meinem Wunsch zu widersetzen.«

Er legte auf.

Sarah rief umgehend Stepan an.

»Hast du mit dem Freibach gesprochen?«

»Nein. Wieso?«

Sarah berichtete von dem Telefonat.

»Einer wie Freibach ruft doch nicht mich an«, sagte Stepan. »Der spricht nur mit der obersten Instanz. Frag David.«

Sarah schwante nichts Gutes. Ihre Vorahnung bestätigte sich nicht mal eine Minute später. Während sie mit David telefonierte, lief sie im Hauseingang auf und ab wie eine Tigerin im Käfig.

»Du hast dich tatsächlich von ihm kaufen lassen?«

»Ich habe mich nicht kaufen lassen«, erwiderte David entrüstet. »Er hat uns zwei Großkunden vermittelt, die heute Morgen bei uns zwei lukrative Werbeverträge unterschrieben haben. Glaub's mir, wir sprechen hier von einem bedeutsamen Etat.«

»Klar. Und wir müssen ab sofort nur noch positiv über Freibach berichten. Das läuft doch aufs Gleiche hinaus, David!«

»Müssen wir nicht.«

»Und am Ende auch noch über seine Partei, so wie andere Gazetten das machen.«

»Sarah!«, sagte David eindringlich. »Der Höfer plant, in die Praterregion zu investieren. Er will in der Nähe der Wirtschaftsuni ein Museum für Kunst bauen, und wir begleiten dieses Projekt medial.«

»Lass mich raten. Es wird Höfer-Museum heißen, und vor dem Eingang wird eine Büste von ihm stehen.«

Ohne darauf einzugehen, sagte David: »Morgen um zehn ist eine Pressekonferenz, und ich möchte, dass du hinfährst. Die Unterlagen liegen schon auf deinem Schreibtisch. Außerdem hat Freibach von einer Drogenklinik am Rande der Stadt gesprochen, die mit der finanziellen Unterstützung Höfers errichtet werden soll. Sie sind noch in der Planungsphase, es ist also noch zu früh, um damit rauszugehen, aber …«

»Das werden sie vor den nächsten Wahlen präsentieren, wetten?«

»Wahrscheinlich. Aber das kann uns wurscht sein, solange der Werbeetat dafür in den *Wiener-Boten*-Topf fließt. Ach ja, Freibach erwähnte deinen Artikel über die Zunahme Suchtkranker in Österreich. Er fand ihn sehr informativ.«

Voller Zorn drückte Sarah das Gespräch weg.

»Dieser Scheißkerl!«

Fast hätte sie ihr Handy gegen die Wand geschleudert. Sie konnte sich jedoch gerade noch beherrschen und steckte es weg. David war nicht der Mann, der zurückrief, wenn er wusste, dass sie auf hundertzehn war.

Inzwischen war es schon halb sieben, und noch immer kam kein Leben ins Haus. Sie nahm den Lift bis nach ganz oben und ging dann noch einmal Etage für Etage die Treppen hinunter. Drückte auf jeden Klingelknopf. Wartete. Wieder nichts.

Halb acht. Nach wie vor Totenstille. Nur das Licht im Stiegenhaus hatte sich auf wundersame Weise mehrmals ein- und ausgeschaltet. Wie von unsichtbarer Hand gesteuert. Kein Bewegungsmelder.

Sarah ging hinaus auf den Gehsteig und rief Stein an.

»Sarah, was gibt's?«

»Die Bunkerwohnung in der Vorgartenstraße, wem gehört die? Sagen Sie jetzt nicht: einer Immobilienfirma. Der gehört das Haus, aber ich will wissen, wer die Wohnung mietet.«

»Ist nicht meine Baustelle. Dafür sind die Kollegen von der Drogenfahndung zuständig.«

»Ach, kommen Sie, als wüssten Sie das nicht auch. Sie wissen doch alles. Ich glaube nämlich, ich hab was, und das würde ich Ihnen dann auch erzählen.«

Schweigen.

Dann sagte er: »Die Kollegen suchen nach dem Mieter.«

»Also ein Mann. Und Sie kennen den Namen.«

Stille.

»Ja.«

»Einer der beiden Männer mit Sporttaschen?«

»Von zwei Männern mit Sporttaschen weiß ich nichts.«

»Nur ein Tipp. Fragen Sie mal im Haus gegenüber.«

Stille.

»Und wie heißt nun der Mieter?«

Ein lauter Seufzer.

»Klaus Maierhuber.«

»Wie bitte?«

»Klaus Maierhuber«, wiederholte Stein genervt. »Schlechter Empfang?«

»Sie können Ihre Suche einstellen. Ihr Mann ist tot.«

»Wie kommen Sie denn auf die Idee?«, fragte Stein verblüfft.

»So hieß der obdachlose Mann, den man am Freitag im Prater gefunden hat.«

»Und woher wollen Sie wissen, dass er der Mieter war? Es gibt sicher mehr als einen Klaus Maierhuber in Wien.«

»Weil ich glaube, dass in der Vorgartenstraße niemand wohnt. Im ganzen Haus nicht.«

Sie klemmte das Handy zwischen Kinn und Schulter und kritzelte die Namen vom Klingelbrett auf ihren Block, während sie Stein ihre Vermutung ausführlicher begründete.

Sarah hatte den Schlüssel gerade ins Schloss gesteckt, als Gabi ihr die Wohnungstür öffnete.

Sie erschraken beide. Doch dann brachen sie in Gelächter aus.

»Wo wolltest du denn hin?«, fragte Sarah.

»Heim. Chris ist total fertig. Der hat in den letzten Wochen fast nur noch gelernt, und dann noch das *Panorama* … Der muss endlich mal ausschlafen.«

»Bleibst noch da und trinkst ein Glas Wein mit mir?«

»Gerne!« Gabi hängte ihre Jacke an die Garderobe zurück.

Sie gingen plaudernd in die Küche.

Sarah holte eine Flasche Blaufränkischen vom burgenländischen Winzer Leberl hervor, und Gabi stellte zwei Gläser auf den Tisch.

Während Sarah die Flasche entkorkte, redeten sie über alles Mögliche. Sarah schenkte ihnen ein, und sie stießen an.

»Habt ihr euren Streit beigelegt, du und David?«, fragte Gabi auf einmal unvermittelt.

»Woher weißt du davon?«

»Ich bin nicht nur eure Freundin, sondern auch Davids Sekretärin. Nach dem Telefonat mit dir war seine Laune im Keller.«

»Es ist …«

Dann erzählte Sarah ihrer Freundin, warum sie und David gestritten hatten.

Gabi hörte aufmerksam zu.

»Dir ist aber schon klar«, sagte sie schließlich, »dass wir alle am Ersten unser Gehalt auf dem Konto haben wollen und David dafür verantwortlich ist, dass es sich ausgeht, oder?«

»Ich weiß schon. Trotzdem hat es mich geärgert.«

»Freibach mag ein Arschloch sein, aber politisch gehört er anscheinend klar zum konservativen Lager. Wenn er ein Rechtspopulist wäre, hätte David sich sicher nicht auf die Sache eingelassen. Abgesehen davon weiß man ja nicht, ob an den Gerüchten über Freibach und den Höfer was dran ist. Schlecht geredet wird schnell einmal.«

»Du bist echt gut im Vermitteln. Hast du schon einmal drüber nachgedacht, das zum Beruf zu machen? Mediatorin oder so? Ich mein's ernst.«

»Du lenkst vom Thema ab.«

»Stimmt«, gab Sarah zu. »Ich glaube, ich mag darüber jetzt lieber nicht reden.«

»Und worüber magst reden? Oder magst dich betrinken?«

Gabi hob das Glas.

»Wenn's betrinken ist, kann ich dich ja, solange wir beide noch nüchtern genug sind, dran erinnern, dass wir morgen arbeiten müssen. Wobei …«, sie nippte an dem Wein, grinste und beendete ihren Satz, »… der Tropfen hier wirklich edel ist.«

»Na ja, eh beides«, sagte Sarah und grinste zurück. Sie stießen noch einmal feierlich an.

Dann erzählte Sarah von dem Haus in der Vorgartenstraße.

»Stein will sich drum kümmern. Aber die Mühlen

und so weiter. Bis die Polizei die Genehmigung zur Überprüfung der Mieter bekommt, hat das Haus schon dreimal den Besitzer gewechselt.«

»Glaubst wirklich, dass dort niemand wohnt?«

»Das ist wie ein Geisterhaus, wirklich unheimlich.«

Marie kam durch die Tür, strich um Sarahs Füße und sprang schließlich auf ihren Schoß.

»Worüber redet ihr?«

Chris war hereingekommen. Er nahm ein Glas aus dem Küchenschrank und schenkte sich Wein ein.

»Was tust du hier? Solltest du nicht besser tief und fest schlafen?«, meinte Gabi.

»Bei eurem Geschnatter?« Er kicherte. »Wo ist David?«

»Nicht hier«, antwortete Sarah.

Gabi warf Chris einen raschen Blick zu, den er sofort richtig deutete.

»Also, was heckt ihr zwei wieder aus?«

»Wir hecken nichts aus.«

Sarah setzte ihren Bruder in Kenntnis.

»Vielleicht sind die anderen Wohnungen ja genauso Drogenlager«, überlegte Chris, nachdem sie geendet hatte.

»Gutes Argument, Bruderherz. Hoffentlich kommen Steins Kollegen von der Drogenfahndung auch auf diese Idee. Das beschleunigt das Prozedere vielleicht.«

»Und was hast du jetzt vor?«, fragte Gabi.

»Wir checken die Hausbewohner. Chris, du holst deinen Laptop und ich meinen, dann sind wir schneller. Und du, Gabi, sagst uns bitte die Namen vom Zettel an und hakst sie ab, wenn wir sie haben.«

Sie setzte Marie sanft auf einen Stuhl.

»Ich sollte eigentlich schlafen«, protestierte Chris halbherzig.

»Ach so, natürlich. Entschuldige«, sagte Sarah.

Sie kramte den Zettel aus ihrer Umhängetasche, auf dem sie sich die Namen notiert hatte, die neben den Klingelknöpfen des Hauses standen, und holte den Laptop aus ihrem Zimmer.

Als sie zurückkam, war Chris noch immer in der Küche. Sein Laptop stand schon aufgeklappt auf dem Tisch. Er grinste breit.

»Klar helfe ich euch. Und da ich jetzt schon weiß, dass das hier länger dauert, koche ich uns Hübschen erst mal richtig guten Kaffee. Passt auch super zum Blaufränkischen.«

Er griff nach der silbernen Napoletana, die er erst kürzlich gekauft hatte. Ihre Großmutter hatte Espresso ausschließlich so zubereitet.

Sarah fühlte sich auf einmal wunderbar geborgen. Nein, sie konnte ihre WG nicht so einfach aufgeben. Momente wie diese mit ihrem Bruder und ihrer besten Freundin wollte sie nicht missen müssen.

Die Napoletana begann auf dem Herd zu fauchen. Es duftete wie in einem italienischen Café. Chris räumte die Weingläser ab, goss das schwarze Gebräu in drei Espressotassen, stellte sie auf den Tisch und setzte sich vor seinen Laptop.

Gabi nahm sich die Liste und sagte die Namen an, und Chris und Sarah gaben sie in die Suchmaske des elektronischen Telefonbuchs ein.

»Nichts«, sagten sie abwechselnd, und Gabi machte jeweils ein Kreuz hinter den Namen auf dem Papier.

Chris goss Kaffee nach. Die Rotweinflasche war leer.

Dann begannen sie wieder mit dem ersten Namen auf der Liste und durchforsteten das Internet nach den Leuten aus dem Haus, was wesentlich länger in Anspruch nahm als die Suche im Online-Telefonbuch.

Schließlich hatten sie sämtliche Namen auf verschiedenste Arten gecheckt, jedoch ohne das geringste Ergebnis.

»Okay«, sagte Sarah, »kein Bewohner in dem Haus hat einen offiziellen Festnetzanschluss oder ein Handy.«

»Die könnten alle Geheimnummern haben«, gab Chris zu bedenken.

»Ja, einer oder zwei, meinetwegen auch fünf. Aber alle? Das glaube ich nicht. Wisst's was? Ich bin jetzt quasi sicher, dass es diese Mieter gar nicht gibt.«

Donnerstag, 24. März

29

Am nächsten Morgen fuhren Sarah und Gabi zusammen mit der Straßenbahn in die Redaktion. Sie waren beide hellwach, obwohl sie die halbe Nacht recherchiert hatten.

Sarah wollte zuallererst zu David, denn ihr Streit lag ihr doch ganz schön im Magen. Danach würde sie mit Stepan über das Geisterhaus sprechen.

Doch dann begegneten sie Conny im Eingangsbereich, die ihren Plan durchkreuzte.

»Ich hab was für dich, Sarah.«

So euphorisch, wie sie klang, hatte die Löwin ihre Beute erlegt.

»Ich gehe schon rauf«, sagte Gabi, »bis später!«

Conny rief nach ihrem Hund, der sich von den Empfangsdamen Hundekekse erbettelt hatte und jetzt missmutig hinter ihnen hertrottete.

Sie nahmen den Lift.

»Es gibt Gerüchte, dass der Kubanek das *Kuba* schließen will«, eröffnete Conny Sarah.

»Was?«, fragte Sarah überrascht.

Sie hatte fest damit gerechnet, dass Conny rausgefunden hatte, mit wem Freibach seine Frau betrog.

»Aber das *Kuba* geht doch so gut, oder stimmt das gar nicht?«

Die Tür öffnete sich, und sie stiegen aus.

»Das ist es ja gerade. Der Laden läuft sensationell. Deshalb versteht auch kein Mensch, warum der Kubanek zusperren will, und vor allem nicht, warum so plötzlich.«

»Bist du sicher?«, fragte Sarah, während sie den Flur entlang zu Connys Büro gingen.

»Was meinst, wie viele Stammgäste vom *Kuba* ich kenne?«, fragte Conny augenzwinkernd. »Und die haben mir alle unabhängig voneinander mehr oder weniger dasselbe erzählt. Also muss schon was dran sein.«

»Vielleicht ist der Kubanek krank. Vielleicht will oder kann er einfach nicht mehr. Ist auf die Dauer ja auch kein spaßiger Job. Jeden Abend, jedes Wochenende ...«

Conny stieß die Tür zu ihrem Büro auf, und Sissi lief hinein.

»Das werde ich den Kubanek alles fragen, darauf kannst du Gift nehmen. Der sperrt einen Kultladen zu, der gerade sein 20-jähriges Bestehen gefeiert hat? Das geht gar nicht, wenn du mich fragst. Ich ruf dich an, sobald ich ihn gesprochen habe. Wenn der das Gerücht bestätigt, schreibe ich einen Nachruf aufs *Kuba*.«

»Was ist eigentlich mit dem Freibach?«, fragte Sarah. »Hat der jetzt eine Geliebte oder nicht?«

Conny zuckte mit den Achseln. »Tja. Der Kerl ist entweder abstinent geworden oder genial im Vertuschen. Aber ich bleibe dran.«

»Wirst du drüber schreiben, wenn du es herausgefunden hast?«

»Ich glaube nicht. Ist nicht mein Stil, heimliche Affären zu veröffentlichen. Wie du weißt, sammle ich die Informationen lediglich. Denn ein umfangreiches Dossier über eine Person bringt zur rechten Zeit durchaus Vorteile.«

Sie grinste und verschwand in ihrem Büro.

Sarah machte sich auf den Weg zu David.

Als sie die Tür zum Sekretariat öffnete, schickte Gabi sich gerade an, ihrem Chef einen Kaffee reinzubringen. Sarah nahm ihr die Tasse aus der Hand und ging weiter in Davids Büro.

David saß hinter dem Schreibtisch und las den *Wiener Boten.*

»Ich hoffe, du nimmst deinen Kaffee auch von mir?«

Er sah auf und lächelte.

»Aber immer doch.«

Er legte die Zeitung beiseite.

Sie stellte die Tasse auf seinem Schreibtisch ab.

»Danke«, sagte David, noch immer lächelnd.

Sarah strich sich mit der Hand verlegen über den Unterarm und sagte dann: »Tut mir leid, dass ich gestern einfach aufgelegt habe.«

David lehnte sich in seinem Stuhl zurück.

»Du bist eben ein Skorpion. Du fährst ab und zu deinen Stachel aus und nimmst eine Drohhaltung ein. Aber im Grunde gehörst du zur ungiftigen Spezies deiner Art.«

Sarah lächelte. Mit denselben Worten hatte sie ihm vor längerer Zeit einmal ihr Sternzeichen erklärt.

»Dass du dir das gemerkt hast …«

Sie ging zu ihm und küsste ihn auf den Mund.

»Ich werte das als Kompliment.«

»Solltest du auch«, meinte David grinsend.

Sarah zog die Namensliste aus ihrer Tasche und erzählte ihm, was sie herausgefunden hatten.

»Ob es wirklich alles Namen obdachloser Personen sind, kann ich nicht mit Sicherheit sagen. Aber diese drei hier …«

Sie legte ihm die Liste mit den Namen auf den Schreibtisch und daneben Ausdrucke von Artikeln aus dem *Wiener Boten*, in denen es um die verstorbenen Obdachlosen ging.

»Siehst du hier, Martha Wessely und Friedrich Ladewig.«

Sie zeigte auf die Namen in den Texten und dann auf die Liste.

»Im zweiten und dritten Stock stehen diese Namen auf dem Türschild. Die Bunkerwohnung wurde von einem gewissen Klaus Maierhuber angemietet. Und das ist, wenn ich richtigliege, der Mann, den sie letzten Freitag gefunden haben. C. Weismann … hier … steht für Clara Weismann. Eine obdachlose Frau, die ich suche und nicht finden kann.«

Sie legte weitere Ausdrucke dazu.

»Und schau«, sagte sie, »gestern fand ich im Netz einen Teil ihrer Lebensgeschichte.«

David las die Seiten mit ernstem Gesicht.

Clara Weismann und ihr Mann führten jahrelang eine kleine Trafik. Eines Tages jedoch wechselte der Hausbesitzer, und praktisch von heute auf morgen wurde die Miete empfindlich erhöht. Sie war für die Weismanns nicht mehr leistbar, doch sie wollten ihr Geschäft auch nicht einfach aufgeben. Deshalb wandten sie sich an eine Zeitung, die darüber berichtete. Was jedoch leider nichts an der Mieterhöhung änderte. Einige Zeit später kam plötzlich die Polizei mit einem Durchsuchungsbeschluss in die Trafik. Sie gingen einem Hinweis nach, so lautete die Begründung. Es waren Drogenfahnder, wie sich dann herausstellte, und die fanden tatsächlich Kokain im Wert von 3000 Euro im Laden. Die Weismanns wurden festgenommen und zu einer Haftstrafe verurteilt.

»Den traurigen Rest kann man sich denken«, sagte Sarah, als David den Kopf hob. »Sozialer Abstieg, der Weismann fängt an zu trinken, irgendwann bringt er sich um. Seine Frau kommt daraufhin mit ihrem Leben erst recht nicht mehr klar und landet schließlich auf der Straße.«

»Puh«, meinte David, »das ist aber schon heftig. Und die anderen auf der Liste?«

»Zu den Personen fehlen uns noch Informationen. Die haben wir letzte Nacht aber nicht mehr gecheckt, weil wir einfach zu müde waren.«

»Hast du mit Kunz und Stepan schon darüber gesprochen?«

»Nein. Mein erster Weg heute hat mich zu dir geführt. Mit Günther will ich nachher reden.«

David warf einen Blick auf seinen Terminplan und griff zum Telefon.

»Die Pressekonferenz ist um zehn. Kleine Besprechung um eins?«, meinte er.

Sarah nickte.

Ihr Handy kündigte leise eine SMS an. Sie kam von Lucie Viktor.

Haben Sie Clara gefunden?

30

Die Pressekonferenz fand in Freibachs Steuerkanzlei statt.

Schon von außen war das Gebäude am Franz-Josefs-Kai imposant.

Sarah trat ein.

Die Firmenschilder im Foyer verrieten, dass hier ausschließlich Notariate, Rechtsanwalts- und Steuerberatungskanzleien residierten. Unter ihnen auch Freibach. Hochpolierter grauer Steinboden, Chromhandlauf beim Treppenaufgang und Aufzugtüren, in denen man sich spiegeln konnte, verdichteten den Eindruck des Pompösen und verrieten, dass Einfluss und Macht eine offenbar gut funktionierende Allianz mit Geld eingegangen waren.

Sarah dachte daran, dass der Kai die Basis des Fünfsterns bildete, der unsichtbar über Wien wachte. Ein Schutzzeichen, von dem Freibach vermutlich nichts ahnte. Und wenn doch, so würde er wohl kaum etwas damit anzufangen wissen.

Der ovale Konferenztisch in dem Sitzungssaal war nur halb besetzt. Ein Kamerateam vom ORF, zwei Radioredakteure und eine junge Journalistin mit Laptop, die Sarah nicht zuordnen konnte. Außerdem Oskar Kretschmer und sie. Kretschmer nahm neben ihr Platz.

Den Stuhl zu ihrer linken Seite hielt sie für Simon frei, der eine Viertelstunde später kommen würde. Jeder Platz am Tisch war mit einer Kaffeetasse, einem Glas, einer kleinen Flasche Fruchtsaft und Mineralwasser bestückt. Am oberen Ende stand das 3-D-Modell eines Gebäudekomplexes, und an der Wand darüber war eine Grundrissdarstellung angebracht worden. Das Museum, das an der Ecke Ausstellungsstraße und Vorgartenstraße entstehen sollte.

»Ein Megaprojekt, das die da starten«, sagte Kretschmer mit lässigem Tonfall, der Sarah weismachen sollte, dass er bereits voll im Bilde war. Er schenkte sich Kaffee ein und öffnete eine Flasche Mineralwasser. Sarah begnügte sich mit einem Glas Wasser.

»Warum genau dort?«, fragte Sarah.

»Weil die Gegend noch weiter aufgewertet werden soll. Erst Messe, dann Wirtschaftsuni und nicht mehr lange, dann kommen Hotels und Luxuswohnungen. Wirst sehen.«

»Und da will der Höfer investieren?«

Kretschmer zuckte mit den Achseln. »Der besinnt sich seiner Herkunft. Er ist in der Leopoldstadt aufgewachsen.«

»Aha.«

Freibach, Höfer und Schmid betraten den Saal und schüttelten allen Anwesenden einzeln die Hand.

Freibach zwinkerte Sarah gut gelaunt zu. Ich sitze eben doch am längeren Hebel, schien sein Blick zu sagen.

»Ich habe Ihre letzte Kolumne gelesen«, sagte er. »Sehr interessant, was Sie da so schreiben.«

Eine Kolumne über einen bulgarischen Brauch zum

Frühlingsbeginn, zu dem die Menschen dort Martenizi an ihrer Kleidung trugen, kleine rot-weiße Anhänger, Püppchen, Armbänder oder Quasten aus Wolle oder Stoff, und zwar so lange, bis sie ein erstes Zeichen des Frühlings erkannten. Eine Schwalbe. Einen blühenden Kirschbaum. Das besänftigte den März, die »Baba Marta«, und brachte schönes Wetter, Glück und Gesundheit.

Sarah sagte nichts. Sie fragte sich, ob Freibach sich wirklich dafür interessierte oder einfach nur Schaum schlug. Immerhin, die Würfel, die er zu befragen schien …

Eine junge Frau kam herein, verteilte Pressemappen an alle und verschwand wieder.

»Meine Damen und Herren, vielen Dank für Ihr Kommen«, eröffnete Freibach das Meeting.

Sarah hörte nur mit halbem Ohr zu. Alles, was Freibach und seine Adjutanten jetzt lang und breit darlegten, stand sowieso in der Pressemappe. Sie würde sich in der Redaktion damit beschäftigen, einen Teil abschreiben, und gut war's. Niemand erwartete ihre Meinung zu dem Bau. Lieber beobachtete sie die Männer, spürte kleine Unsicherheiten auf, unauffällige Patzer, feine Schnitzer.

Als Freibach gerade zum Schluss kam und sich wieder hinsetzte, betrat Simon den Raum. Er hob die Kamera in seiner Hand hoch und zeigte auf Sarah. Die Dreifaltigkeit am Kopfende des Tisches nickte dem Zuspätkommenden gnädig zu. Höfer stand nun auf, um da weiterzumachen, wo Freibach aufgehört hatte.

Simon setzte sich auf den freien Stuhl neben Sarah.

»Was verpasst?«, fragte er sie leise.

Sarah schüttelte den Kopf.

Höfer schwadronierte über seinen Stolz, endlich wieder mal in Österreich investieren zu dürfen und einen Teil seiner Sammlung nun der Öffentlichkeit zugänglich machen zu können. Trägerschaft sei seine Privatstiftung, und das neue Museum würde ohne Förderungen und Subventionen gebaut.

Uwe Schmid betonte im Anschluss, dass man die Region rund um den Prater mit diesem Projekt aufwerten und noch moderner und attraktiver gestalten wollte.

»Schau sie dir an, die drei Samariter«, tuschelte Sarah ihrem Kollegen zu.

Am Ende der Konferenz fotografierte Simon das Modell und die heilige Dreieinigkeit vor dem Plan an der Wand.

Sarah verabschiedete sich rasch. Sie hatte keine Lust auf ein Gespräch mit Freibach. Schon gar nicht würde sie ihn nach der Drogenklinik fragen und ihm damit Gelegenheit geben, sich, Höfer und Schmid als Garanten für das Gute hinzustellen.

Sie wartete draußen auf Simon.

»Zum ersten Mal in meinem Leben wünsche ich mir, einen Hacker zu kennen«, sagte sie, während sie die Straße überquerten, wo der dunkelblaue Opel Adam parkte. Simon war mit dem Firmenwagen gekommen.

»Ich würde nur zu gerne Freibachs Geschäftsgebaren kennen. Der hat Dreck am Stecken, das spüre ich genau.«

»Ich kenne da jemanden«, sagte Simon und betätigte den Funkschlüssel.

»Echt? Du kennst solche Leute?«

»Na sicher. Und ich kann das auch.«

Sarah starrte ihn an.

»David reißt uns den Kopf ab, wenn er rauskriegt, wie ich an die Unterlagen gekommen bin.«

»Muss er nicht. Ein anonym abgegebenes Kuvert«, sagte Simon.

»Wow. Ich wusste ja gar nicht, wie viel kriminelle Energie in dir steckt. Ehrlich, ich bin schwer beeindruckt.«

»Also, willst du's wissen oder nicht?«

»Ich überleg's mir.«

»Feigling«, sagte Simon und grinste sie an.

»Hast du rausfinden können, was mit dem Hab und Gut der verstorbenen Obdachlosen passiert ist?«, fragte Sarah ihre Kollegin und ließ sich am Schreibtisch nieder.

Patricia wühlte in einem Papierstapel nach etwas.

Sarah schlug das Handout der Pressekonferenz auf. Sie musste mehr als zehn Seiten auf eine knappe halbe kürzen.

»Das ist alles sehr eigenartig«, sagte Patricia. »Ich habe zuerst mit der Polizei telefoniert und dann noch mal mit dem Roten Kreuz und der Caritas. Es wurde nichts gefunden. Weder Schnapsflaschen noch Schlafsäcke noch Kleidung noch sonst etwas. Vielleicht wurden die Sachen gestohlen, bevor die Leichen abgeholt wurden. Das kommt oft vor, hat man mich wissen lassen.«

Sarah blinzelte. Die Sonne schien durchs Fenster und blendete. In dem Moment fiel ihr wieder ein, was Lucie Viktor im Krankenhaus gesagt hatte: »Der Platz war besenrein.«

»Oder da hat jemand gründlich aufgeräumt«, sagte

sie und blätterte in der Pressemappe. Beim Namen des Projektabwicklers stutzte sie.

David kam herein, hinter ihm Kunz und Stepan. Sarah war bis dahin gar nicht aufgefallen, dass der Ressortleiter nicht in seinem Büro saß. Es war schon eins. Die Zeit lief ihr davon.

Kunz setzte sich auf einen freien Stuhl. David nahm auf Sarahs Schreibtischkante Platz, und der Ressortleiter blieb stehen.

Sarah fasste ihre Rechercheergebnisse noch einmal zusammen.

»Und noch eine Verknüpfung gibt es«, sagte sie dann.

Unter »Lucie Viktor« schrieb sie »Clara Weismann« und erklärte den Zusammenhang. Die Zeitungsartikel über das Ehepaar Weismann heftete sie neben den Plan vom Prater an die Wand. Während sie ihre These zu dem Geisterhaus ausführte, verteilte Patricia Kopien der Rechercheergebnisse an ihre drei Vorgesetzten.

»Ein Spekulationsobjekt?«, fragte Herbert Kunz. »Manche Leute kaufen Immobilien als Wertanlage und lassen sie leer stehen, weil sie fürchten, dass Mieter ihr Objekt verwohnen.«

»Aber es gibt ja Mieter«, entgegnete Sarah. »Jedenfalls auf dem Papier. Wenn das Haus ein reines Spekulationsobjekt wäre, würde sich doch niemand die Arbeit machen, Klingel- und Türschilder zu beschriften, Vorhänge und Rollos aufzuhängen, Topfpflanzen auf die Fensterbänke zu stellen, Fußmatten vor die Wohnungstüren zu legen.«

»Können wir das morgen bringen?«, fragte Kunz nach.

»Ich denke ja. Übrigens auch nicht uninteressant,

dass dieser Museumsbau über die Immobilien RLH GmbH läuft, die auch Eigentümerin des Hauses in der Vorgartenstraße ist.«

Sarah hielt die Pressemappe in die Höhe.

»Tataa … Ich wage zu vermuten, dass diese GmbH genauso zum Höfer-Imperium gehört wie die Kunstspedition. Vielleicht machen wir der Behörde ja damit Beine, sodass die Wohnungen endlich durchsucht werden können.«

»Was, meinst du, verbirgt sich darin?«, fragte Stepan.

»Kann ich nicht sagen. Vielleicht sind's auch Bunkerwohnungen, vielleicht sind sie leer, keine Ahnung.«

David stieß sich vom Schreibtisch ab.

»Holst du dazu noch eine Stellungnahme von Höfer oder Freibach ein?«

»Aber sicher doch.«

Sarah sah David an und erkannte in seinem Gesichtsausdruck eine Mischung aus Skepsis und Vertrauen ihr gegenüber. Er schien abzuwägen, ob ihre prompte Einwilligung ehrlich gemeint war, oder ob sie etwas anderes im Schilde führte. Doch er fragte nicht nach.

Die Besprechung war damit zu Ende, und alle gingen wieder ihren Arbeiten nach.

David stützte sich mit beiden Händen auf Sarahs Stuhllehne ab, beugte sich vor und raunte ihr ins Ohr, dass er am Abend gern mit ihr essen gehen würde. »Nur wir zwei, an einem Ort, wo nicht viele Leute sind …«

»Bei dir?«, raunte Sarah zurück.

»Gute Idee. Ich kann dich um halb sieben von zu Hause abholen.«

Sarah linste zu Patricia hinüber, die konzentriert auf

ihren Bildschirm starrte und so tat, als hörte sie nicht zu.

Als die Tür hinter David zufiel, nahm Sarah sich die Pressemappe wieder vor und komprimierte die Inhalte für ihren Artikel. Dieser sollte auf derselben Seite stehen wie der über die Bunkerwohnung.

Anschließend mailte sie dem Herrentrio Freibach, Höfer und Schmid zugleich und bat sie um eine Stellungnahme in Bezug auf die Immobilien RLH GmbH, die Bauträgerin des geplanten Museums, aber auch Eigentümerin des Vorgartenstraßenhauses war.

Patricia versuchte in der Zeit, den Geschäftsführer der RLH ans Telefon zu bekommen, jedoch ohne Erfolg.

»Dann eben schriftlich«, meinte Sarah unverdrossen und leitete die soeben gesendete E-Mail auch an die RLH weiter.

In ihrem Kopf arbeitete es fieberhaft. Sie stand immer wieder auf, vertrat sich die Beine, fuhr sich nervös durch die Haare und war schon drauf und dran, Gabi zu einem gemeinsamen Kaffee zu überreden, als ihr plötzlich eine Idee kam.

Sie suchte im Netz nach einem Foto von Linus Freibach und druckte es aus. Qualitativ nicht hochwertig, aber darum ging es auch nicht.

»Sarah?« Patricia sah sie leise schmunzelnd an. »Hat dir schon mal wer gesagt, dass du ein Unruhegeist bist?«

Sarah hatte ihre Jacke schon halb an, sah auf und sagte: »Sorry, ja, schon öfter.«

»Ist schon okay, auch wenn's ansteckend ist.«

»Wenn jemand nach mir fragt, ich bin im Prater. Artikel sind fast fertig, bis auf die Antworten der Herren Freibach & Co.«

»Soll ich ihre Statements einflechten?«, fragte Patricia. »Das heißt natürlich, wenn sie welche schicken … Dann brauchst hinterher nur noch mal alles durchzulesen und zu korrigieren, wenn nötig.«

»Das wäre sehr nett, wart, ich schicke dir schnell die Rohfassung rüber.«

Danach verließ Sarah eilig die Redaktion.

Als sie vor dem Wohnhaus ankam, lehnte die Frau wieder am offenen Fenster. Damit hatte Sarah schon gerechnet. Das Streitgespräch, von dem die – aufmerksame und mitteilungsbedürftige – Nachbarin letztes Mal gesprochen hatte, hatte Sarah auf eine Idee gebracht.

»Grüß Gott«, sagte Sarah, als sie direkt unter dem Fenster stand. Die Frau zögerte einen Moment, dann schien sie sich zu erinnern.

»Da schau her, die Journalistin. Laufen S' schon wieder durch unser Grätzel? So viel Aufmerksamkeit von der Presse gab's hier noch nie. Sogar der ORF ist gekommen und hat gefilmt.« Das schien sie trotz aller Skepsis beeindruckt zu haben. »Und die Polizei war heute auch schon wieder da.«

»Na dann ist hier ja richtig was los«, meinte Sarah und setzte ein gewinnendes Lächeln auf.

»Das können S' laut sagen. Wenn mich nicht alles täuscht, dann sind noch welche von denen drinnen.« Die Frau zeigte quer über die Straße, wo ein Polizeiwagen parkte.

»Stimmt. Ihnen entgeht von hier aus nichts, oder?«

Ob sie die Wohnungen durchsuchten? Ihr Herz schlug aufgeregt.

»Außerdem haben s' bei mir g'läutet und mich nach den Männern mit der Sporttasche gefragt. I weiß scho', das haben Sie denen gesteckt.«

Und sie zwinkerte Sarah vertraulich zu, als wären sie Agentinnen in einem Spionagethriller.

Der Moment konnte passender gar nicht sein …

»Ich habe eine Bitte«, sagte Sarah, zog das ausgedruckte Porträt von Freibach aus ihrer Tasche und hielt es hoch. »Können Sie mir vielleicht sagen, ob Sie diesen Mann schon mal hier in der Gegend gesehen haben?«

Die Frau griff danach und sah sich das Bild neugierig an.

»Wer ist das?«, fragte sie dann.

»Ein Steuerberater«, antwortete Sarah, weil sie nicht davon ausging, dass die Frau ihn als Newcomer auf der politischen Bühne kannte.

»Und warum wollen S' wissen, ob ich den schon mal gesehen habe?«

Eine gute Frage! Zu dumm, dass Sarah sich vorher keine passende Antwort darauf überlegt hatte. Ihr fiel nichts ein.

»Haben Sie, oder haben Sie nicht?«, stellte sie rasch die Gegenfrage und hoffte, der Frau trotzdem eine Antwort zu entlocken.

Die gab ihr das Blatt Papier zurück und sagte: »Kann mir eh schon denken, worum's geht. Der bescheißt seine Frau, stimmt's?«

»Hm, hm«, machte Sarah, nickte leicht und triumphierte innerlich. Sie hatte sie an der Angel.

»Fast jeden Dienstag und Donnerstag kommt der.« Sie

wies mit einer Bewegung des Kinns auf das Haus gegenüber. »Meistens kommt gleich nach ihm die Frau, immer dieselbe. Nach zwei Stunden kommen s' dann wieder raus. Getrennt, wenn S' verstehen, was ich meine. Hab ich's mir doch gedacht, dass sie sein Gspusi ist, ich bin ja nicht blöd. Also wenn das mein Mann wäre …«

»Der kriegt sein Fett ab, glauben Sie mir«, unterbrach Sarah den sich ankündigenden Wortschwall.

»Na hoffentlich!«, sagte die Frau und setzte bei dieser Vorstellung ein zufriedenes Lächeln auf.

»Wie hat die Frau denn ausgeschaut?«

»Na, kurze dunkle Haare hat s', und immer so buntes G'wand, aber teures, wenn S' mich fragen. Für mich schaut's aus wie a Neureiche, wissen S', was ich meine?«

Sarah nickte eifrig.

»Aber wenigstens in seinem Alter, keine 20-Jährige, wenn S' wissen, was ich meine.«

Bunte Kleidung, dunkles Haar … Kubaneks Frau? Konnte das sein?

»Haben Sie gesehen, mit was für Autos die zwei fahren?«

Die Frau schüttelte den Kopf. »Die parken s' sicher woanders. So wie die ausschauen, fahren die sicher mit Protzautos. Die tät ich auch woanders parken, wenn ich ein Gspusi hätte. Oder vielleicht sind sie mit dem Taxi gekommen und ums Eck ausgestiegen.« Sie zuckte mit den Schultern. »Mehr kann ich Ihnen da auch nicht sagen.«

»Sie haben mir sehr geholfen, vielen Dank.«

»Warten S', mir fällt doch noch was ein. Er war's, er hatte den Streit mit dem Sandler. Was mich gewundert hat, weil man die hier in der Gegend sonst nie sieht. Aber das hab ich Ihnen eh schon gesagt. Jedenfalls, der Sandler hat den Mann da auf Ihrem Foto angesprochen. Der hat ihn aber ziemlich schnell abgefertigt und verscheucht. Richtig böse war er. Der Sandler hat ihn sicher nur um a paar Euro ang'schnorrt.«

»Haben Sie den Obdachlosen danach noch mal wiedergesehen?«

Die Frau schüttelte den Kopf.

»Für welche Zeitung arbeiten S' denn?«

»Für den *Wiener Boten.*«

»Kann ich da dann über die zwei Turteltauben lesen?«

Ihre Neugier war nun endgültig entfacht.

»Gut möglich«, antwortete Sarah. »Kommt drauf an, was bei meinen Recherchen rauskommt.«

Damit verabschiedete sie sich, bevor das Gespräch kein Ende mehr nahm.

Bitte lass Stein auch da sein, flehte sie stumm, während sie die Straße überquerte. Leer stehende Wohnungen zu durchsuchen gehörte eigentlich nicht zu seinen Aufgaben, es sei denn, dass eine Leiche auf dem Sofa lag.

Sie holte ihr Handy hervor und schrieb Stein eine SMS.

Schon etwas gefunden in der Vorgartenstraße?

Ehe sie sich's versah, stand er auch schon vor ihr auf der Straße.

»Warum wundert es mich nicht, dass Sie schon da sind?«, fragte er wie üblich zuerst.

»Sie wissen doch, dass ich meinen Job verstehe«, antwortete Sarah augenzwinkernd wie üblich. »Und? Haben Sie jetzt schon etwas rausgefunden?«

»Sieht aus, als hätten Sie recht, Sarah. Hier wohnt niemand. Sieht aus wie in einem Möbelhaus. Die Wohnungen sind allesamt sauber wie ein Babypopo, keine einzige Spur, nichts.«

»Doch. In einem der Betten finden Sie wahrscheinlich Spermaspuren, es sei denn, Freibach wechselt nach jedem Stelldichein die Laken.«

»Freibach?«

»Ich erzähl's Ihnen ja«, meinte Sarah und ließ ihn teilhaben an ihrem aktuellen Wissensstand. »Ich habe einfach ins Blaue geschossen«, sagte sie am Ende. »Fragen Sie ihn doch nach seinen Dienstags- und Donnerstagsterminen. Ihnen wird er hoffentlich die Wahrheit sagen.«

»Sie glauben gar nicht, was für haarsträubende Geschichten uns aufgetischt werden. Kaum wo wird schamloser gelogen als bei der Polizei.«

»Ach was, Sie werden ihm das mit Ihrer charmanten Art schon rauskitzeln.«

Stein verdrehte die Augen.

»Da überschätzen Sie mich gewaltig, Sarah. Außerdem ist es noch kein Verbrechen, wenn einer seine Frau betrügt, rein strafrechtlich gesehen. Solange wir in dem Haus nicht die Leiche seiner Frau finden, darf er seine Geliebte in allen Betten dieser Welt …«

Sarah informierte Stein auch über das Museumsprojekt und die Umstände, soweit sie sie bisher in Erfahrung gebracht hatte.

»Was sagt denn die Geschäftsführung der RLH zu

der Bunkerwohnung?«, fragte sie den Inspektor. »Uns gegenüber hält sie sich bedeckt, heißt, wir bekommen keine Antworten auf unsere Fragen.«

»Die weiß natürlich nichts von Drogen, no na. Die Kollegen überprüfen noch die Mietverträge, aber die dürften so weit in Ordnung sein. Die Mieten sind regelmäßig eingegangen. Kein Grund, misstrauisch zu werden und nach dem Rechten zu schauen.«

»Fragt sich bloß, von wem sie überwiesen wurden.«

»Die Frage stellt sich aber erst jetzt.«

»Aber was ist mit Betriebskosten, Strom, Wasser? Fällt das nicht auf, wenn sich da nichts tut?«

»Zeitschaltuhren«, verriet Stein Sarah hinter vorgehaltener Hand. »Hat jede Wohnung in dem Haus. Da schaltet sich das Licht ein und aus, Rollos gehen rauf und runter, das Wasser läuft immer mal und so weiter.«

»Was ist mit dem Müll? Der Müllabfuhr würde es auffallen, wenn die Mülltonnen immer leer sind.«

»Die Container zu füllen, gehört vermutlich zu den leichtesten Übungen. Aber lassen Sie meine Kollegen erst mal machen, die werden uns dann mehr darüber sagen.«

»Ich werde in der morgigen Ausgabe über den Polizeieinsatz berichten.«

»Tun Sie, was Sie nicht lassen können.«

»Was ist mit dem Dealer?«

»Ist Sache der Drogenfahndung, wie Sie wissen.«

»Wessen genau? Bitte nicht die Pressestelle, sondern einen konkreten Ansprechpartner …«

Stein nannte Sarah einen Namen, den sie sich sofort notierte.

»Haben Sie noch einen schönen Tag!«, sagte sie, drehte sich auf dem Absatz um und ging.

»Was haben Sie vor, Sarah?«, rief Stein ihr nach.

Sarah wandte sich um und ging rückwärts weiter.

»Meinen Job machen. Fragen stellen!«

»Tun Sie nichts Unüberlegtes!«

Sie rief Patricia an.

»Stopp den Artikel übers Geisterhaus, Patricia. In der Sache tut sich heute und morgen noch was. Dann wissen wir mehr und können das Ganze größer aufmachen.«

Am Wochenende hatte sie Journaldienst und würde sowieso die meiste Zeit mit Arbeit verbringen.

Dann schickte sie Conny eine SMS.

Habe was für dich! Bin um fünf zurück.

Unmittelbar danach rief Conny sie an und fragte: »Sarah? Wo bist du gerade?«

»Auf dem Weg zu Luzifer.«

31

Wäre diese nervtötende Journalistin nur ein paar Minuten später gekommen, säße er schon längst im Auto.

Es war Donnerstag, und nur weil die Vorgartenstraße im Moment tabu war, mussten ja seine Dates mit Sonja nicht gestrichen werden. Bis auf Weiteres wichen sie ins Hotel Orient aus, in Wiens ältestes Stundenhotel. Diskretion war dort erfunden worden. Keine Namen, keine Eintragung, nichts.

Während seine Sekretärin ihn noch fragte, ob er Sarah Pauli noch empfangen würde, war diese schon in sein Büro gerauscht.

»Frau Pauli, dass ich Sie heute gleich zweimal treffe, hätte ich auch nicht gedacht. Wenn Sie allerdings noch Fragen zum Bauprojekt haben, müssten Sie sich an Herrn Höfer wenden.« Er warf demonstrativ einen Blick auf die Uhr. »Ich muss leider in ein paar Minuten weg.«

»Es dauert bestimmt nicht lange.«

Sie nahm unaufgefordert Platz.

»Tut mir leid, dass ich unangemeldet komme. Aber es hat sich da etwas ergeben, worüber ich gerne mit Ihnen sprechen würde, bevor die Polizei es tut.«

Sie provozierte ihn also.

Freibach bemühte sich um ein entspanntes Lachen.

»Die Polizei? Jetzt malen Sie aber den Teufel an die

Wand, liebe Frau Pauli. Was sollte denn die Polizei von mir wollen?«

»Sage ich Ihnen gleich.«

»Sie machen es aber spannend. Soll Ihnen meine Sekretärin etwas zu trinken bringen. Kaffee? Wasser?«

Sarah Pauli winkte ab. »Nein danke. Ich will Sie wirklich nicht lange aufhalten. Eigentlich sollte ich längst wieder in der Redaktion sein.«

»Also ich halte Sie nicht auf.«

Freibach machte eine galante Handbewegung zur Tür.

»Es geht um das Haus in der Vorgartenstraße«, sagte sie.

Sie studierte sein Gesicht, suchte offenbar nach einer Reaktion. Doch er hielt Augenkontakt, ohne auch nur zu blinzeln. Er wusste, dass er das Spiel perfekt beherrschte.

»Sie wissen, von welchem Haus ich spreche?«, fragte sie.

»Nein, aber ich bin sicher, dass Sie es mir gleich sagen werden.«

»Haben Sie die Mail nicht gelesen, die ich Ihnen geschickt habe?«

»Welche Mail?«

»Ich hatte Sie um ein Statement zu Immobilien RLH gebeten. Denn immerhin wurde in einem ihrer Häuser eine Bunkerwohnung mit Drogen im Wert von einer Million ausgehoben. Jetzt wickelt ausgerechnet diese Firma Ihr Museumsprojekt ab.«

»Sie wollen jetzt aber nicht die Firma dafür zur Rechenschaft ziehen? Kein Hauseigentümer weiß genau Bescheid über die Mieter.« Er schaffte es, erstaunt zu klingen und Sarah doppeldeutig zuzuzwinkern. »Da einen Zusammenhang herzustellen, ist, mit Verlaub, geradezu lächerlich.«

»Noch etwas ist mir in Zusammenhang mit der Vorgartenstraße zu Ohren gekommen«, sagte Sarah.

Sie ignorierte seinen Einwand, räusperte sich stattdessen, was wie Hohngelächter klang. Sollte sie sich ruhig der naiven Vorstellung hingeben, das Gespräch zu beherrschen.

»Was ist Ihnen denn zu Ohren gekommen?«, fragte Freibach.

Er machte sich nicht die Mühe zu verbergen, wie sehr ihn ihre Wortwahl amüsierte. Wieder mal ging eine ehrgeizige Redakteurin einem Gerücht nach. Damit konnte er umgehen. Eine leichte Übung. An ihm hatten sich schon viele die Zähne ausgebissen. Ein Anruf, und dieser Trampel nahm in Zukunft nur noch Kleinanzeigen entgegen. Normalerweise. Doch hier lag die Sache ein wenig anders, das wusste er. Sarah Pauli schlief mit ihrem Chef. Ein breites Grinsen, noch ein Blick auf die Uhr.

»Habe ich dort einen Klienten, der seine Steuern zu spät gezahlt hat?«

»Nein, darum geht es nicht.«

»Worum dann? Ich zahle meine Steuern pünktlich.«

Er unterdrückte den Impuls, nach den Würfeln in seiner Anzugtasche zu tasten. In Gedanken würfelte er eine Zwei und eine Eins. Keine guten Zahlen für die Journalistin.

»Bitte verzeihen Sie, dass ich so direkt bin …«

Wenigstens wusste diese Schlampe, mit wem sie es zu tun hatte, und akzeptierte die Rangordnung.

»… aber treffen Sie sich dort mit einer Geliebten?«

Die Frage kam unvermittelt. Freibach zögerte. Vielleicht für den Bruchteil einer Sekunde zu lange. Denn die Augenbrauen der Pressetussi wanderten nach oben.

»Wie kommen Sie auf die Idee?«

»Man hat Sie mehrmals dabei beobachtet, wie Sie ins Haus gegangen sind. Kurz nach Ihnen tauchte jedes Mal eine Dame auf und verschwand auch in dem Haus.«

Er musste schnell eine Entscheidung treffen. Wahrheit oder Lüge? Er beschloss, ein Spiel daraus zu machen. Frage und Antwort.

»Würden Sie mich verurteilen, wenn es so wäre?«

»Das steht mir nicht zu, Herr Freibach. Im Übrigen geht es hier nicht um Ihre Geliebte. Sie ist nur ein Aspekt in diesem Zusammenhang.«

»Na, das klingt ja nach einer ganz großen Geschichte. Erst die Drogen, dann die Geliebte, und um nichts von all dem geht es. Ein bisschen konfus, oder nicht?« Freibach sah auf die Uhr. »Sie haben noch genau … sieben Minuten. Also, worum geht es wirklich?«

»Ich sage es Ihnen, sobald Sie meine Frage beantwortet haben.«

»Gut. Mal angenommen, ich hätte eine Affäre, rein hypothetisch, damit wir uns da richtig verstehen. Ein Gentleman genießt und schweigt. Ich würde niemals den Namen einer Dame preisgeben, schon gar nicht gegenüber einer Journalistin.« Er zwinkerte ihr wieder zu. »Außerdem wüsste ich beim besten Willen nicht, was die Presse das anginge.«

»Natürlich ist das Ihre Privatsache. Und den Namen der Dame kenne ich. Sie müssen mir also nicht sagen, dass es sich um Frau Kubanek handelt.«

Reflexartig riss Freibach seine Augen auf und kniff sie sofort wieder zusammen.

»Was wollen Sie wissen, Frau Pauli?«, fragte er. »Ich habe nämlich weder Zeit noch Interesse, länger um den heißen Brei herumzureden.«

»Mich würde es interessieren, ob Sie mitbekommen haben, was sich in der Wohnung im ersten Stock des Hauses abspielte. Haben Sie gesehen, ob da jemand kam oder ging?«

»Und warum sagen Sie das nicht gleich, statt mir mit diesen krausen Unterstellungen zu kommen? Die Antwort ist nein. Und zwar, weil ich nie in diesem Haus war. Ihr Zeuge, nein, Ihr Informant … so sagt man doch in Ihren Kreisen, oder? Wie auch immer, der hat sich leider geirrt. Vielleicht war es jemand, der mir ähnlich sieht.«

»Und eine Dame, die Frau Kubanek ähnlich sieht.«

»So etwas soll vorkommen.« Freibach erhob sich. »Gut, liebe Frau Pauli. Ich muss dringend zu einem Klienten und bitte Sie, jetzt zu gehen.«

Er wusste, dass sie nur gekommen war, um ihn zu provozieren. Das würde ihr noch leidtun …

»Schade«, sagte sie. »Ich hätte nämlich gerne noch gehört, was der Sandler von Ihnen wollte, der Sie auf der Straße vor dem Haus angesprochen hat.«

Freibach spürte, wie jede Regung in seinem Gesicht einfror.

Sarah erhob sich und reichte ihm die Hand.

»Heute ist doch Donnerstag, oder? Ich wünsche Ihnen noch einen angenehmen Abend.«

Die Türklinke schon in der Hand, wandte sie sich noch einmal um und fragte: »In welcher Wohnung treffen Sie sich eigentlich? In Clara Weismanns?«

Sie war weg, bevor Freibach reagieren konnte.

Er blieb eine Weile konsterniert sitzen. Seine Gedanken rasten. Ihm war leicht übel.

Wer zum Henker sollte ihn beobachtet haben? Ein Privatdetektiv? Er traute Lotte sogar zu, einen engagiert zu haben.

Sie war in ihrer krankhaften Eifersucht manchmal unberechenbar. Und was, wenn auch Toni Bescheid wusste? Und warum, verdammte Scheiße, hatte diese unbedeutende Journalistinnenschlampe Claras Namen erwähnt? Sie konnte Clara unmöglich kennen. Weil der Name auf dem Klingelschild am Haus stand? Nein. Die Pauli hatte einfach ins Blaue geschossen, beruhigte er sich selbst. Es hätte jeder andere Name sein können. Der ging es doch nur darum aufzustacheln. Die wusste nichts. Rein gar nichts.

Er machte das Licht aus und verließ sein Büro.

Als er im Auto saß, rief er Sonja an und sagte ihr ab. Ihm war die Lust gründlich vergangen. Außerdem musste er jetzt endlich tun, was schon die längste Zeit auf seiner To-do-Liste stand.

32

»Dein Gesicht ist unbezahlbar!«

Sarah prustete vor Lachen.

Sie war direkt in Connys Büro gegangen, um ihr die neuesten Neuigkeiten mitzuteilen.

Genüsslich schmückte sie ihre Geschichte mit Details aus, bis Conny vor Neugier fast platzte.

»Nun sag schon endlich. Wer ist sie?«, fragte sie schließlich verzweifelt.

Ein langer Blick, dann erlöste Sarah die Gesellschaftsreporterin von ihren Qualen. »Ich tippe auf Kubaneks Frau.«

»Nein!«

»Doch! Der Beschreibung nach muss es Sonja Kubanek sein. Ich hatte natürlich von ihr kein Foto, aber …«

»Die Nachbarin hat Freibach eindeutig erkannt?«, unterbrach Conny sie ungeduldig.

Sarah nickte.

»Und deshalb bist du zu ihm hingegangen?«

»Ja. Er hat um den heißen Brei herumgeredet und abgestritten, jemals in dem Haus gewesen zu sein. No na.« Sarah sah Conny ernst an. »Das Gespräch mit ihm war weiß Gott keine journalistische Glanzleistung. Ich bin da einfach reingepoltert, ohne Konzept, ohne … nichts. Aber ein bisserl nervös konnte ich ihn machen, glaube ich. Mal sehen, was dabei rauskommt. Außerdem hätte ich gerne mehr als die Aussage der Nachbarin. Namen hat die ja nicht genannt, ich hab nur eins und eins zusammengezählt.«

»Sonja Kubanek ist Lotte Freibachs Busenfreundin«, meinte Conny. »Klar, dass die Ehepaare einander gut kennen.«

»Ich habe etwas Wichtiges von dir gelernt, Conny«, sagte Sarah. »Achte immer auf die Hände. Das hast du mir vor längerer Zeit einmal geraten. Weißt du noch?«

Conny nickte grinsend.

»Es war auf der Vernissage. Dort war's mir zwar nicht so bewusst, aber als die Frau in der Vorgartenstraße Freibachs Geliebte beschrieb, fiel's mir wieder ein. Freibach und sie standen nämlich ziemlich vertraulich beieinander, und Sonja Kubaneks Hände ruhten einen Tick zu lange auf seinem Arm.«

»Wow. Das ist mir gar nicht aufgefallen«, meinte Conny.

»Du warst ja auch mit Lotte und ihrem Assistenten beschäftigt. Jedenfalls ist diese Affäre vielleicht der Grund, weshalb der Kubanek das *Kuba* zusperren will.«

»Das glaube ich nicht. Niemand aus der Szene hat so was in der Richtung verlauten lassen. Und wenn alle drum herum nichts wissen, dann weiß der Ehemann erst recht nichts. Der Gehörnte ist immer der Letzte, der die Wahrheit erfährt.«

»Was ist mit Lotte Freibach?«, fragte Sarah.

»Die ist genauso ahnungslos, da bin ich ganz sicher. Die wacht eifersüchtig über ihren Mann.«

Das konnte Sarah aus eigener Erfahrung bestätigen.

»Ich glaube nicht, dass die Freibach noch mit der

Kubanek befreundet wäre, wenn sie wüsste, dass ihr Mann sie flachlegt«, sagte Conny weiter.

Sie hob ihre Hündin vom Boden hoch und nahm sie auf den Schoß.

»Du heckst etwas aus«, orakelte Sarah.

»Die Freibach muss ja nicht mehr lange ahnungslos bleiben.«

»Streust du ein Gerücht?«

»Gerücht. Was für ein hartes Wort«, sagte Conny mit Unschuldsmiene. »Ich höre mich nur noch einmal genauer um und … entlasse bestimmte Reizwörter in die Freiheit.«

Sarah musste lachen.

»Alles klar. Halt mich auf dem Laufenden, okay?«

Draußen begann es zu regnen.

Das Büro der Chronik-Redaktion war verwaist.

Sarah ging zum Fenster und sah hinunter auf die Mariahilferstraße. Die Menschen spannten ihre Schirme auf und stülpten sich Kapuzen über ihre Köpfe. Ihre Kauflust schien trotzdem ungebremst zu sein.

Faszinierend, dachte Sarah und ging an ihren Schreibtisch. Kurz entschlossen griff sie zum Hörer und gab Lucie Viktors Telefonnummer ein.

»Wie geht es Ihnen?«

»Der Kopf brummt noch, und Lachen tut weh. Sonst ist alles gut. Sie haben mich natürlich auf THC-Werte untersucht. Negativ. So sauber wie die eines Kleinkindes. Ich bin sozusagen rehabilitiert. Ich habe hier viel gelernt. Wussten Sie zum Beispiel, dass Cannabis bei regelmäßigem Konsum bis zu 72 Stunden nachgewiesen werden kann?«

»Nein, das wusste ich nicht. Aber es freut mich, dass der Test Sie entlastet.«

»Na ja, fast. Jetzt prüfen meine neuen Freunde von der Drogenfahndung, ob ich nicht doch gedealt habe. Ganz schön hartnäckig, diese Burschen.«

Sie nimmt's mit Humor, dachte Sarah.

»Dabei hat der Dealer, den sie geschnappt haben, längst ausgesagt, dass nur er das Versteck kannte. Aber wer glaubt schon einem, der Drogen vertickt …«

»Hat man Ihnen denn gesagt, dass die Drogen, die Ihnen untergejubelt wurden«, sie vermied bewusst das Wort »angeblich«, »aus dem Versteck im Prater kamen?«

»Ja. Doch das nutzt nichts. Sobald ich hier rauskomme, muss ich mich beim Gesundheitsamt melden. Nicht nur dass ich arg zusammengeschlagen wurde, jetzt werde ich auch noch der Dealerei verdächtigt. Verrückte Welt.«

»Das Leben hält oft komische Wendungen parat«, sagte Sarah und kam sich fantasielos vor, weil ihr nichts Besseres einfiel. »Ist denn der, den sie gefasst haben, derselbe wie auf Ihrem Foto?«

»Ja, ist er. Zwei Drogenfahnderinnen haben mich besucht. Sie wollten wissen, woher ich den Mann kenne. Die Polizei ist nämlich der wahnwitzigen Idee verfallen, dass ich ihnen das Foto nur geschickt habe, um einen Konkurrenten zu denunzieren. Schließlich haben sie mir geglaubt, dass ich meinen Unterhalt nicht mit dem Verkauf von Drogen verdiene. Aber dann fragten sie, warum ich das Bild an die Polizei geschickt hätte. Das Argument, meiner Pflicht als Staatsbürgerin nachgekommen zu sein, hat sie nicht weiter beeindruckt.«

Sarah kritzelte das Wort Dealer auf ihren Block. Daneben zeichnete sie ein Haus und zog eine Verbindungslinie. Der Kerl war vor dem Haus gestellt worden und die Wohnung darin von einem Obdachlosen angemietet? Das stank doch alles zum Himmel und würde garantiert eine großartige Story werden.

Sarah holte tief Luft.

»Da ist noch etwas. Ich kann Clara nicht finden.«

Schweigen.

»Weder am Praterstern noch im Stuwerviertel noch sonst wo in der Umgebung«, sprach Sarah weiter. »Haben Sie nicht noch eine Idee, wo ich sie suchen könnte?«

Schweigen.

Schließlich räusperte Lucie Viktor sich und sagte: »Es … gibt ein Versteck. Aber ich habe keine Ahnung, wo. Niemand außer Clara kennt es.«

»Woher wissen Sie dann davon?«

»Sie hat's mir mal erzählt, während unserer Fotoshootings. Denn ich hatte sie gefragt, wo sie eigentlich ihre Sachen aufbewahrt. Sie trägt nämlich immer nur einen kleinen Rucksack bei sich.«

»Macht es Sinn, nach diesem Versteck zu suchen? Haben Sie zumindest Anhaltspunkte?«, fragte Sarah.

»Ich weiß nicht. Nein. Glauben Sie, dass Clara …« Sie brach ab.

Sarah wusste auch so, was sie fragen wollte.

»Ich sehe mich am Wochenende noch einmal nach ihr um.«

»Rufen Sie mich an, wenn Sie sie gefunden haben. Bitte!«, sagte Lucie Viktor so eindringlich wie schon beim letzten Mal. Clara bedeutete ihr offenbar viel. »Sie hat mal gesagt, dass sie sich erhängt, wenn alle Stricke reißen. Auch wenn sie dabei gelacht hat, ich mache mir Sorgen um sie.«

Patricia kam mit Kaffee und mit etwas Süßem auf einem Papptablett vom Bäcker nebenan herein.

»Ich melde mich, sobald ich Neuigkeiten habe«, sagte Sarah und verabschiedete sich. Sie hoffte inständig, dass es gute Neuigkeiten sein würden.

»Weder die Immobilienfirma«, begann Patricia Franz, als Sarah das Telefonat beendet hatte, »noch einer der drei Herren hat auf unsere Mail geantwortet.«

Sie stellte das Tablett auf Sarahs Schreibtisch.

»Topfengolatschen. Ich hoffe, du magst die.«

»Ja, sehr gerne sogar!«

Beide nahmen sich ein Stück und bissen herzhaft hinein.

»Wirst sehen«, meinte Sarah, »die melden sich nicht, oder wenn doch, dann mit demselben Statement wie der Freibach.«

Sarah erzählte ihrer Kollegin von ihrem Besuch in Freibachs Kanzlei.

»Dafür weiß ich«, sagte Patricia nicht ohne Stolz, »dass die Sachbearbeiterin, die damals für die Freibach-Geschichte zuständig war, nicht mehr bei der Versicherung ist.«

Sie nahm einen Schluck Kaffee.

»Ah, sehr gut«, sagte Sarah anerkennend. »Weißt du, warum?«

»Nein, aber ich habe ihren Namen. Tamara Tempic.«

»Dann werden wir doch gleich mal Mister Google befragen. Die Golatsche war ein Traum, ich danke dir!«

Sie wischte sich die Finger mit einem Feuchttuch ab, das Patricia ihr reichte. Dann gab sie den Namen in die Suchleiste ein.

Patricia vermeldete, dass ihre Recherche über Lucie Viktor praktisch nichts ergeben hatte.

»Sie scheint ein unbeschriebenes Blatt zu sein. Ich kann mir nicht vorstellen, dass sie von ihrer Kunst leben kann. Dealen, ab und zu, ist da bestimmt ein willkommener Nebenverdienst.«

Sie warf den Abfall in den Mülleimer und wischte sich ebenfalls die Finger sauber.

»Vergiss es«, erwiderte Sarah. »Die hat gar nichts getan, da bin ich inzwischen sicher. Sie war nur zur falschen Zeit am falschen Ort, das war ihr Pech.«

Sarah war über Google auf einer Plattform für berufliche und geschäftliche Kontakte gelandet. Das Profil einer attraktiven Frau erschien, mit einer tizianroten Haarpracht, neben der man vor Neid schier erblassen konnte.

»Wow, echt fesch!«, entfuhr es Sarah. »Aber weißt was? Ich kenne die irgendwoher.«

Unter der Rubrik »Berufserfahrung« stand die Themis-Versicherung als früherer Arbeitgeber. Sie war fast zehn Jahre dort gewesen. Weiter unten fand Sarah ihre aktuelle Tätigkeit.

»Das ist doch … Das ist jetzt nicht wahr!«, rief sie aus.

»Was ist los?«, fragte Patricia neugierig.

»Schau dir das mal an.«

Patricia kam herüber, stellte sich hinter sie und sah auf den Bildschirm.

»Die Schöne arbeitet jetzt bei der PR-Agentur Schmid und Solution Provider GmbH. Die Agentur, die die

Pressearbeit für Freibachs Partei macht. Das kann einfach kein Zufall sein!«

Sie rief die Homepage der Agentur auf.

»PR und Marketing, Medienarbeit, Werbeagentur«, las Sarah laut vor. Unter »Team« war wieder das Foto der rothaarigen Schönheit zu sehen. Sarah klickte die Referenzseite an. In diesem Moment fiel ihr wieder ein, dass sie die Frau im *Kuba* gesehen haben musste.

»Da schau her! Die Liste der Werbekunden kann sich sehen lassen. Immobilien RLH GmbH, Art Move Management GmbH & Co. KG, die Galerie Freibach und das *Kuba* ...«, las Sarah und begann zu kichern. »Ja, da haben wir doch alle unsere Freunde schön vereint.«

»Was denkst du?«, fragte Patricia.

Sarah grinste.

»Das Imperium zeigt sein wahres Gesicht«, antwortete sie mit verstellter tiefer Stimme, und dann fiel Patricia in das Lachen ihrer Kollegin ein.

Sonntag, 27. März

33

Schon am frühen Morgen um sieben saß Sarah vor ihrem Laptop, obwohl der Journaldienst am Osterwochenende minder aufregend war. Erfahrungsgemäß war in den Wochenend-Journaldiensten wenig zu tun, weil nicht so viel los war, schon gar nicht an einem Osterwochenende. Viele Leute hatten die Stadt verlassen. Die, die nicht weggefahren waren, feierten die Auferstehung Jesu Christi anscheinend friedlich zu Hause oder im Grünen oder gar nicht.

Jedenfalls konnte sie sich in aller Ruhe zu Hause ihren Artikeln widmen. Besser gesagt in Davids Wohnung. Marie hatte sie mit dorthin genommen. Die Halbangora saß reglos wie eine Skulptur auf dem Fensterbrett im Wohnzimmer und starrte in den kleinen Garten im Hinterhof. Dort blühten im Sommer nicht nur allerlei Rosensorten, weil der Hausmeister Rosen so liebte, sondern es wohnten auch Vögel hier. Deren Anwesenheit direkt vor ihren Augen versetzte die Katze in einen Zustand der Spannung, den nur das Zucken ihres buschigen Schwanzes verriet.

David schlief noch.

Die Veröffentlichung über das Geisterhaus, wie es inzwischen alle in der Redaktion nannten, hatten sie auf Dienstag verschoben. Freitag hatte Sarah noch mit dem zuständigen Drogenfahnder telefoniert.

Der hatte ihr bereitwillig erzählt, was sich zugetragen hatte: Der Dealer, den sie in der Vorgartenstraße gestellt hatten, war, wie Sarah vermutet hatte, nur ein kleiner Fisch. Einer, der sich dort Nachschub besorgte, wenn sein Vorrat erschöpft war. Wer die Verkäufer waren, wusste er nicht, sie hatten weder Namen noch Gesicht. Er schob ihnen das Geld durch eine Öffnung in der Tür und bekam im Gegenzug den Stoff hindurchgeschoben. Das alles ging nur an bestimmten Tagen und zu einer bestimmten Uhrzeit. Ansonsten war die Tür versperrt. An dem Tag, an dem sie ihn erwischt hatten, stand er unter Druck, weil die nächste Ausgabe noch Tage länger dauerte, er jedoch dringend neuen Stoff brauchte. Deshalb plante er, dort einzubrechen. Und das wurde ihm dummerweise zum Verhängnis. Die Polizei hingegen hatte dies erst zu besagter Wohnung geführt. Dort hatte die Spurensicherung dann Müllreste gefunden, die hoffentlich Rückschlüsse auf den- oder diejenigen erlaubten, die dort ihrem kriminellen Geschäft nachgingen. Außerdem war man dabei, sämtliche infrage kommenden Möbelhäuser im näheren und weiteren Umkreis abzuklappern, um auf diese Weise die Käufer der Möbel in der Bunkerwohnung zu eruieren.

Sarah wollte all diese Informationen in ihren Artikel einfließen lassen.

Auch dass es in der Angelegenheit um Geldwäsche gehen konnte und was in diesem Fall dafür sprach, würde sie unterbringen. Es war nicht auszuschließen, dass mit den illegalen Einnahmen die Mieten der fiktiven Mieter beglichen wurden und dadurch diese Einnahmen weiß gewaschen wurden. Die Nachbarin, die Freibach im Haus hatte ein und aus gehen sehen, wollte sie genauso wenig unerwähnt lassen. Sie würde es ihrem Lesepublikum überlassen, inwieweit Querverbindungen gezogen und Zusammenhänge vermutet wurden.

Was war alles notwendig, um ein so in sich verstricktes Geflecht aufrechtzuerhalten? Welche Knoten musste man jeweils in der Lage sein zu lösen? Welche mussten neu geknüpft werden, um Spuren zu verwischen und neue zu legen? Wie viele Mitwisser gab es, wie viele Helfer, und welche Gefahren barg das wiederum? Wie viele Personen brauchte es überhaupt, damit das System funktionierte?

All das überstieg Sarahs kühnste Fantasien. Sie hatte nirgends einen Hinweis darauf gefunden, dass die auf Schmids Webseite angeführten Firmen Teil eines großen internationalen Imperiums waren. Aber damit hatte sie auch nicht gerechnet. Verbindungen dieser Art waren kaum zu entwirren, deshalb waren sie eben meistens erfolgreich. Doch sie war sicher, dass sie alle zusammenhingen.

Sie setzte den Schlusspunkt unter ihren Artikel, las ihn noch einmal durch und schickte ihn ab.

Inzwischen war es acht. Sie lauschte, doch in der Wohnung war es noch immer still. Bis David aufstand, konnte es noch dauern, und sie hatte Hunger.

Während sie eine Tasse Tee trank und in ein Brot mit Himbeermarmelade biss, dachte sie an Clara. Es lag ihr ziemlich im Magen, dass sie die Frau bis jetzt nicht gefunden hatte. Es gab so viele Fragen, die sie ihr stellen wollte.

Sie legte das halb gegessene Brot auf den Teller zurück, wischte sich die Finger an der Serviette ab und sah sich im Internet den Plan vom Prater an.

»Wo bist du?«, murmelte sie.

»Sie erhängt sich, wenn alle Stricke reißen.« Lucie Viktors Worte kamen ihr wieder in den Sinn. »Wenn alle Stricke reißen.« Eigentlich eine harmlose Redewendung. Doch die Fotografin hatte sie offenbar als Ankündigung eines Suizids verstanden.

In diesem Augenblick kam ihr die Erleuchtung.

»Nestroy«, sagte sie laut. »Wenn alle Stricke reißen, häng ich mich auf.« Es war ein Zitat von Nestroy. Warum war sie da nur nicht schon früher drauf gekommen? Lucie Viktor hatte im Krankenhaus in einem Nebensatz erwähnt, dass Clara Weismann Nestroy zitierte. »Der böse Geist Lumpazivagabundus« fiel Sarah wieder ein, Nestroys Zauberposse über drei Handwerksgesellen, die durch einen Machtkampf zwischen der Schicksalsgöttin Fortuna und der Liebesfee Amorosa das große Los ziehen.

»Österreichischer Dramatiker, Schauspieler, Sänger … geboren 1801 in Wien, gestorben 1862 in Graz«, googelte sie. Nestroy, einer, der in seinen Werken der zeitgenössischen Gesellschaft einen Spiegel vorgehalten hatte. Der auch heute aktuell war. Dessen Interesse nicht den glatten und vermeintlich fehlerlosen, sondern vielmehr den scheiternden und gebrochenen Figuren galt. Vielleicht war er deshalb zu einer Art Schutzpatron für Clara geworden. Doch ob sie so weit gehen würde, nach Graz zu fahren, zu Nestroys Sterbeort, um sich dort umzubringen?

Nein, sie versteckt sich hier irgendwo, sie fährt nicht ohne einen Cent in der Tasche nach Graz, dachte Sarah.

Sie sah auf ihren Plan. Keine zehn Minuten zu Fuß vom Praterstern entfernt war der Nestroyplatz. Dort befand sich auch der Nestroyhof mit dem Theater, wo Nestroy seinerzeit selbst auf der Bühne stand. Aber diese Gegend war viel zu belebt, um sich dort zu verstecken. Eine obdachlose Frau würde auffallen. Und Clara wollte niemandem begegnen.

Sarah starrte auf den Plan, als wollte sie ihn hypnotisieren.

An diesem langen Osterwochenende war im Prater die Hölle los, nicht nur im Wurstelprater, sondern auch im Grünen. Der südöstliche Teil allerdings, zwischen Lusthaus und Seitenhafenstraße, war naturbelassenes Landschaftsschutzgebiet, das nicht zu den üblichen Hotspots gehörte, sondern bis heute weitgehend ruhig und beschaulich war.

»Guten Morgen«, sagte David hinter ihr. Er küsste sie auf den Scheitel und machte sich einen Kaffee.

Sarah sprach laut aus, was sie gerade dachte.

»Und jetzt willst du den Grünen Prater nach ihr absuchen?«

»Ja, genau.«

»Und dass du sie dort findest, sagt dir dein …« Er tippte sich auf den Bauch.

»Hm, hm. Und ich frage dich, wo kann man sich erhängen, wenn man keine Wohnung hat?«

David sah sie mit gerunzelter Stirn an.

»Im Wald.«

»Genau. Im Wald.«

»Warum fragst du? Wer will sich dort erhängen?«

Sarah erklärte ihm die Sachlage.

»Und was ist mit deinem Wochenenddienst?«, fragte er.

Sarah lächelte. »Da kommst jetzt du ins Spiel. Da du

ohnedies zu Hause bist …« Sie zeigte mit Unschuldsmiene auf ihren Laptop. »Nur für den Fall der Fälle, der eh nicht eintreten wird …«

»Aha, du willst also, dass ich das übernehme?«

Sie stand auf und schlang ihre Arme um seine Hüften. »Wie klug du bist.«

»Das wird dir natürlich vom Gehalt abgezogen«, sagte David. »Und du weißt, dass Chefstunden doppelt zählen. Und dann noch die Erschwerniszulage, dass du mich an einem Ostersonntag alleine lässt.«

Er nippte an seiner Kaffeetasse.

Sie grinste und küsste ihn auf den Mund.

»Schick die Rechnung einfach an den *Wiener Boten*. Die zahlen das.«

Sie zog sich eilig an und stieg in ihre Übergangsstiefel.

Nachdem die Wohnungstür hinter ihr ins Schloss gefallen war, schickte sie ein Stoßgebet zum Himmel. Wer auch immer sich dort angesprochen fühlte, sollte bitte dafür sorgen, dass sie Clara endlich fand und nicht zu spät kam.

Sarah liebte es, an einem Feiertag mit öffentlichen Verkehrsmitteln zu fahren. Die Garnituren der Straßen- und U-Bahnen waren nahezu leer. Die sonstige Hektik machte Pause, und die Stadt zeigte sich von ihrer gemütlichen Seite, die Sarah so schätzte.

An der Endstation »Prater Hauptallee« stieg sie aus der Straßenbahn aus und ging zu Fuß weiter. Kurz hinter dem Lusthaus verließ sie den Spazierweg und tauchte in die Wildnis ein. Sofort umfing sie der Geruch des Waldes. Feuchtes Laub. Erde. Die weißen, gelben und lilafarbenen Frühlingstupfer der Schneeglöckchen, Waldgoldsterne und Waldveilchen. Die Sonne schickte ihre Strahlen durch die mit zarten Knospen übersäten Baumkronen.

Sarah schlug sich aufmerksam durchs Unterholz. Hie und da blieben dünne Äste aus dem Buschwerk an ihrer Jacke hängen. Vögel zwitscherten und tirilierten über ihren Kopf hinweg. Ab und zu begegnete sie anderen Menschen, und man nickte einander zu. Stumme Verbündete, die hier dem Lärm und dem Gestank der Stadt für ein paar Stunden entkamen.

Sie erreichte den Teich, der hier nicht mehr Lusthauswasser, sondern Mauthnerwasser hieß. Ihr Blick fiel plötzlich auf einen Bretterverschlag, ein Quader aus Holz, grob zusammengehämmert, zwischen zwei gewaltigen Bäumen. Es sah aus, als hätten Kinder sich hier vor langer Zeit einmal eine Hütte gebaut.

Als Sarah durch eine Lücke in den schiefen Wänden blinzelte, erkannte sie eine Gestalt, die dort zusammengekrümmt mitten in dem niedrigen Verschlag kauerte.

»Clara?«

Stille.

»Clara?«

Keine Reaktion.

Sarah sagte, wie sie hieß, dass sie Journalistin war und seit Tagen nach ihr suchte.

»Schleich dich!«

Immerhin ein Lebenszeichen.

Die Frau machte keine Anstalten, ihr Versteck zu verlassen.

»Wissen Sie, Lucie Viktor macht sich große Sorgen

um Sie. Sie hat mich gebeten, Sie zu suchen, und hofft inständig, dass ich Sie finde.«

Clara Weismann schaute auf und senkte sofort wieder den Kopf.

»Sie haben vielleicht schon gehört, dass Lucie überfallen wurde. Es geht ihr den Umständen entsprechend gut. Aber sie ist noch im Krankenhaus.«

»Schleich dich, hab ich gesagt!«

»Lucie hat mir von einem Fremden im Prater erzählt.«

Schweigen.

»Möchten Sie vielleicht, dass ich Lucie anrufe? Dann können Sie mit ihr sprechen. Lucie wird Ihnen sagen, wer ich bin, und Ihnen das alles erklären. Schauen Sie, hier ist mein Handy.«

Sie hielt ihr Handy vor die Lücke zwischen den Brettern.

Zuerst passierte nichts.

Dann erkannte Sarah so etwas wie ein vages Nicken. Sie suchte in ihren Kontakten nach Lucie Viktor und flehte stumm, dass die Fotografin auch abhob. Sie hatte Glück. Lucie war unendlich erleichtert, dass Sarah Clara gefunden hatte. »Ich danke Ihnen ganz herzlich. Bitte, geben Sie sie mir!«

Sarah schob ihr Handy durch die Lücke. Sie hörte Clara fragen, antworten und dann weinen. Schließlich gab Clara ihr das Handy durch die Öffnung zurück.

Wieder war es eine Weile ganz still.

Irgendwann öffnete sich eine Wand des Bretterverschlages, und Clara kam dahinter hervor. In der Hand hielt sie einen Rucksack und eine Flasche Schnaps aus dem Supermarkt. Ein strenger Geruch ging von ihr aus.

34

Angst hat viele Gesichter. Sie kann Menschen zu Clowns machen, zu Zynikern oder sprachlos. Oder zu einem Häufchen Elend.

So wie Clara.

Sie saß neben Sarah auf dem Waldboden und scannte ununterbrochen ängstlich die Umgebung.

»Sind Sie schon die ganzen letzten Tage hier gewesen?«

»Ich hatte zu tun.« Clara nickte mehrmals, drehte die Schnapsflasche in den Händen und schwieg wieder eine Weile.

Dann fragte sie: »Wie hast du mich gefunden?«

»Zufall«, log Sarah.

Sie wollte die Frau nicht noch mehr beunruhigen. Denn wenn sie das Versteck gefunden hatte, konnten andere das auch.

»Vor wem fürchtest du dich, Clara?« Sarah ging nun auch zum freundschaftlichen Du über.

Clara sah sie an.

»Er hat versprochen, mir zu helfen«, sagte sie. »Ich sollte Arbeit bekommen und eine Wohnung.«

»Wer hat dir das versprochen?«

»Er.«

Sarah nahm an, dass sie von dem ominösen Fremden sprach. Lucie hatte recht, Clara kannte den Mann.

»Erzähl mir von ihm. Wie kommt es, dass er dir Arbeit und eine Wohnung verschaffen kann? Lebt er denn nicht auch hier im Prater?«

Clara sah sich erneut voller Angst um und schüttelte den Kopf.

Sarah dachte nach. Es war nicht der richtige Ort, um aus der Frau etwas herauszubringen.

Doch auch wenn sie sich hier keineswegs sicher fühlte, wollte Clara ihr Versteck nicht verlassen. Sie umklammerte den Rucksack auf ihrem Schoß, bereit, jederzeit die Flucht zu ergreifen.

Erst als Sarah ihr ein Gegengeschäft anbot – ein Essen für die Geschichte über den Unbekannten –, willigte Clara ein.

In ein Lokal zu gehen war keine gute Idee. Clara würde sich wahrscheinlich erst recht beobachtet oder gar verfolgt fühlen, und womöglich verweigerte man ihnen überhaupt den Zutritt.

»Was hältst du davon, wenn wir zu mir nach Hause fahren? Wir könnten uns eine Pizza bringen lassen. Und dort hätten wir unsere Ruhe.«

»Kann ich bei dir duschen?«

»Klar. Ich kann dir auch saubere Klamotten leihen, wenn du willst.«

Clara wirkte erleichtert bei der Vorstellung, zu duschen und etwas zu essen zu bekommen. Sie rappelte sich auf, ohne ihre Umgebung aus den Augen zu lassen.

Sie gingen zurück durch den Wald bis zur Straßenbahnhaltestelle. In der Bahn schrieb Sarah David eine SMS.

Habe sie gefunden! Kannst du bitte zum Yppenplatz kommen und Pizza vom Italiener mitnehmen?

Zwei Stunden später saßen sie in Sarahs Wohnküche. Clara hatte geduscht und sich die Haare gewaschen. Sie roch jetzt nach Duschgel und Shampoo, trug Jeans und ein hellblaues T-Shirt von Sarah und sah schon deutlich weniger verwahrlost aus.

»Soll ich deine Sachen gleich waschen?«, fragte Sarah.

Nicken.

Sarah ging ins Badezimmer, stopfte die schmutzige Kleidung in die Waschmaschine, schaltete sie ein und kam wieder zurück.

Sie goss Wasser in eine Karaffe und stellte sie auf den Tisch.

Clara nahm sich ein Glas, schenkte sich ein, trank es mit großen Schlucken leer und schenkte sich sofort nach. Die Wohnungstür wurde geöffnet und wieder geschlossen, und dann stand David mit drei Schachteln Pizza und dem Katzenkorb im Türrahmen.

»Es sind drei verschiedene«, sagte er und reichte Sarah die Kartons.

Sarah stellte die beiden einander vor. Dann entriegelte sie den Verschluss am Katzenkorb, und Marie sprang mit einem Satz aus ihrem Gefängnis. Sie überprüfte augenblicklich ihren Fressnapf.

Claras Blick folgte ihr. Sie schien sich langsam, aber sicher ein wenig zu entspannen.

»Attenti al gatto«, stand auf dem Schild über Maries Napf. Etwas höher an der Wand hing eine gerahmte weinrote Postkarte, die die Silhouette einer schwarzen

Katze abbildete. Darunter stand ein Zitat des französischen Journalisten Max O'Rell: »Ob eine schwarze Katze Unglück bringt oder nicht, hängt davon ab, ob man ein Mensch ist oder eine Maus.«

Und auf einmal huschte ein Lächeln über Claras Gesicht.

David zerteilte die Pizzen gekonnt in Achtel, legte die Stücke auf einen großen Teller und stellte ihn in die Mitte des Tisches. Daneben legte er drei Servietten.

Clara schob ihre Schnapsflasche ein wenig zur Seite.

»Ihr nehmt euch bitte einfach selbst«, sagte David.

Sie begannen zu essen, und Sarah spürte, wie Clara immer mehr auftaute.

»Ich glaube, es gibt einen Grund dafür, warum du die Flasche mit dem Schnaps noch nicht geöffnet hast.«

»Er hat sie mir geschenkt.«

»Der Fremde?«

Nicken.

David warf Sarah einen fragenden Blick zu. Sie schüttelte unmerklich den Kopf und sprach dann ihren Verdacht aus, dass der Schnaps möglicherweise vergiftet war.

»Wenn du willst, lassen wir ihn untersuchen. Wir haben einen Freund bei der Polizei.«

Anstelle einer Antwort schob Clara die Flasche über den Tisch.

Sarah nahm sie, stellte sie auf die Anrichte und sagte zu David: »Ich denke, das ist ein Fall für Stein.«

David sah zwar skeptisch drein, sagte jedoch nichts.

Clara verschlang das dritte Stück Pizza. Sarah fragte sich, seit wann sie wohl schon nichts mehr gegessen hatte.

»Du hast beobachtet, wie der Fremde dem Greißler den Schnaps geschenkt hat«, begann sie erneut. »Lucie hat es mir erzählt. Sie glaubt, dass du weißt, wer er ist.«

Clara sah auf.

»Er ist der Teufel«, sagte sie hastig. »Halte dich von ihm fern. Er bringt den Tod über den Prater.«

Dann aß sie weiter.

War die Frau paranoid? Oder steckte etwas anderes dahinter?

»Wer, Clara? Wer ist es, der den Tod über den Prater bringt?«

Claras Blick war auf einmal gehetzt. Sarah erkannte eine große Furcht darin. Es war Todesangst.

»Gibt es einen Grund dafür, warum der Greißler sterben musste?«

Nicken.

»Er kann dir nichts mehr tun, Clara. Wir lassen den Schnaps untersuchen, und wenn Gift drinnen ist, wird er sich dafür verantworten müssen.«

»Der nicht«, erwiderte Clara da wie aus der Pistole geschossen. »Der kann machen, was er will. Und sie werden mir nicht glauben, dass die Flasche von ihm ist.«

»Reden wir von dem Mann in dem schwarzen SUV?«, fragte Sarah.

Clara zuckte zusammen.

Bingo! Sie hatte ins Schwarze getroffen. Die Frau fürchtete sich vor Linus Freibach.

»Der Greißler hat ihn gesehen, wie er in das Haus gegangen ist«, brach es nun aus Clara heraus.

»Das Haus in der Vorgartenstraße?«

»Da, wo unsere Namen auf den Türschildern stehen.«

»Ich weiß«, sagte Sarah.

Dann verriet sie Clara ihre Vermutung und dass sie im *Wiener Boten* darüber schreiben würde.

»Er hat mir angeboten, den Job von dem Greißler zu übernehmen«, fuhr Clara fort. »Er braucht Namen. Namen von Obdachlosen. Er zahlt uns 70 Euro dafür.«

»70 Euro für jeden Namen, den er bekommt?«

Nicken.

»Für dieses Haus? Oder gibt es noch mehr solche Häuser?«

Clara zuckte mit den Schultern.

»Hat er dir auch eine Wohnung versprochen?«, fragte Sarah.

Nicken.

»Und in Wirklichkeit wollte er dich vergiften, wie er den Greißler vergiftet hat?«

Doch jetzt schüttelte Clara energisch den Kopf.

»Er hat mir eine Wohnung verschafft.«

»Meinst du dein Versteck im Wald?«

»Nein. Es ist ein Container. Der steht dort, wo sie ein Museum bauen wollen. Von der Straße aus sieht man nur eine hohe Bretterwand, dahinter ist man geschützt. Er hat gesagt, ich kann dort wohnen.«

»Wie viele Namen hast du ihm gegeben?«

»Drei. Wie viele er vom Greißler hat, weiß ich nicht.« Sie schwieg einen Moment, dann sagte sie: »Und plötzlich lag da die Schnapsflasche auf meinem Bett.«

»Daraufhin bist du weggelaufen und hast dich im Wald versteckt«, meinte Sarah. »Und warum?«

»Er sollte glauben, dass ich tot bin.«

»Das war eine gute Entscheidung«, mischte David sich ein.

»Ich wollte den Schnaps trinken. Jeden Tag. Dann wär's endlich vorbei«, sagte Clara leise. »Ich hab's aber nicht geschafft.«

Sarah sagte nichts, sondern sah Clara nur nachdenklich an. Was sollte sie auch dazu sagen?

Schließlich fragte sie David: »Warum kann Linus Freibach Clara einfach erlauben, in dem Container zu wohnen? Der Baugrund gehört doch der Höfer-Stiftung.«

»Die sind ja befreundet«, antwortete David.

»Aber wie hat er das Höfer erklärt? Sozialer Impetus?«

»Wahrscheinlich weiß Höfer nichts davon.«

»Doch, doch«, sagte Clara rasch. »Sie waren alle dort. Freibach, Kubanek, Schmid, Höfer.« Sie ratterte die Namen herunter, als hätte sie sie auswendig gelernt. »Der Schmid hatte einen Plan in der Hand, und der Höfer hat zu mir gesagt, dass ich dort nicht mehr wohnen kann.«

»Woher kennst du die alle?«

Clara kramte in ihrem Rucksack herum und holte einen zusammengefalteten Zeitungsartikel hervor. Es war Sarahs Artikel über den bevorstehenden Museumsbau, der in der Freitagsausgabe erschienen war. Ein Foto zeigte die Männer hinter dem 3-D-Modell. Darunter standen von links nach rechts ihre Namen.

»Und Kubanek? Der ist da ja nicht drauf«, meinte Sarah.

»Den Kubanek kennt jeder im Prater.«

Clara tippte mit dem Zeigefinger auf Uwe Schmid. »Der da, der war früher einmal in unserer Trafik. Kurz danach war dann die Polizei gekommen und hat Drogen bei uns gefunden.«

»Echt? Das ist ja eigenartig.«

»Ja. Ein komischer Zufall.«

Sarah schob Clara einen Kugelschreiber und ein Blatt Papier über den Tisch.

»Kannst du mir vielleicht die Adresse eurer Trafik aufschreiben?«

Während Clara schrieb, erzählte Sarah, dass auch Lucie Viktor Drogen untergejubelt worden waren. Konnte es sein, dass dieser Schmid etwas mit dem Überfall zu tun hatte? Typen wie er hatten sicher ihre Handlanger dafür. Die beiden Muskelpakete mit den Sporttaschen, von denen die Frau in der Vorgartenstraße gesprochen hatte, fielen ihr ein.

In Sarahs Kopf schwirrten die Fragen umher wie Bienen in einem Bienenstock.

Clara nahm das letzte Stück Pizza vom Teller und aß es auf. Anschließend gab sie plötzlich jede Zurückhaltung auf und begann zu erzählen. Von ihrer Trafik und dem Verlust der Wohnung. Von ihrer Verhaftung und der Zeit im Gefängnis. Schließlich vom Selbstmord ihres Mannes, ihrer bodenlosen Trauer und dem Hass auf sich selbst, weil sie ihn nicht davon hatte abhalten können. Und von dem Hass auf diejenigen, die sie ins Verderben gestoßen hatten und bis heute gesichtslos geblieben waren.

Sarah glaubte zu verstehen, dass es die Angst vor dem Weiterleben gewesen war, die Clara auf die Straße getrieben hatte.

Nachdem Clara sich das alles von der Seele geredet hatte, schwieg sie eine Weile erschöpft.

Dann vertraute sie Sarah ein Geheimnis an.

35

Der Greißler …«, begann Clara. »Er war nicht dumm. Versoffen, das ja. Aber nicht dumm.«

Sarah wartete gespannt ab, was nun kommen würde.

»Er kannte den Prater wie seine Westentasche. Die Menschen dort, die Schausteller und ihre Fahrgeschäfte. Nicht nur den Wurstelprater! Alles. Wiesen und Waldstücke, Wege durchs Unterholz, die besten Schlupfwinkel … Der Prater war sein Daheim und die Jesuitenwiese sein Wohnzimmer. Er hat immer gewusst, was los war, wer kam und wer ging und warum …«

Sie sprach schnell und aufgeregt und kratzte sich immer wieder an der Wange.

»Nur am Praterstern, da war er nie. Da waren ihm zu viele Leute. Sesshafte und Nichtsesshafte. Zu viel … Clara, hat er zu mir gesagt, das ist dein Revier. Erzähl mir, wenn was passiert, ich erzähle dir den Rest. Da habe ich angefangen damit. Mir angewöhnt zu beobachten und wieder gelernt, mir Gesichter zu merken. Wie früher im G'schäft. Da musst du dir die ja merken, wer bei dir einkauft. Stammkunden und so. Nicht die Namen, aber die Gesichter. Also haben wir aufgepasst, der Greißler und ich. Wer zu Besuch im Prater ist, wer öfter kommt, wer dort was zu tun hat …«

Sie machte eine längere Pause, offensichtlich strengte sie das viele Reden an.

Sarah merkte allerdings, dass auch das Zuhören anstrengend war und dass sie langsam ungeduldig wurde. Worauf wollte Clara hinaus? Doch sie riss sich zusammen und stellte keine Zwischenfragen.

»Weißt«, fuhr Clara endlich fort und senkte die Stimme, als hätte sie Angst, belauscht zu werden, »manchmal ist da Krieg, und da hält man sich am besten raus.«

»Krieg? Meinst du damit Auseinandersetzungen wie zwischen Tschetschenen und Afghanen?«

Es gab immer wieder Konflikte zwischen diesen beiden Gruppen, vor allem unter jungen Männern, die häufig brutal endeten und in den Medien gern als Problematik zwischen Ethnien verbreitet wurden. Dabei war das viel größere Problem sicherlich die Tatsache, dass die Leute weder etwas Sinnvolles lernen konnten noch arbeiten durften und deshalb unzufrieden wurden und oft verzweifelten.

»Weiß nicht, woher sie kommen«, antwortete Clara. »Türkei, Afghanistan, Tschetschenien, Afrika, Österreich. Alles egal. Die Drogenmenschen.«

»Drogenmenschen?«

Sarah warf David einen raschen Blick zu. Er wirkte höchst konzentriert. Fragte sich nur, wie lange noch.

»Der Greißler hat sie so genannt. An manchen Tagen sind es so viele, dass sie sich auf den Füßen stehen. Sie verkaufen ihre Verstecke leer. Dann gehen sie zu dem Haus in die Vorgartenstraße. Montag, Mittwoch und Freitag. Dann ist offen.«

So etwas hatte der Drogenfahnder ihr am Telefon erzählt, fiel Sarah ein, dass es bestimmte Tage gab und fixe Uhrzeiten, zu denen sie ihren Stoff nachkaufen konnten, und dass dort sonst alles geschlossen war.

»Wenn sie einen schnappen, kommt am nächsten Tag ein anderer. Der Greißler hat mal gesagt, dass es irgendwo ein Dealernest geben muss, weil das so schnell geht.« Sie kicherte leise.

»Hm, und dann? Was passiert mit einem, den sie schnappen, außer dass er von der Polizei natürlich in die Mangel genommen wird? Meistens lassen sie ihn doch bald wieder laufen, oder nicht?«

»Keine Ahnung, weiß ich nicht.«

Konnte es sein, dass man die Dealer, die geschnappt wurden, automatisch aus dem System ausschloss? Sie machte sich Notizen.

»Weißt du denn, wer ihnen das Zeug in dem Haus verkauft?«, fragte sie Clara.

»Die Knochenbrecher.«

»Die Knochenbrecher?«

»Ja. Die durch den Prater gehen und schauen, was so los ist. Wenn sie drauf sind, fangen sie Ärger an und brechen dir die Knochen. So Typen, die dir eine Goschen anhängen, nur weil Mittwoch ist und sie das gewaltig nervt. Um die mach ich sofort einen großen Bogen. Will keinen Zoff.«

»Würdest du sie wiedererkennen?«

»Ich hab's dir doch gerade erzählt. Ich erkenne jeden wieder, jeden!« Sie klang fast beleidigt.

»Entschuldige, Clara, das war eine blöde Frage«, sagte Sarah schnell. Sie spürte, dass die Frau kurz davor war, ihr ein Geheimnis anzuvertrauen, und sie wollte jetzt auf keinen Fall ihren Unmut erregen.

»Schon gut«, sagte Clara in versöhnlichem Ton.

Dann beschrieb sie Sarah die Knochenbrecher: Muskelpakete, Tätowierungen. Der eine ein Glatzkopf, der andere schmierig gegelte Haare. Finster dreinschauend. Böse Buben.

Sarahs Adrenalinspiegel stieg rapide an. Sie waren es! Die Typen mit den Sporttaschen. Es konnte gar nicht anders sein. Die Geschichte war einfach unglaublich!

»Hatte der Greißler denn Ärger mit ihnen?«

Clara schüttelte heftig den Kopf. »Aber nein! Der Greißler war ja tabu. Der gehörte ja zu Freibachs Leuten.«

»Freibachs Leute?«, wiederholte Sarah verblüfft.

»Na, der Greißler hat dem ja die Namen verkauft, deshalb durfte dem niemand was tun.«

Für Clara schien das logisch zu sein, doch Sarah konnte die Logik nicht ganz nachvollziehen.

»Hm«, begann sie vorsichtig, »was genau haben denn die Knochenbrecher mit dem Freibach zu tun?«

Sie sah zu David rüber und stellte fest, dass er die Frau unverwandt ansah. Ein gutes Zeichen. Er hatte angebissen und war an der Geschichte jetzt genauso interessiert wie sie selbst.

»Weiß ich nicht. Aber die sind oft im *Kuba*. Arbeiten dort. Schleppen Kisten hin oder her und so Sachen. Und der Freibach auch … Der ist auch oft im *Kuba*.«

»Also, die Knochenbrecher arbeiten im *Kuba*«, fasste Sarah zusammen, »und außerdem verkaufen sie an drei Tagen die Woche Drogen in der Wohnung Vorgartenstraße. Ist das so richtig?«

Clara nickte.

Natürlich war nicht auszuschließen, dass das alles reiner Zufall war. Doch so sicher Sarah sich war, dass Freibach Dreck am Stecken hatte, so sicher war sie jetzt, dass die Knochenbrecher für Freibach die Drecksarbeit erledigten. Womöglich waren die zwei bösen Buben sogar angestellt, mit Sozialversicherung und Urlaubsanspruch. Bei der Vorstellung musste sie ein Kichern unterdrücken. Jedenfalls hieß das im Umkehrschluss, dass Freibach – Anwärter auf einen Sessel im Hohen Haus, Kandidat in eigener Sache und mit eigener Partei –, dass dieser feine Herr in den Drogenhandel verwickelt war.

Sarah vervollständigte ihre Notizen, legte den Stift aus der Hand und sah Clara an.

»Aber wie sollen wir das alles jemals beweisen?«, fragte sie nach einer Weile.

Clara begann, in ihrem Rucksack zu kramen. Schließlich hatte sie gefunden, was sie suchte, und zog es heraus. Es sah aus wie ein Schulheft, war im DIN-A4-Format und hatte einen blauen Umschlag. Sie überreichte Sarah das Heft. Es wirkte beinahe feierlich.

»Der Greißler hat alles aufgeschrieben. Er hat mir das Heft gegeben, ein paar Tage bevor er starb. Er hat gesagt, ›Clara, wenn ich nicht mehr bin, gehört der Prater dir‹. Das hat er gesagt …«

Sarah spürte ihre Trauer. Teils aus Verlegenheit, aber teils auch aus Neugier begann sie, in dem Heft zu blättern.

»Er hat gewusst, dass er sterben würde«, sagte Clara dann. »Er hatte eine Familie.«

Sarah sah auf.

»Er hat mir einmal ein Foto gezeigt«, fuhr Clara fort. »Sein Sohn, der hatte Leukämie. Als er gestorben ist, hat seine Frau sich umgebracht. Am selben Tag. Sie ist aus dem Fenster vom Kinderzimmer gesprungen.«

»Das tut mir leid«, sagte David teilnahmsvoll.

»Das muss ja furchtbar für ihn gewesen sein.« Sarah

war ganz betroffen. »Der Schmerz muss ihn zermürbt haben …«

Clara nickte.

Sie schwiegen.

Sarah blätterte wieder in dem Heft.

Irgendwann sprach Clara weiter.

»In dem Heft da steht alles drin. Wo sie überall die Drogen verstecken. Welche Dealer ihre Ware in der Vorgartenstraße gekauft haben. Alles. Aber keine Namen. Die kannte der Greißler ja nicht. Aber passende Spitznamen. Die hat er ihnen gegeben. Man weiß immer, wen er meint. Einer heißt der Dürre. Der, den sie geschnappt haben.«

»Wahnsinn!«, sagte Sarah. Es bezog sich allerdings nicht auf den Dürren.

»Ich hab's dir ja gesagt«, sagte Clara, »so war es. Der Prater war sein Daheim. Er kannte jeden und wusste immer, was los war.«

Sie hielt inne, schenkte sich noch ein Glas Wasser ein und leerte es in einem Zug.

»Von diesen Heften gibt's noch mehr«, merkte sie dann fast beiläufig an. »Die habe ich aber alle gut versteckt.«

Sarah sah Clara an, dann David und dann wieder in das Heft. Sie konnte nicht glauben, was sie da gerade gelesen hatte, und reichte das Heft an David weiter.

»Damit können wir in den nächsten Wochen die Seiten des *Wiener Boten* füllen«, sagte sie tonlos.

Dienstag, 29. März

36

»Was für eine verdammte Scheiße!«

Freibach knallte den *Wiener Boten* auf seinen Schreibtisch. »Hast du den Bericht über das Geisterhaus gelesen?«, brüllte er ins Telefon.

»Es ist neun. Ich bin erst seit fünf im Bett«, antwortete Kubanek müde am anderen Ende der Leitung. »Ich habe nicht genug geschlafen und nichts gelesen …«

»Mir ist es scheißegal, ob oder wann du ins Bett gekommen bist! Mich interessiert, wie diese verfluchte Journalistin in das Haus kommen konnte! Warum war die Tür nicht versperrt?«

»Weil der Scheißkerl sie beim Einbruchversuch kaputt gemacht hat«, sagte Kubanek. »Hör zu, Linus, ich …«

»Diese Psychos hätten das Schloss längst austauschen müssen«, bellte Freibach dazwischen.

Ihm stand nicht der Sinn nach Kubaneks schwachsinnigen Ausreden. Dieser hirnlosen Brut durfte man einfach keine Verantwortung übergeben. Das hatte er Toni oft genug gepredigt. Kontrolle hieß das Zauberwort.

»Wofür bezahlen wir diese Idioten eigentlich?«

»Für die Drecksarbeit, nicht fürs Schlösserauswechseln«, knurrte Kubanek jetzt ärgerlich zurück. »Türschlösser sind Aufgabe der Hausverwaltung, ergo? Der Immobilienfirma. Also brüll den Geschäftsführer von denen an, aber nicht mich!«

Sie schwiegen.

Natürlich hatte Toni recht. Die Firma hätte sich längst darum kümmern müssen. Und er hatte sich von dieser Journalistin tatsächlich vorführen lassen. Sie hatte ihm verschwiegen, dass sie in dem Haus gewesen war. Diese Schlampe hatte ihn glauben lassen, an seiner Affäre mit Sonja interessiert zu sein. Doch davon stand kein Wort in der Zeitung. Wahrscheinlich hob sie sich diese Enthüllung für später auf. Gab es nicht so etwas wie eine Sauregurkenzeit bei den Medien, in der man solche Storys dankbar auswalzte? Denn darüber berichten würde sie ganz sicher.

Und jetzt das. Stellte sie in ihrem Artikel doch allen Ernstes die Frage, ob die Mieter, die es in Wirklichkeit gar nicht gab, der Geldwäsche der Immobilienfirma dienten! Das schlug doch dem Fass wahrlich den Boden aus! Er kochte. Höfer würde toben, wenn er die Zeitung in die Hände bekam.

Es klopfte, und die Tür wurde einen Spaltbreit geöffnet.

Uwe Schmid.

Freibach, den Hörer am Ohr, gab ihm mit einer Geste zu verstehen, dass er hereinkommen sollte.

»Lies den Artikel und denk drüber nach, was jetzt zu tun ist«, blaffte er Kubanek an und legte auf. »Liegt friedlich im Bett, das Arschloch, während wir uns hier um Schadensbegrenzung bemühen!«

Er schob seinem PR-Berater den *Wiener Boten* über den Tisch zu. Schmid nickte.

»Hab ich heute Morgen gelesen. Ihre dumme Frage zur RLH habe ich übrigens nicht beantwortet. Hast du die Mail auch bekommen?«

Freibach schnaubte nur und erzählte Schmid dann von dem Besuch der Journalistin.

»Der Schlampe gehört endlich gezeigt, wer hier das Sagen hat«, erboste er sich.

»Der Geschäftsführer wartet auf unsere Anweisungen. Die Presse macht ihm die Hölle heiß, die Polizei durchsucht dort sämtliche Büros. Darum sollten wir uns primär kümmern.«

Schmid begann damit, Unterlagen auf dem Konferenztisch zu verteilen.

»Sag ihm, er soll endlich das Haustürschloss austauschen lassen! Was ist das?« Freibach zeigte auf die Papiere.

»Dein Parteiprogramm«, antwortete Schmid.

»Diese verfluchte Sarah Pauli! Lass die Unterlagen bitte liegen, ich sehe sie mir später an. Ich habe jetzt keinen Kopf dafür.«

Er holte die blauen Würfel aus der Sakkotasche und drehte sie zwischen seinen Fingern. Am Wochenende noch hatte er die Kolumne der Pauli über Geschichte und Symbolik der Würfel mit großem Interesse gelesen. Diese Kolumne hatte sie eigens für ihn verfasst, da war er sicher. Sie beschäftigt sich mit mir, hatte er gedacht und sogar erwogen, sie zum Abendessen einzuladen. Dass ein solches Date bis zum Frühstück dauern konnte, war selbstverständlich im Plan inbegriffen. Und er pfiff darauf, dass sie die Geliebte des Herausgebers war. So banale Details hatten ihn noch nie interessiert.

Und dann dieser Bericht heute! »Drogen im Geisterhaus«. Wer von denen dachte sich so dermaßen schlechte Überschriften aus?

Aber sie würde sich noch wundern. Wer Linus Freibach in die Quere kam, hatte mit Konsequenzen zu rechnen. Diese Chose würde ein Nachspiel haben.

»Was ist jetzt mit dem Geschäftsführer?«, riss Schmid ihn aus seinen Gedanken.

»Herrje, sag ihm, er soll die Klappe halten. Das Ganze wird sich bald erledigen. Die Polizei findet nichts Belastendes. Sie stellen die Ermittlungen ein. Dann hört die Presse auf zu nerven. Sobald Gras über die Sache gewachsen ist, stoßen wir das Haus ab.«

»Sie werden die Banküberweisungen der Mieter überprüfen«, erwiderte Schmid.

Freibach starrte ihn an. »Warum sollten sie das tun?«, fragte er.

»Weil es die Mieter gar nicht gibt. Verdacht auf Geldwäsche. Das steht sogar schon in der Zeitung.«

»Das weiß ich selbst!«, herrschte Freibach ihn an. »Es kann uns aber scheißegal sein. Die Mietverträge sind in Ordnung, und die Mieten werden bezahlt. Es gibt keine Beschwerden. Warum sollte ein Hausverwalter kontrollieren, ob die Leute, die den Vertrag unterschrieben haben, auch selber in dem Haus wohnen? Man kann ihm schließlich nicht zum Vorwurf machen, dass er gefälschten Papieren aufgesessen ist.«

Schmid wirkte nicht ganz überzeugt. So einfach, wie Freibach das darstellte, war es nicht.

»Ich hänge mit drin«, sagte er.

»Du hängst gar nicht mit drin. Du stellst Rechnungen für PR-Tätigkeiten.«

»Die Mieten werden von verschiedenen Konten aus dem Ausland bezahlt. Das wirft doch Fragen auf.«

Freibach interessierte das einen Dreck.

»Du machst dir zu viele Gedanken, Uwe. Bis die Staatsanwaltschaft eine Kontoöffnung in diesen Ländern erwirkt, vergehen Jahre, wenn nicht Jahrzehnte. Bis dahin sind die Konten längst aufgelöst worden. Abgesehen davon kommen unsere Namen in diesem Zusammenhang nirgendwo vor. Also keep cool, alter Junge. Kein Grund zur Aufregung.«

Die Sekretärin meldete sich über die Sprechanlage: »Herr Freibach, Ihre Frau ist da.«

Der Steuerberater zögerte einen Moment, dann drückte er den Knopf. »Sie soll bitte einen Moment warten, wir sind hier gleich fertig.«

Im selben Moment flog die Tür auf.

»Störe ich etwa?«, fragte Lotte Freibach angriffslustig. »Ihr könnt eure dreckigen Geschäfte ruhig vor mir besprechen. Ich warte, bis ihr fertig seid.«

Sie setzte sich aufs Sofa, schlug grazil die Beine übereinander und sagte: »Hallo, Uwe.«

»Grüß dich, Lotte.«

Der PR-Mann raffte die Unterlagen zusammen und stopfte sie in einen Umschlag, den er auf dem Tisch liegen ließ.

»Wir sind so weit durch«, sagte er. »Ich ruf dich später an, Linus.«

»Ich habe dich hoffentlich nicht vertrieben?«, fragte Lotte mit zuckersüßer Stimme, als er sie zum Abschied auf beide Wangen küsste.

»Willst du mir vielleicht verraten, was dich zu mir führt und diesen Auftritt hier rechtfertigt?«, fuhr Freibach seine Frau scharf an, nachdem Schmid die Tür hinter sich zugemacht hatte.

»Ich lasse mich scheiden«, antwortete sie.

Für den Bruchteil einer Sekunde hielt Freibach erschrocken die Luft an. Wie bitte? Er musste sich verhört haben. Lotte war ihm verfallen, sie wachte eifersüchtig über ihn, sie liebte ihn abgöttisch. Solche Frauen verließen ihre Männer nicht, weil diese sie betrogen und schlugen.

Lotte beobachtete ihn und schien die Situation zu genießen.

Er rang um Fassung. Eine Scheidung zu diesem Zeitpunkt käme verfrüht. Er würde sie verlassen, sobald das Museum eröffnet war und er sie und ihre Galerie nicht mehr brauchte.

»Doch hoffentlich nicht wegen unserer kleinen Meinungsverschiedenheit nach der Vernissage, oder? Wäre das nicht eine Spur übertrieben?«

»Ich wollte dir diese Papiere persönlich bringen«, sagte Lotte, ohne auf seine Frage einzugehen. Sie legte ein Kuvert auf den Tisch und setzte sich wieder. »Denn ich wollte mir nicht entgehen lassen, wie du dreinschaust, wenn ich dir meine Entscheidung eröffne.«

Sie lachte glockenhell.

»Du warst bei einem Anwalt?«, fragte Freibach überrascht, fasste sich aber gleich wieder. Er musste ihr klarmachen, dass eine unbedachte Trennung ihr mehr schadete als ihm. »Dir ist aber schon klar, dass Uwe nach einer Scheidung deine Kunstwerke nicht mehr verhökert, oder? Das bedeutet, die Galerie wirft nicht mehr so viel ab, Lotte.«

Sie lachte so laut, als hätte er einen guten Witz erzählt. »Ich weiß, dass Uwe und auch Toni dir treu ergeben sind und alles tun werden, um mir in Zukunft zu schaden.« Sie deutete auf das Kuvert mit den Scheidungspapieren auf seinem Schreibtisch. »Sie gehören dir! Vergiss nicht, sie bei der Auflistung deines Eigentums anzuführen.« Linus Freibach spürte, wie die Wut in ihm anschwoll. Er hasste es, wenn nicht alle nach seiner Pfeife tanzten. Erst Toni, dann Uwe und jetzt auch noch Lotte. Am liebsten würde er zuschlagen, bis sie ihn um Verzeihung anflehen würde. Lotte hatte sicher so etwas befürchtet, deshalb war sie in sein Büro gekommen. Hier konnte er schlecht die Hand gegen sie erheben.

»Gut, wir sind also gerade dabei aufzuräumen. Ich will dich nicht im Unklaren lassen. Ich schlafe mit Sonja.«

Worte konnten ebenso wirksam verletzen wie Schläge. Er hatte mit nahezu seismografischer Genauigkeit ihre Schwachstelle getroffen. Ein feiner Riss in der Fassade. Etwas in ihr zerbrach wie feines Glas. Er hatte gewonnen.

»Das wird meinen Anwalt sicher interessieren«, sagte sie dann, und dieses Mal zitterte ihre Stimme nicht.

War sein Geständnis ein Fehler gewesen? Zu spontan, weil er sie hatte demütigen wollen? Üblicherweise wählte er seine Worte mit Bedacht.

»Das kannst du doch gar nicht beweisen«, gab er zurück und lächelte jovial.

»Du hast eine Woche Zeit, um die Papiere zu unterschreiben.«

»Und wenn nicht?«

»Dann wird's hässlich. Damit meine ich nicht deine Bettgeschichte mit Sonja. Du unterschätzt mich, Linus. Du hast mich schon immer unterschätzt.«

Sie erhob sich und ging zur Tür.

Wenn er sie jetzt packte und fest gegen die Wand

drückte … Zeugen gäbe es keine. Seine Sekretärin würde sich nicht blicken lassen, solange Lotte bei ihm war. Er musste allerdings darauf achten, dass sie keine sichtbaren Verletzungen davontrug. Ihr ins Gesicht zu schlagen war somit leider tabu.

Als hätte sie seine Gedanken gelesen, sagte sie: »Nur falls du beabsichtigst, mir heute Abend wieder einmal zu zeigen, wer der Herr im Haus ist. Eine Spedition hat meine Sachen schon abgeholt. Ich werde nicht mehr da sein, wenn du nach Hause kommst. Den Schlüssel gebe ich deiner Sekretärin, sie wird mir die Übernahme sicher quittieren.«

»Was ist mit deinem Assistenten?« Er ging noch einmal zum Angriff über. »Eine Frau in deinem Alter mit einem Mann, der ihr Sohn sein könnte. Der Boulevard wird dich in der Luft zerreißen. Ich kann dich vernichten, Lotte. Einfach so.«

Er schnippte mit den Fingern.

»Du bist machtbesessen, Linus. Früher habe ich geglaubt, dass es ein gesunder Ehrgeiz ist, der dich antreibt. Aber heute weiß ich, dass es krankhaft ist. Du bist besessen und krank.« Sie sah ihn jetzt fast mitleidig an und schüttelte langsam den Kopf. »Das wird eine sehr schmutzige und sehr teure Scheidung. Verlass dich drauf!«

»Du hast nichts gegen mich in der Hand!« Freibach kochte schon wieder vor Wut.

»Sei dir da mal nicht so sicher.« Sie öffnete ihre Handtasche, zog eine Zeitung heraus und warf sie ihm vor die Füße. »Ein kleiner Vorgeschmack. Seite 22, und achte auf den Hintergrund.«

37

Lucie Viktor wurde auf eigenen Wunsch aus dem Krankenhaus entlassen. Die Rippenbrüche heilten zu Hause ebenso gut wie die Abschürfungen, Prellungen und Blutergüsse. Sie wurde eindringlich ermahnt, sich zumindest in den nächsten acht Tagen nicht zu übernehmen und es ruhig angehen zu lassen. Sie hatte es hoch und heilig versprochen. Eine Unterschrift, dass sie ihre Entlassung selber verantwortete, und sie war endlich wieder frei.

In ihre Wohnung zurückzukommen war nach der langen Zeit erst einmal befremdlich. Kai hatte sich freigenommen, um bei ihr zu sein. Sie hatte auf dem ganzen Nachhauseweg darüber nachgedacht, ob sie das wirklich wollte.

»Das wäre aber nicht nötig gewesen«, sagte sie zu dem neuen Laptop auf ihrem Schreibtisch.

Sie ließ sich vorsichtig auf dem Sofa nieder. Jede Bewegung tat weh, und das Atmen fiel ihr noch ziemlich schwer.

»Ein Geschenk der Themis-Versicherung.«

»Es ist kein Geschenk, Kai. Die Versicherung hat nur bezahlt, was ich vorher über Monate in Raten vorfinanziert habe und mir daher zusteht.«

Das Strahlen verschwand aus seinen Augen.

»Entschuldige«, sagte sie schnell. »Wenn du dich

nicht darum gekümmert hättest, wäre das Geld noch nicht ausbezahlt worden, und ich hätte jetzt keinen Laptop, an dem ich arbeiten kann. Das weiß ich ja. Ich tue mich nur schwer damit, dass du dich um alle meine Angelegenheiten kümmerst, mir alles abnimmst.«

Sie lächelte ihn versöhnlich an.

Kai lächelte zurück, verschwand in die Küche und kam mit einer Flasche Sekt und zwei Gläsern zurück.

»Ich dachte, wir feiern erst mal, dass dir nicht mehr passiert ist.«

Manchmal fragte Lucie sich, womit sie einen derart herzensguten Menschen verdient hatte. Jetzt war so ein Moment.

Er setzte sich neben sie.

»Ich habe etwas getan, Lucie, was mich meinen Job kosten könnte.«

»Kai!«, sagte sie mit gespielter Entrüstung und hielt ihren Zeigefinger in die Höhe.

Er öffnete die Flasche, schenkte ein und reichte ihr ein Glas.

»Was hast du denn Schlimmes verbrochen?«, fragte sie.

»Mir ohne Erlaubnis meines Vorgesetzten die Versicherungsunterlagen der Galerie Freibach noch einmal angesehen.«

Er erzählte ihr in groben Zügen von dem Kunstraub.

»Jedenfalls habe ich mir die letzten Nächte mit aufwendigen Recherchen um die Ohren geschlagen.«

»Dir war wohl fad ohne mich, was?« Lucie gluckste amüsiert, hob das Glas, prostete ihm zu und trank.

Er grinste sie an.

»Ich habe mich mit mehreren Kunsthäusern und Galerien in Verbindung gesetzt und nachgefragt, ob die Bilder vielleicht dort aufgetaucht sind. Natürlich bekomme ich als kleiner Versicherungsangestellter keine Auskunft. Aber wie das Leben manchmal so spielt – ich habe das hier gefunden.«

Er hob eine Zeitung vom Boden auf und legte sie auf den Tisch. Es handelte sich um das Magazin einer Tageszeitung. Gespannt wartete Lucie ab, bis Kai die Seite fand, die er suchte.

»Ich habe das Netz und alle Kunstzeitschriften, die ich in die Finger bekam, nach Bildbeschreibungen und nach Porträts über Sammler durchforstet. Die Chance war gering, aber, voilà, meine Hartnäckigkeit hat sich gelohnt.«

Er zeigte Lucie die Seite.

»Sie haben eine Sonderbeilage über Kunst rausgegeben. Und was finde ich darin? Einen Artikel über Kunstsammler! Bingo!«

Ein wohlgenährtes und offensichtlich teuer gekleidetes Paar stand vor einem blutroten Hintergrund, auf dem Spirale, Kreise und Linien in Weiß, Gelb, Orange und Grün zu sehen waren. Erst auf den zweiten Blick erkannte Lucie, dass es sich dabei um ein großflächiges Gemälde handelte.

»Und du willst mir jetzt sagen, dass du neue Freunde gefunden hast …«

»Nein, natürlich nicht«, antwortete Kai lachend. »Es geht um das Bild im Hintergrund.«

Er zog sein Handy aus der Hosentasche.

»Du weißt, dass das impotent macht.«

»Was?«

»Handy in der Hosentasche.«

»Du klingst wie meine Mutter. Aber ich werd's mir merken«, sagte er grinsend.

»Nicht dass ich unbedingt Kinder will. Ich fühle mich eh schon fast zu alt dafür. Aber du, du bist noch jung und kn…«

»Pscht«, unterbrach er sie sanft und gab ihr einen Kuss. »Red nicht so einen Stuss.« Er suchte etwas auf seinem Handy. Als er es gefunden hatte, zeigte er es Lucie nicht ohne Stolz.

Es war ein Foto. Sie sah genauer hin und stutzte. Sah sich die Abbildung in dem Magazin an, dann wieder das Handyfoto, und auf einmal fiel der Groschen.

»Sag nicht, dass …«

»Doch. Es ist eines der Bilder aus der Galerie Freibach, die vor drei Jahren aus einem Lkw gestohlen wurden.«

38

David war am Sonntag spätnachts noch in seine Wohnung zurückgefahren. Den Schnaps würde er Martin Stein am nächsten Tag bringen, damit der sich der Angelegenheit umgehend annehmen konnte.

Sie hatten abends noch überlegt, Stein anzurufen, sodass auch er mit Clara sprechen konnte. Doch die hatte das vehement abgelehnt. Keine Polizei. Die Angst, dass man ihr nicht glaubte, saß ihr in den Knochen.

»Als sie die Drogen fanden, haben sie meinem Mann und mir nicht geglaubt, dass wir nichts damit zu tun hatten. Warum sollen sie mir diesmal glauben? Mir, einer Sandlerin?«

Auch wenn Sarah und David beteuert hatten, dass Stein nicht nur Polizist, sondern auch ein Freund war. Sie hatte nur den Kopf geschüttelt und gesagt, wenn Polizei käme, würde sie sich aus dem Staub machen.

Sarah hatte versprochen, alles zu regeln, und Clara bei sich einquartiert. Nicht zuletzt auch, um zu verhindern, dass Clara sich wirklich aus dem Staub machte. Sie selber schlief auf dem Sofa im Wohnzimmer.

Chris zeigte sich nur mäßig erfreut.

»Ist nur vorübergehend«, hatte Sarah ihn beschwichtigt. Lucie Viktor, die aus dem Krankenhaus entlassen worden war, würde Clara bei sich aufnehmen. Am Nachmittag wollte Kai Clara abholen.

Sarah und Clara hatten am Sonntagabend und den ganzen Ostermontag das Heft des Greißlers durchgearbeitet. Er hatte minutiös protokolliert, was sich wann und wo im Prater abgespielt hatte. Seine Notizen über das *Kuba* endeten allerdings vor der Eingangstür des Lokals. Dennoch erfuhren sie so, dass die Knochenbrecher oft zur selben Zeit wie Freibach dort einkehrten. Und zwar außerhalb der offiziellen Öffnungszeiten. Der Greißler hatte auch notiert, wann sie wieder herauskamen. Für ein schnelles Bier unter Freunden war das jedenfalls immer zu lange.

Dann hatten sie die Namen aus dem Heft mit denen der vermeintlichen Mieter in der Vorgartenstraße verglichen. Sie stimmten nur teilweise überein. Entweder gab es ein zweites Haus, oder die übrigen Namen dienten einem anderen Zweck.

Den Dienstagmorgen begannen sie mit einem ausgiebigen Frühstück.

Die Meldung über das Geisterhaus sorgte für Aufregung, und die Konkurrenz zog nach. In den Radionachrichten wurde ausführlich auf Sarahs Artikel Bezug genommen. Die Staatsanwaltschaft ermittelte ab sofort in Sachen Geldwäsche.

»Da hast du ja ganz schön was losgetreten«, sagte Clara fasziniert.

»Ja. Das ist das Schöne an meinem Job. Ab und zu kann ich etwas bewirken.« Sie tippte auf das Heft. »Und dank dem Greißler kann ich Freibach und Konsorten jetzt mit dem Drogenverkauf in Verbindung bringen.«

Laut Bewegungsprofil des Greißlers war auch Toni Kubanek zweimal in dem Haus in der Vorgartenstraße, ebenfalls in weiblicher Begleitung. Sarah wusste nicht, ob ein Richter das Heft als Beweismaterial akzeptieren würde. Doch ein erfahrener Ermittler wie Stein stellte sicher die richtigen Fragen.

Nach dem Frühstück musste Sarah in die Redaktion. Es gab viel zu tun, denn sie wollte in den nächsten Tagen über all das schreiben, was Clara ihr anvertraut und was sie in dem Logbuch des Greißlers gelesen hatte.

»Ich melde mich«, versprach sie Clara.

Als sie in ihr Büropostfach griff, erwartete sie die nächste Überraschung.

Auf dem Umschlag, den sie in der Hand hielt, stand nur ihre Adresse, aber kein Absender. Abgestempelt worden war der Brief im 20. Bezirk.

Sarah öffnete ihn. Es waren mehrere DIN-A4-Seiten, und sie nahm sich gleich die erste vor.

Kurz danach glaubte sie zu wissen, wer ihr das geschickt hatte.

Sie beschloss, sofort eine Sitzung einzuberufen. Doch zuallererst rief sie Simon an.

»Hör zu, Simon, ich maile dir jetzt ein paar Namen von Firmen. Kannst du oder können deine Freunde checken, ob es eigenständige Firmen sind, oder ob sie zu einem Konzern gehören? Möglicherweise international. Außerdem interessiert mich alles, was du über Höfer, Kubanek und Freibach rausfinden kannst. Ach ja, vielleicht kannst du auch noch checken, wer der Eigentümer eines Wohnhauses ist, die Adresse maile ich dir auch.«

Simon schnaubte.

»Darf's sonst noch was sein? Seit wann bin ich Handlanger der Chronik-Redaktion?«

»Bitte!«, sagte Sarah eindringlich.

Eine halbe Stunde später hatte die kleine Gruppe sich im Konferenzraum versammelt. Kunz, Stepan, Sarah und Patricia. Sarah legte die Papiere auf den Tisch und äußerte ihre Vermutung bezüglich des Absenders. Dann berichtete sie von Kai Lackners Besuch in der Redaktion.

»Wer, wenn nicht er, könnte eine vollständige Liste der vor drei Jahren gestohlenen Bilder erstellen? Und dann diese Zeitungsbeilage, in der eines dieser Bilder zu sehen ist. Ich habe Kai Lackner noch nicht erreicht, aber dafür mit dem Geschäftsleiter der Versicherung gesprochen. Sie werden diesen Fall noch einmal aufrollen. Und wir können gerne darüber schreiben, sagt er. Aber jetzt kommt der Clou. Dieses Bild hängt seit vielen Jahren im Wohnzimmer des Ehepaares, die beiden Kunstsammler, die man hier vor dem Bild stehen sieht.« Sie hielt die Kopie in die Höhe. »Es hat seitdem weder den Besitzer gewechselt, noch wurde es jemals gestohlen.«

»Also doch ein Versicherungsbetrug«, sagte Stepan. »Das heißt, dass die Frachtpapiere des Lkws damals gefälscht waren.«

»Genau. Im Moment überprüft die Versicherung, ob noch mehr als gestohlen gemeldete Bilder an Wänden von Sammlern hängen. Was ein schwieriges Unterfangen ist, weil Kunstsammler meistens ungern preisgeben, was sie besitzen. Abgesehen davon können sie ja an jedem Ort der Welt sein …«

Patricia berichtete nun, wie sie auf die Spur der Sachbearbeiterin Tamara Tempic kam, die vormals bei der Versicherung angestellt war.

»Leider sind wir noch nicht an sie rangekommen. Ihre Sekretärin blockt ab.«

»Auch Uwe Schmid, der Chef der Agentur, spricht nicht mit uns«, fügte Sarah hinzu.

Kunz blickte Sarah über den nicht vorhandenen Brillenrand seiner Silhouette hinweg an.

Sie legte das Heft des Greißlers und ihren Block mit den Notizen auf den Tisch und fasste den Inhalt zusammen.

»Wir haben also die Aufzeichnungen eines Alkoholikers, der jahrelang auf der Straße lebte, bevor er umkam«, merkte Stepan launisch an.

»Wir sind keine Ermittler, Günther«, erwiderte Sarah. »Wir müssen keine handfesten Beweise für eine Anklage zusammentragen. Wir stellen Fragen und schreiben Artikel, die unsere Leser hoffentlich interessieren, und manchmal bringen wir die Polizei auf eine Spur.«

»Wofür du dann die Lorbeeren einheimst?«, fragte Stepan.

Sarah begann zu lachen.

»Schön, dass du jetzt ausgerechnet den Lorbeer erwähnst«, sagte sie, »aber den brauchen wir nicht. Wir haben ja das hier.« Sie tippte auf das Heft.

Stepan sah sie verständnislos an.

»Was hat der Lorbeer mit dem Heft zu tun?«

»Die altgriechischen Priesterinnen kauten Lorbeerblätter, damit sie Visionen bekamen. Und Lorbeer wurde auch nachgesagt, dass sein aromatischer Rauch Wahrsagern die Kraft gab, Verborgenes zu sehen«, erklärte Sarah. Dann klopfte sie erneut auf das Heft. »Aber wir brauchen jetzt weder Visionen noch Wahrsagerei. Die Knochenbrecher, wie Clara sie nennt, sind nach den Aufzeichnungen des Greißlers dieselben, die sozusagen die Tatorte reinigten. Zumindest im Fall Martha Wesselys und Friedrich Ladewigs. Vermutlich auch im Fall Greißler. Lucie Viktor beschrieb den Ort als besenrein.«

»Noch mal. Die Fantasien eines Alkoholikers, so wird es heißen«, sagte Stepan noch immer nicht überzeugt.

»Kann schon sein, Günther. Trotzdem werde ich morgen in meinem Artikel nicht unerwähnt lassen, dass Freibach sich die Namen der drei erkaufte, um sie für seine kriminellen Machenschaften zu missbrauchen, und dass er in der Vorgartenstraße regelmäßig seine Geliebte traf.«

»Welches Motiv hätte der Freibach denn, obdachlose Personen umzubringen?«, fragte Kunz jetzt.

»Erpressung«, antwortete Sarah. »Das wäre das Motiv beim Greißler. Der wusste von dem Haus, für das er die Namen als Platzhalter an Freibach verkauft hatte. Die 70 Euro, die er für jeden Namen bekam, reichten ihm nicht mehr als Schweigegeld.«

»Und was waren die Motive für die Morde an … Wie hießen die anderen noch mal?«, fragte Stepan.

»Martha Wessely und Friedrich Ladewig. Ich habe keine Ahnung. Und ich glaube leider nicht, dass der Freibach mir diese Frage beantworten wird.«

»Versuch trotzdem, einen Kommentar von ihm einzuholen, bevor wir in Druck gehen«, wies Kunz sie an.

»Ja klar. Sobald ich meine Artikel geschrieben habe, will ich auch Stein eine Kopie des Heftes von dem Greißler zukommen lassen. Was dann die ermittelnden Behörden draus machen …« Sie zuckte mit den Schultern. »Jedenfalls haben wir unsere Story.«

In dem Moment ging die Tür auf, und Conny kam

herein. Sie stutzte kurz, da sie die versammelte Runde antraf, und dann verkündete sie: »Stellt euch mal vor, die Lotte Freibach hat ihren Mann angezeigt.«

Sie machte eine Kunstpause, und alle starrten sie wie gebannt an.

»Vergewaltigung.«

39

Der Dienstagnachmittag begann mit einer Hiobsbotschaft.

Die Sekretärin legte Freibach eine Mail von Höfer vor, in der dieser die Zusammenarbeit mit Freibachs Steuerberatungskanzlei mit sofortiger Wirkung aufkündigte. Das betraf sämtliche Unternehmen, in denen Höfer Anteile hielt. Eine beachtliche Anzahl und eine Menge Geld. Von dem Reputationsschaden, wenn sich das herumsprach, einmal ganz abgesehen.

Freibach griff augenblicklich zum Telefonhörer.

»Die Frau eines Freundes ist tabu«, sagte Höfer statt einer Begrüßung.

Hatte Lotte sich etwa ausgerechnet bei seinem alten Freund ausgeheult? Ihm von der Vergewaltigung erzählt und womöglich auch ihre Blessuren hergezeigt? Höfer mochte ein hinterhältiger Dreckskerl sein. Doch er konnte es auf den Tod nicht leiden, wenn man Frauen schlecht behandelte. Darin unterschieden sie sich.

»Das ist doch nicht der wahre Grund, Harry. Nur weil ich mit Sonja schlafe, kündigst du doch nicht ein hervorragend funktionierendes Arbeitsverhältnis auf. Nicht, wenn für dich so viel dabei rausspringt. Wir sind Freunde, Harry. Und du weißt, dass ich es mit der ehelichen Treue nicht so genau nehme. Mein Gott, dann habe ich halt die Frau eines Freundes flachgelegt. Den

Toni wird's nicht kümmern, der hat genug andere.«

»Die Frau eines Freundes ist tabu«, wiederholte Höfer ungerührt.

»Der besteigt die Sonja doch nur aus Pflichtgefühl. Das hat er mir schon vor langer Zeit gesteckt.«

»Du wirst dich als Gesellschafter aus all unseren gemeinsamen Unternehmen zurückziehen« sagte Höfer, ohne auch nur mit einer Silbe auf Freibachs Rechtfertigungsversuche einzugehen. »Auch aus dem *Kuba*. Die dazu erforderlichen Papiere werden dir noch heute von meiner Anwaltskanzlei zugestellt. Morgen liegen sie unterschrieben auf meinem Schreibtisch. Haben wir uns verstanden?«

»Du spinnst doch, Harry!« Freibachs Stimme kippte. »Was ist eigentlich los, verdammt noch mal? Warum drehst du jetzt plötzlich völlig durch?«

»Du verarschst mich, Linus«, sagte Höfer mit messerscharfer Stimme. »Du weißt sehr genau, dass ich das nicht mag. Schon gar nicht von jemandem, der nun bald seit einem Vierteljahrhundert vorgibt, mein bester Freund zu sein.«

»Ich gebe nichts vor, Harry, ich bin dein bester Freund.«

Freibach hörte ihn schnauben.

»Wenn du schon an meiner Freundschaft zweifelst«, fuhr er rasch fort, »dann schau dir mal an, wie viel Geld ich dir in den letzten Jahren eingespielt habe. Millionen, Harry, es sind Millionen!«

»Ich habe in letzter Zeit große Summen Geld verloren. Eine ganze Ladung Drogen inklusive wertvoller Gemälde und jetzt das Zeug aus der Wohnung …«

»Wir haben das verloren. Wir, Harry. Nicht du alleine«, korrigierte Freibach ihn. »Und was die Verluste betrifft, die wirtschaften wir im Nullkommanichts wieder rein. Der Lkw ist schon unterwegs.«

Ein dröhnendes Lachen war die Antwort.

»Du hast es immer noch nicht kapiert, Linus.«

Dann sprach er ein Wort aus, das sich wie ein Messer zwischen Freibachs Rippen bohrte.

»Singapur.«

Der Steuerberater schluckte schwer. Woher wusste er … Niemand konnte etwas davon wissen. Der Fahrer war tot, und das Netzwerk in Asien hatte er peinlich genau von allen anderen Unternehmungen getrennt gehalten. Nachdem Lotte ihm die Zeitung vor die Füße geknallt hatte, hatte er sich sofort mit seinen Leuten in Singapur in Verbindung gesetzt. Alle Gemälde lagen im Tresor, bis auf eines. Wie das passieren konnte, vermochte keiner seiner Kontaktleute ihm zu erklären. Irgendwer spielte ein falsches Spiel. Er musste so schnell wie möglich hinfliegen und selbst nachsehen. Er musste eruieren, wer ihn bestohlen und das Bild diesem verfluchten Sammlerpaar verkauft hatte, das nun behauptete, es seit Jahren zu besitzen.

»Weißt du, Linus, ich habe mich seit geraumer Zeit gefragt, wie lange du mich schon bescheißt.« Höfers schneidende Stimme durchdrang seine Gedanken. »Diese Frage gab ich übrigens auch dem Privatdetektiv mit auf den Weg. Der, den ich für die Suche nach den gestohlenen Bildern engagiert habe. Du kannst dich sicher erinnern, Linus. Ich sprach mit dir darüber, dass ich plane, einen anzuheuern, und das hab ich jetzt getan.«

Da war er wieder. Der Privatdetektiv.

»Nun hat dieser Detektiv ein paar sehr interessante Dinge herausgefunden.«

Höfer legte eine Pause ein.

Bloß jetzt nicht rechtfertigen, dachte Freibach, das käme einem Schuldgeständnis gleich.

»Du bist draußen. Aus allem, Linus.«

Freibach wollte etwas erwidern, doch seine Kehle verengte sich. Er rang nach Luft.

Höfer legte auf.

Freibach behielt den Hörer in der Hand und starrte ihn eine Weile an, als wäre er ein seltenes Tier.

Dann begann es, in seinem Hirn zu rattern. Hatte Uwe denn nicht die afrikanischen Kunstwerke aus der Galerie alle nach Asien verkauft? War es möglich, dass Uwe das Depot entdeckt hatte? Nein. Und falls doch, so wäre er zu ihm gekommen. Niemals hätte Uwe hinter seinem Rücken Höfer davon erzählt. Es musste diesem Privatdetektiv also tatsächlich gelungen sein, seinem Geheimnis auf die Spur zu kommen.

Zuerst war es einmal wichtig, Lottes Glaubwürdigkeit zu beschädigen, solange ihm dazu noch Zeit blieb. Zertreten würde er sie wie eine Kakerlake.

Er hielt sich den Hörer wieder ans Ohr und rief Oskar Kretschmer an. Der zeigte sich erfreut über Freibachs Anruf. Das Interview dauerte keine fünf Minuten, danach war alles geklärt.

In dem Moment begann sein Handy zu vibrieren. Uwe. Ausgerechnet jetzt? Ob das reiner Zufall war?

»Uwe?«

»Lotte hat dich angezeigt«, sagte der PR-Mann ohne Begrüßung.

»Was zum Teufel …«

»Die Staatsanwaltschaft ermittelt schon. Meines Wissens ist die Polizei gerade auf dem Weg zu dir«, unterbrach er Freibach.

Freibach hielt für einen Moment die Luft an.

Dieses verfluchte Weibsbild!

Also doch Singapur. Und zwar auf der Stelle.

»Uwe, du musst mir einen Gefallen tun.«

40

Stepan, Patricia, Conny und Sarah gingen gemeinsam ins Büro der Chronik. Sissi zockelte Conny wie immer hinterher. Herbert Kunz kehrte an seinen Schreibtisch zurück, bat jedoch darum, auf dem Laufenden gehalten zu werden.

Patricia setzte eine große Kanne Kaffee auf und bestellte beim Italiener für alle etwas zu essen. Denn es würde ein sehr langer Arbeitstag werden. Doch sie waren hoch motiviert und felsenfest davon überzeugt, einer sensationellen Geschichte auf der Spur zu sein.

Conny setzte sich an einen der leeren Schreibtische und erstattete den anderen Bericht über ihr Telefongespräch mit Lotte Freibach.

»Vergewaltigung, häusliche Gewalt und? Jetzt kommt's.« Es folgte die unvermeidliche Conny-Spannungspause.

»Drogenkonsum!«

»Jessas na!«, rief Sarah aus.

»Der Freibach konsumiert Kokain schon zum Frühstück, sagt seine Noch-Gattin. Mädels? Stepan? Das gibt eine Schlagzeile!«

»Komisch, dabei habe ich doch mehrmals Face-to-Face-Gespräche mit dem geführt. Mir ist nie etwas aufgefallen. Ich checke so was einfach nicht«, meinte Sarah kopfschüttelnd.

»Tja, bist halt unsere Unschuld vom Lande«, meinte Conny.

Sarah schnitt ihr eine Grimasse.

»Sind das alles Tatsachen, oder will sie ihn nur fertigmachen?«, fragte Stepan in die Runde.

Conny zuckte mit den Schultern.

»Er hat eine Geliebte, die zwei stehen vor der Scheidung, es geht ums Geld«, zählte die Gesellschaftsreporterin an den Fingern ab. »Verleumdung war schon immer ein beliebter Racheakt. Die Freibach ist krankhaft eifersüchtig. Sie ist nicht der Typ Frau, der in einer solchen Situation ein Paar neue Schuhe, ein paar Gin Tonic und ein Wellness-Wochenende auf Kosten des Gatten helfen. So gesehen ist es natürlich gut möglich, dass sie das nur erfindet, um ihm eine reinzuwürgen.« Wieder zuckte sie mit den Achseln. »Aber eigentlich kann uns das egal sein. Fakt ist, sie hat ihn angezeigt und mir das in dem Interview alles bestätigt. Ergo kann ich darüber schreiben. Sollen unsere Leser sich doch selbst ihre Meinung bilden.«

»Conny, Sarah, koordiniert bitte eure Artikel. Ich will nicht zweimal dieselbe Story in ein und derselben Ausgabe lesen.«

»Das musst du uns nicht extra sagen, Günther, wir sind Profis«, raunzte Conny ihn empört an.

»Und bitte keine Storys auf Boulevardniveau«, setzte Stepan noch nach.

Das war zu viel.

»Haben wir schon jemals auf diesem Niveau geschrieben?«, brauste Conny voller Zorn auf.

In dem Augenblick kam der Pizzabote mit einem Turm von Pizzakartons herein. Das rettete Stepan vor Connys Wutausbruch, der von allen gefürchtet wurde.

Sie aßen die Stücke aus der Hand, während sie weiterarbeiteten.

Sarah tapezierte nach und nach die Wand mit ihren Skizzen. Geldwäsche, Vergewaltigung, Drogen. Sie zog Verbindungslinien, korrigierte sich, schrieb auf, was ihr einfiel und was ihr zugerufen wurde.

Nachdem sie die Pizzen aufgegessen hatten, zerpflückten sie gemeinsam die Details. Versuchten, sich einen Überblick zu verschaffen. Aus den zusammengetragenen Einzelheiten eine Struktur zu erkennen.

Zwischendurch telefonierte Patricia mit der Pressestelle der Polizei. Sie erfuhr, dass der Müll in den hauseigenen Containern des Vorgartenstraßenhauses aus Tetrapacks, Kunststoffflaschen, Getränkedosen und Zigarettenstummeln bestand.

»Und benutzte Kondome haben sie gefunden«, schloss sie. »Jetzt klappern sie sämtliche Bars, Lokale und Puffs in der Umgebung ab und sichern Vergleichsproben.«

Conny prustete los. »Bei dem DNA-Abgleich wäre ich gerne dabei!«

Daraufhin fingen sie alle an zu lachen.

Nachdem sie sich wieder beruhigt hatten, rief Sarah bei Martin Stein an. Sie wollte ihm von dem Heft erzählen, von den Muskelmännern und wie sie mit dem *Kuba* zusammenhingen …

Stein war nicht erreichbar.

»Dann eben noch mal die Pressestelle der Landespolizeidirektion«, sagte sie und wählte die Telefonnummer. Sie vertraute der Beamtin einige Rechercheergebnisse an, die im *Wiener Boten* veröffentlicht werden würden. Das Logbuch des Greißlers ließ sie jedoch unerwähnt. Von dem sollte Stein als Erster erfahren.

Kurz danach war Sarah darüber im Bilde, dass die Mieten von Konten ausländischer Bankinstitute überwiesen wurden.

»Von diesen Konten wurden auch die Möbel bezahlt, die übrigens samt und sonders online bestellt wurden«, ließ die Pressesprecherin sie noch wissen.

Simon kam mit einem Stapel Papier in der Hand herein.

»So viele auf einmal?«, stöhnte er beim Anblick der Anwesenden und machte ein Gesicht, als wollte er rückwärts wieder hinausgehen.

Sarah beendete ihr Telefonat und winkte Simon herbei.

Er kam und drückte ihr die Papiere in die Hand.

Es waren die Informationen, um die sie ihn gebeten hatte und die man bei keiner Telefonauskunft bekam. Ein wenig subversiv war das Ganze schon.

»Lotte Freibach ist nur Geschäftsführerin ihrer Galerie. Der Eigentümer ist die Höfer Kunstförderung GmbH mit Sitz in der Schweiz. Gesellschafter sind Höfer und Freibach und noch eine Firma namens Art Consulting Limited auf Zypern.«

»Ein Offshore-Unternehmen also«, sagte Sarah wenig überrascht.

»Und was die anderen Unternehmen betrifft, also die sind Tochterunternehmen einer großen Holding mit Hauptsitz in Zürich. Ausgenommen die PR-Agentur. Die gehört wirklich dem Schmid.«

»Das hast du alles in der kurzen Zeit recherchiert?«

Sarah war beeindruckt, und auch Stepan nickte anerkennend.

»Na ja, wenn man halt weiß, wo man suchen muss«, brummelte Simon verlegen.

Conny lehnte sich im Stuhl zurück und verschränkte die Arme hinter ihrem Kopf.

»Wetten, dass …«, begann sie. Nachdem sie sich der Aufmerksamkeit aller im Raum vergewissert hatte, sprach sie weiter: »Wetten, dass für all diese Firmen unser Herr Freibach die Steuererklärungen erledigt?«

»Ich weiß ja nicht, ob das wichtig ist«, meinte Simon, »aber es gibt weitere Tochterunternehmen. Ein Getränkelieferant in Niederösterreich und eine Reederei in Marseille.«

Sarahs Augenbrauen wanderten nach oben.

»Ooookay«, sagte sie, während sie sich erhob und langsam auf die Wand zuging. »Da schicken die ihre Gelder schön im Kreis herum.« Sie zeigte auf eine bestimmte Notiz. »Also. Die RLH besitzt ein Haus, in dem eine Bunkerwohnung gefunden wird …«

»Denen gehört übrigens auch das Wohnhaus, dessen Adresse du mir noch gemailt hast«, unterbrach Simon sie.

»Das ist das Haus, in dem die Weismanns ihre Trafik hatten«, erklärte sie den anderen und berichtete über den Drogenfund kurz nach Schmids Besuch in dem Tabakladen. »Okay, dann ist eigentlich klar, warum man bei ihnen das Kokain gefunden hat. Man wollte diese beiden unrentablen Mieter loswerden.« Sie warf einen Blick auf die Notizen an der Wand. »Wie auch immer, weiter im Text. Art Move Management. Die organisieren seit drei Jahren den Transport von Kunstwerken für die Galerie Freibach, höchstwahrscheinlich über die

Reederei in Marseille. Beide, Reederei und Transportfirma, sind Tochterunternehmen der Holding.«

»Und ebenso seit drei Jahren werden in der Galerie vorwiegend Kunstwerke aus Südamerika und Nordafrika präsentiert.«

Sie erhob ihren rechten Daumen.

Stepan schüttelte skeptisch den Kopf.

»Schon wieder? Dem Freibach konnte man bislang nichts in der Richtung nachweisen.«

»Nehmen wir mal an, dass das Rauschgift und die Bilder mit demselben Transport nach Europa kommen und auch nach Wien«, sagte Sarah. »Die Kunstwerke werden in Wien über die Galerie Freibach in die ganze Welt verkauft, wie wir ja bereits wissen. Die letzte Ausstellung geht eins zu eins nach Asien. Die Einnahmen aus den Verkäufen landen auf Konten in Offshore-Destinationen, also Steueroasen, und fließen dann über Konten unterschiedlicher Geldinstitute wieder zurück in die österreichischen Tochterunternehmen. Ich nehme an, dass sowohl das *Kuba* als auch das Geisterhaus Teil dieses Systems sind.«

»So wird das schmutzige Geld ganz unauffällig wieder blütenweiß gewaschen«, sagte Conny, als ginge es um ein neues Waschmittel.

»Was vielleicht nie aufgeflogen wäre, wenn der Pechvogel von Dealer die Polizei nicht praktisch direkt zu dem Haus geführt hätte«, ergänzte Patricia.

»Sag, Conny«, begann Sarah, »kann man im *Kuba* auch Drogen kaufen?«

Es gab nämlich nicht wenige Lokale in Wien, die ihren Stammkunden gern einen solchen Service anboten, das wusste Sarah.

»Kaufen? Weiß ich nicht. Konsumieren? Sicher. Ich habe ja selber gesehen, wie ein paar Mädels sich unten im Vorraum der Toiletten eine Line gelegt haben.«

Sarah überfiel plötzlich eine grausige Idee.

»Was, wenn die sich im *Kuba* praktisch ihre Patienten angeln, um sie später in ihrer eigenen Drogenklinik medienwirksam behandeln zu können? Leute, die sich den Entzug einiges kosten lassen. Solche Gäste haben sie ja dort. So würde sich der Kreislauf des Geldes wieder schließen. Für die armen Schweine, die sie über das Praternetzwerk mit Drogen versorgen, richten sie einen eigenen Trakt in ihrer Klinik ein. Deren Entzug lassen sie sich dann von den Krankenkassen bezahlen. Das Trio Freibach-Kubanek-Höfer verdient also auf allen Ebenen. Und zwar sowohl an den suchtkranken Menschen als auch an deren Genesung. Clever ausgetüftelt, das muss man ihnen lassen. Sich erst die Vormachtstellung im Drogenhandel sichern, zumindest im Prater, und sich dann als Heilsbringer gerieren.«

Einen Moment lang war es ganz still.

Es war ebenso ungeheuerlich wie naheliegend, was Sarah da gerade ausgeführt hatte.

»Beweisen müsste man's halt können«, sagte Stepan schließlich.

»Ich sag's euch gleich, den Geldfluss der Offshore-Unternehmen kann ich nicht exakt nachverfolgen«, sagte Simon. »Das ist extrem kompliziert und erfordert unendlich viel Zeit.«

»Verlangt auch keiner«, brummte Stepan. »Wir haben sowieso nicht die Ressourcen, um in einem solchen Ausmaß zu recherchieren.«

»Du willst jetzt aber nicht damit sagen, dass wir unsere Ergebnisse ans Bundeskriminalamt für Wirtschaftskriminalität übergeben, oder?«, fragte Sarah. »Ich habe Stein sowieso schon auf das Haus hingewiesen.«

»In dem die Polizei immerhin vorher schon die Bunkerwohnung aufgestöbert hat«, relativierte Stepan.

»Aber von denen ist doch keiner von allein auf die Idee gekommen, sich das ganze Haus mal genauer anzuschauen!«, gab Sarah zurück.

Fast automatisch fasste sie an das Corno an ihrer Halskette. Meistens half das in angespannten Situationen.

»Außerdem, was heißt denn hier Ergebnisse?« Stepan knüpfte an Sarahs Frage an. »Es ist doch nicht verboten, Offshore-Unternehmen oder eine Holding in der Schweiz zu gründen. Auch Tochterfirmen sind legal. Wir können weder Drogenschmuggel noch Geldwäsche belegen. Im Moment ist alles, was wir hier an diesem Tisch besprechen, reine Spekulation. Und wie ihr wisst, veröffentlichen wir keine nur halb recherchierten Vermutungen. Also, worüber können wir schreiben?«

Sarah hatte das Heft mit dem blauen Umschlag aus ihrer Tasche gezogen und hielt es in die Höhe.

Im selben Moment kam eine Meldung herein. Sarah öffnete die E-Mail an ihrem PC, las und traute ihren Augen nicht.

»Hört mal … Die Polizei sucht Freibach.«

41

Die Wohnung war klein und stickig. Niemals würde Freibach freiwillig in so einem Loch wohnen. Doch seine überstürzte Flucht hatte ihn zu dieser Maßnahme genötigt. Hier würde ihn sicher niemand suchen. Das Haus stand leer. So wie das in der Vorgartenstraße, nur in einer weniger schönen Umgebung. Dafür aber in der Nähe des Flughafens. Er würde am nächsten Morgen so früh wie möglich das Land verlassen. Uwe kümmerte sich gerade um alles. Und würde später noch vorbeikommen, um ihm ein paar Sachen zu bringen. Einen Koffer mit sauberer Kleidung und Toilettenartikel. Ein paar Unterlagen aus der Kanzlei. Bargeld. Den Reisepass trug er bei sich, wusste jedoch nicht, ob er ihn benutzen konnte. Vielleicht stand sein Name ja schon auf sämtlichen Fahndungslisten dieser Welt. Das würde Uwe noch rausfinden und ihm sagen, falls der Flughafen für Linus Freibach wirklich dicht sein sollte. Denn in dem Fall brauchte er einen neuen Fluchtweg und einen neuen Pass. Danach musste er sich überlegen, wie es weitergehen sollte. Das musste er allerdings sowieso.

Wenigstens einen Fernseher gab es in dieser abgewohnten Bude. Freibach hatte ihn sofort eingeschaltet, nachdem er hier eingetroffen war.

Jetzt brachten sie in den Abendnachrichten schon

den bevorstehenden Skandal. Sie bezogen sich auf Informationen, die der *Wiener Bote* über den Online-Pressedienst verbreitet hatte und die am nächsten Morgen in gedruckter Form erscheinen würden. Sarah Paulis Name fiel. Natürlich. Sie hatte den Stein ja schließlich ins Rollen gebracht. Deshalb hieß es in der *Zeit im Bild* sogar schon, Linus Freibach hätte sich die Namen obdachloser Personen erkauft, um sie dann für diverse Geschäftsgebaren zu missbrauchen. Wie zum Beispiel als Platzhalter für Mieter eines Hauses, die es gar nicht gab.

»Die Mieten sind von ausländischen Bankkonten auf das Konto der Immobilien RLH geflossen«, zitierte man aus Sarah Paulis Artikel. Auch ohne dass die Begriffe »Steuerbetrug« oder »Geldwäsche« expressis verbis fielen, würde wohl die Mehrheit der Zuschauer genau daran denken.

»Verflucht noch einmal!«, brüllte Freibach. »Woher weiß diese blöde Funzen das überhaupt alles?«

In dem Moment wurde ihm klar, dass niemand ihn hören konnte. Es war sonderbar. Er konzentrierte sich schnell wieder auf die Nachrichten.

Der Kunstraub von vor drei Jahren wurde nun auch neu aufgerollt, erfuhr er. Die Rede war von einer Mitarbeiterin der PR-Agentur Schmid, die für Freibachs Partei arbeitete und damals Sachbearbeiterin in der Themis-Versicherung war. Sie hatte den Fall Freibach bearbeitet. Kurz nach Abschluss des Falls nahm sie den Job bei der Agentur an. Anschließend ging es um die ominöse Geschichte des Bildes, von dem das Ehepaar behauptete, dass sie es schon vor etlichen Jahren erstanden hätten …

»Bla, bla, bla«, murmelte Freibach. Er hörte nicht mehr weiter zu, es ödete ihn zu sehr an.

Plötzlich war Lottes dezent geschminktes Gesicht auf dem Bildschirm. Akkurat gezupfte Augenbrauen. Helle Bluse. Verhangener Blick.

Sie hatten sie interviewt.

»Es gibt Hinweise darauf, dass mein Noch-Ehemann hinter dem Diebstahl von vor drei Jahren steckt.« Sie wollte aber den Ermittlern nicht vorgreifen und nur so viel dazu sagen: »Die Einkäufe in Nordafrika wickelte damals er ab.«

Dass jenes Bild des Sammlerehepaares nicht in dem Lkw war, wusste sie nicht.

Auf die Frage, ob es noch mehr Bilder gab, die auf der Liste standen, in Wirklichkeit jedoch an der Wand eines Sammlers hingen, schüttelte Lotte den Kopf.

Sie tupfte sich mit einem Taschentuch unsichtbare Tränen aus den Augenwinkeln.

»Was läuft da für eine Scheiße?«, brüllte er den Bildschirm an. »Das Scheißbild war im Lkw! Du und Harry, ihr wisst ganz genau, dass die restlichen Scheißbilder in einem Tresor in Singapur liegen. So wie die Scheißdrogen, die auch in dem Lkw waren. Was für eine verdammte Scheiße läuft hier?«

Schlagartig wurde ihm etwas klar. Dieser Zeitungsartikel war gekauft, so wie auch das Sammlerpaar gekauft worden war. Von Harry. Der Vernichtungsfeldzug gegen ihn hatte begonnen. Und er würde grausam werden, wenn er sich nicht augenblicklich aus allen Geschäften zurückzog. Dass er das nicht zu tun gedachte, hatte er Höfer unmissverständlich in einer E-Mail mitgeteilt.

»Nein, ich weiß nicht, warum mein Mann das getan hat«, hörte er ihre Stimme und sah genauer hin. Sie tupfte sich schon wieder unsichtbare Tränen weg.

»Du hättest Schauspielerin werden sollen, du verfluchte Schlampe!«, schrie er ihr Gesicht im Fernsehen an.

Dann verschwand Lotte endlich von der Bildfläche. Natürlich wurde jetzt über ihre Trennung geschwafelt. Die Anzeige gegen ihn wegen Vergewaltigung. Sein Drogenkonsum. Die Ermittlungen gegen ihn …

Seine Talfahrt war endgültig nicht mehr aufzuhalten. Er würde Österreich für sehr lange Zeit den Rücken kehren müssen, denn sonst wanderte er wahrscheinlich bald ins Gefängnis. Und während er dort versauerte, würden Harry und Lotte die Bilder verschwinden lassen. Nachdem es ihnen gelungen war, eines herauszuholen, waren die restlichen Gemälde auch nicht mehr sicher in dem Tresor.

Gut, er hatte Harry betrogen und zahlte jetzt den Preis dafür.

Auf einmal fiel ihm ein, dass Lotte Harry gar nicht genannt hatte, als es um die Auflistung seines Eigentums ging. Sie hatte nur gesagt, er sollte Uwe und Toni nicht vergessen. Erst jetzt war ihm klar, warum. Die beiden waren Verbündete in einem Kampf, der ihn, Linus Freibach, vernichten sollte.

Aber wie konnte dieser Privatdetektiv das Depot in Singapur ausfindig machen? Verdammt, wie? Was steckte dahinter? Seine Gedanken begannen sich immer mehr im Kreis zu drehen.

Er nahm seine blauen Würfel in die Hand, schüttelte sie und ließ sie auf den Couchtisch fallen.

Zwei Einser. Kein gutes Omen.

Er schaltete den Fernseher aus, setzte sich auf die Couch und wartete. Etwas anderes konnte er nicht tun.

Die Minuten kamen ihm vor wie Stunden.

Es läutete an der Tür. Uwe, endlich!

Er öffnete und begriff im selben Augenblick, dass die Würfel recht behalten hatten.

Mittwoch, 30. März

42

Die Schlammschlacht ist eröffnet«, sagte Sarah, die Kretschmers Artikel in *Neues der Woche* las.

Er behauptete darin, dass Lotte Freibach seit Jahren ein Verhältnis mit ihrem Assistenten Richard unterhielt. Das Ganze stützte sich auf ein Interview, das er mit Linus Freibach geführt hatte. Der sagte, seine Frau würde Lügengeschichten über ihn verbreiten, um ihm zu schaden. Nichts über ihn und Sonja Kubanek, nichts über Drogenschmuggel oder über die Bunkerwohnung. Kein Kommentar in dieser Sache von Lotte Freibach oder von ihrem Assistenten. Stattdessen mehrere Sätze über Freibachs unermüdlichen Kampf gegen die zunehmende Drogenkriminalität und seine vorbildlichen Aktivitäten in dieser Hinsicht …

»Was für ein Zynismus!«, sagte Sarah kopfschüttelnd und legte die Zeitung weg. »Ich bin mal gespannt, wie lange Kretschmer & Co. dem Meister der Steuererklärung noch die Stange halten.«

»Da er untergetaucht ist, wahrscheinlich nicht mehr lange«, meinte Patricia. Sie gab ihren Artikel in den PC ein und nippte zwischendurch an ihrem Kaffee.

Die Nacht war kurz gewesen. Sie hatten erst nach Mitternacht Schluss gemacht. Jetzt war es gerade halb neun, trotzdem waren alle schon wieder da.

Die Tür wurde aufgerissen, Conny stürmte herein.

»Stellt euch vor, das *Kuba* hat tatsächlich zugemacht!«, verkündete sie aufgebracht. »Und wenn's wahr ist, schon vorgestern. Ich habe es jetzt erst erfahren.«

Und so schnell sie hereingestürmt war, stürmte sie wieder hinaus.

Sarah und Patricia warfen sich einen irritierten Blick zu.

»Das scheint sie echt zu ärgern, was?«, meinte Patricia.

»Ich weiß nur nicht, was sie mehr ärgert. Dass das *Kuba* geschlossen ist oder dass man es ihr erst heute gesagt hat.« Sarah strich sich eine Strähne aus der Stirn. »Aber interessant ist, dass der Laden ausgerechnet jetzt seine Pforten schließt …«

Sarah hatte am Vorabend das Heft des Greißlers für Stein kopiert. Jetzt rief sie an.

»Wenn es nicht wichtig ist, lege ich gleich …«

»Ich wünsche Ihnen auch einen wunderschönen guten Morgen!«, säuselte sie. Im Hintergrund hörte sie Verkehrslärm. Er schien im Auto zu sitzen. »Gibt es schon etwas Neues über Freibach?«

»Ich muss gleich einem Toten ins Gesicht schauen.«

»Ein Toter? Wo und wer?«, fragte Sarah neugierig, während sie Patricia ein Zeichen gab, dass sie die Polizeimeldungen abrufen sollte.

»Was wollen Sie?«, fragte Stein seufzend. »Und ja, in dem Schnaps Ihrer obdachlosen Freundin wurden Spuren von Rizin gefunden.«

Ich habe es doch gewusst, jubelte sie stumm. »Na, dann hoffe ich, dass Sie Freibach bald finden und ihm den Schnaps unter die Nase halten können.«

Patricia schüttelte den Kopf. Offenbar gab es keine Polizeimeldung über einen Toten in Wien.

»Ich würde Ihnen gerne etwas geben.«

Sie erklärte ihm kurz, worum es ging und was es mit dem Heft auf sich hatte.

»Gut, ich komme später auf einen Sprung bei Ihnen vorbei. Ach, und übrigens handelt es sich bei dem Toten um Freibach.«

Sarah blieb die Luft weg.

Freibach war tot?

»Bis später«, sagte Stein, und bevor sie noch etwas sagen konnte, legte er auf.

Sie war wie vom Donner gerührt. Freibach war tot. Die Sache mit dem Rizin konnte sie vergessen.

Simon. Er hörte manchmal den Polizeifunk ab. Sie wählte seine interne Nummer an und umriss in wenigen Worten ihr Anliegen.

»Ich muss wissen, wo.«

»In seiner Kanzlei«, gähnte Simon in den Hörer.

»Aber da hat man ihn doch gestern schon gesucht.«

»Mehr weiß ich auch nicht. Ist er halt später dorthin zurückgekommen.«

»Okay, danke!«

Zu Patricia sagte sie: »Ich fahre zur Kanzlei von Freibach. Und du schau bitte, ob du über die Pressestelle an genauere Informationen kommst.«

»Da war wahrscheinlich einer mit seiner Steuererklärung unzufrieden«, frotzelte Patricia.

Sarah tat so, als hätte sie die Bemerkung nicht gehört, und eilte aus dem Büro. Im Flur fiel ihr ein, dass sie die Kopien vergessen hatte. Sie lief zurück, stopfte die Papiere in ihre Umhängetasche und verließ das Büro zum zweiten Mal.

Im Treppenhaus schimpfte sie leise vor sich hin. Jetzt

hatte sie so viel Zeit in die Recherche über den Scheißkerl investiert. Freibach hatte wirklich Talent, sich aus heiklen Affären zu ziehen.

Es war kalt draußen. Dunkelgraue Wolken hingen bleischwer am Himmel. Sarah schlug ihren Mantelkragen hoch. Sie erwog, ein Taxi zu nehmen, entschied sich aber dann doch für die U-Bahn, weil sie knapper dran war als geplant.

Sie stand vor dem Gebäude am Franz-Josefs-Kai und kam nicht einmal bis ins Treppenhaus. Der ganze Komplex war zum Sperrgebiet erklärt worden. Mitarbeiter und Chefs der benachbarten Firmen hatten sich draußen versammelt. Sie wurden von Sanitätern des Roten Kreuzes mit warmen Getränken und tröstenden Worten betreut.

Immer mehr Journalisten erschienen auf der Bildfläche. Ein Fernsehteam. Der Pressesprecher der Polizei kam gerade aus dem Haus. Mikrofone schossen auf ihn zu. Sarah hielt ihr Diktiergerät so nah wie möglich dran.

Der Polizeisprecher hob seine Hände und bat um Geduld. Man wusste noch nicht viel. Die Kanzlei war verwüstet worden. Sofort prasselten die Fragen auf ihn ein. Er hob wieder die Hände. »Später«, sagte er. Dann wandte er sich um und ging zurück in das Haus.

Freibachs Sekretärin saß völlig aufgelöst auf einer Bank vor dem Haus. Eine Decke lag über ihren Schultern. Eine Frau vom Roten Kreuz saß neben ihr und versuchte, sie zu beruhigen. Sarah vermutete, dass die Sekretärin ihren Chef gefunden hatte. Sie war sehr blass, und man sah ihr den Schock deutlich an. Sarah wollte mit ihr sprechen, unbedingt.

La curiosità è la madre della sapienza. Das war einer der Lieblingssprüche ihrer Großmutter gewesen. »Neugier ist die Mutter der Weisheit.« Sarah konnte kaum Italienisch, aber die Sinnsprüche ihrer Großmutter verstand sie.

Die Sanitäterin erhob sich von der Bank und ging auf eine andere Frau zu. Sarah nutzte sofort die Gelegenheit, setzte sich neben Freibachs Angestellte und begrüßte sie freundlich. Die Frau sagte schluchzend, was für ein großartiger Mensch und Chef Freibach gewesen war. Sarah war nicht sicher, ob sie sie wiedererkannte. Sie sprach leise und wirkte erschöpft. Dennoch erfuhr Sarah nach und nach, dass die Sekretärin die Tür aufgebrochen vorgefunden hatte, dass Freibach erschossen worden war und dass ein heilloses Chaos in der Kanzlei herrschte.

»Sicher waren es Einbrecher, und er hat sie überrascht.«

»Wahrscheinlich.« Sarah nickte, weil alles andere jetzt nicht gepasst hätte. »Ich habe gehört, dass die Polizei gestern in der Kanzlei war.«

Unentwegt liefen Tränen über die Wangen der Frau. Sie wischte sie nicht ab. »Ja. Herr Freibach war aber nicht da, und ich wusste auch nicht, wo er war. Die Polizisten durften mir nicht sagen, worum es ging.«

Sie sah Sarah jetzt zum ersten Mal richtig an.

»Die obere Schreibtischlade ist voll mit Drogen.« Sie schüttelte verzweifelt den Kopf. »Das konnte ich doch nicht wissen. Die war immer verschlossen. Ich dachte, dass er wichtige Dokumente darin aufbewahrt.«

Sarah nickte verständnisvoll.

»Er hat immer so viel gearbeitet. Halbe Nächte verbrachte er im Büro. Kein Wunder, dass er ab und zu … Das hält doch kein Mensch aus.«

»Stimmt. Das hält kein Mensch aus.«

Die Sanitäterin kam mit einem Plastikbecher Kaffee zurück. Sie warf Sarah einen misstrauischen Blick zu. Okay, dachte Sarah. Zeit, sich zu verabschieden. Sie drückte die Hand der Frau. Kurz. Mitfühlend. Sie tat ihr wirklich leid. Für sie war eine Welt zusammengebrochen.

Sarah entfernte sich ein Stück von dem allgemeinen Trubel und rief Patricia an. Die hob sofort ab und begann augenblicklich zu sprechen: »Ich hab leider noch nichts Neues für dich. Der Beamte in der Pressestelle verweist auf seinen Kollegen vor Ort. Hast du den schon gesehen?«

»Ja. Der sagt aber auch nicht viel.«

Sarah gab durch, was sie soeben erfahren hatte. Während sie telefonierte, kam ein junger Polizist aus dem Haus. Er hielt den Kopf gesenkt, vermied jeden Augenkontakt und lief sehr schnell auf einen Einsatzwagen zu, der augenblicklich davonfuhr.

»Entschuldige, aber die haben da was gefunden«, sagte Sarah. »Ich melde mich später wieder.«

Sie drückte erst Patricia weg und wählte dann Steins Nummer. Der Chefinspektor hob nicht ab. Sie schrieb ihm eine SMS.

Was haben Sie gefunden?

Sarah ging vor dem Haus auf und ab. Stein würde sich melden, sobald er Zeit hatte. Ganz sicher. Ab und zu sah man Leute von der Spurensicherung in ihren weißen Overalls. Der Pressesprecher der Polizei tauchte wieder auf. Erste Informationen. Freibach war ermordet worden. Genaueres nach der Obduktion. Derzeit sah alles nach einem Einbruch aus. Man wusste nicht, wonach die Täter gesucht hatten.

Ein Leichenwagen fuhr heran. Zwei Männer stiegen aus. Dunkle Anzüge, weiße Hemden, dunkle Krawatten. Fast ehrfürchtig und in perfekter Choreografie zogen sie einen Metallsarg aus dem hinteren Teil des Kombis. Ein eingespieltes Team offenbar. Journalisten und Schaulustige, die beim Haustor standen, wichen rasch zur Seite, als fürchteten sie, der Tod könnte ansteckend sein.

Mit stoischen Blicken verschwanden die Bestatter im Haus.

Eine SMS. Endlich, Stein.

Zehn Minuten.

Na gut. Sie wartete.

Ihre Kollegen trollten sich einer nach dem anderen. Das Kamerateam zog ab, nachdem der Pressesprecher ein paar Worte ins Mikrofon gesagt hatte. Kretschmer hatte sie nirgends gesehen, was sie wunderte.

Es dauerte zwanzig Minuten, bis Stein kam.

»Wieso fragen Sie, ob wir etwas gefunden haben?«

Sie beantwortete seine Frage und ergänzte: »Ich bin gut darin, Körpersprache zu deuten.«

Stein schüttelte amüsiert den Kopf.

»Und erzählen Sie mir nicht, dass Sie Kokain in Freibachs Schreibtischschublade gefunden haben, denn davon gehe ich aus«, fuhr Sarah fort.

»Wie kommen Sie auf Drogen?«

»Weil seine Frau ihn unter anderem auch wegen seines Kokainkonsums angezeigt hat.«

Dass sie sich mit Freibachs Sekretärin unterhalten hatte, behielt sie für sich.

Stein lachte. »Was machen Sie eigentlich bei der Zeitung, Sarah? Kommen Sie doch zu uns!«

»Ihr müsst euch an zu viele bürokratische Regeln halten.«

»Da haben Sie allerdings recht.«

Sarah überreichte ihm den Umschlag mit den Kopien.

»Sie finden darin unter anderem auch genau beschrieben, wo sich im Prater Drogenverstecke befinden.«

Stein zog mit gerunzelter Stirn die Zettel aus dem Briefumschlag.

»Wir haben bei Freibach tatsächlich Kokain in einer Schublade gefunden«, sagte er, während er interessiert die Seiten überflog.

»Das dürfte eine gängige Methode in diesen Kreisen sein. Clara Weismann und Lucie Viktor wurden Drogen untergejubelt, und ich bin mir sicher, dass in beiden Fällen Freibachs Männer dahinterstecken. Immerhin konnte sich Clara an Uwe Schmid erinnern, als sie sein Bild in der Zeitung gesehen hat«, fasste Sarah zusammen.

Stein sah Sarah wieder an.

»Freibach selbst dürften die Drogen nicht untergejubelt worden sein«, sagte er. »Er hat sie konsumiert. Das hat mir gerade der Amtsarzt bestätigt, der die Leiche untersucht hat.«

»Aber deswegen ist Ihr Kollege vorhin nicht so eilig davongebraust.«

Stein lachte und schob die Kopien zurück ins Kuvert.

»Also gut. Wir haben eine Karte gefunden, die zu einem Schließfach am Westbahnhof gehört. Darin haben wir das Eigentum von Lucie Viktor gefunden. Kamera, Computer, Disketten. Alles da. Und ein Baseballschläger. Vermutlich die Tatwaffe, mit der Lucie Viktor niedergeschlagen wurde.«

Freitag, 2. April

43

Es vergingen kaum zwei Stunden, bis die Polizei sämtliche Drogenverstecke im Prater ausgehoben hatte, die der Greißler in seinem Logbuch notiert hatte. In der Folge gelang es ihr, weitere Dealer festzunehmen. Ein Highlight für Drogenfahndung und Presse.

Die Medien überschlugen sich mit Meldungen. Die Zerschlagung eines Drogenrings, in dem zumindest eine bekannte Persönlichkeit ihre Finger im Spiel hatte, war für sie Gold wert. »Politiker entpuppt sich als Drogenboss!«, »Steuerberater spielt doppeltes Spiel!« und so weiter. Freibach war tot, Klagen waren also keine zu befürchten. Und die Unterlagen, die man in seinem Büro gefunden hatte, wiesen ihn eindeutig als Drahtzieher der Drogenbande im Prater aus.

Clara schnitt jede Meldung ordentlich aus und klebte sie in ein Heft. Der *Wiener Bote* titelte: »Das Heft des Greißlers entlarvt Verbrechen.« Diese Überschrift gefiel ihr am besten. Sie war stolz darauf, das Vermächtnis des alten Säufers der richtigen Person in die Hand gedrückt zu haben.

Es läutete an der Wohnungstür. Lucie erhob sich von ihrem Bürostuhl und ging hinaus, um zu öffnen.

»Endlich!«, rief sie, als sie die beiden Uniformierten im Hausflur stehen sah.

Vierundzwanzig Stunden nachdem es in einem

Schließfach am Westbahnhof gefunden worden war, händigten zwei Beamte Lucie das Equipment aus. Sie hatte schon ungeduldig auf ihr Heiligtum gewartet.

Sarah hatte am Tag vorher angerufen, sie über den Fund im Schließfach informiert und im *Wiener Boten* darüber geschrieben.

Man hatte noch versucht, Spuren zu sichern, jedoch keine gefunden, die man auswerten konnte. Außer Erde, Gras und Lucies Fingerabdrücken gab es nichts auszuwerten. Der oder die Täter hatten höchstwahrscheinlich Handschuhe getragen. Lucie war das jetzt alles egal. Sie lebte, es ging ihr täglich ein wenig besser, und sie bekam ihre geliebte Kamera wieder. An eine Ausstellung in der Galerie Freibach verschwendete sie keinen Gedanken mehr. Doch sie arbeitete weiter an dem Bildbandprojekt und hoffte, einen passenden Verlag dafür zu finden, den sie überzeugen konnte. Aber das würde sie erst angehen, wenn sie wieder vollkommen gesund war.

Eine Frau und ein Mann überreichten ihr die Kamera und ihre Umhängetasche. Sie baten Lucie nachzusehen, ob alles vorhanden war. Ausweise, Geldbeutel, Schlüssel, Taschentücher. Fertig. Nichts fehlte.

»Würden Sie bitte auch die Fotos in unserem Beisein überprüfen«, bat die Polizistin sie. Lucie sah die Frau an. Das intensive Grün ihrer Augen war ihr sofort aufgefallen. Die Farbe beflügelte ihre Fantasie. Grün würde vielleicht das Thema ihres nächsten Fotoprojekts werden.

»Vielleicht findet sich auf einem der Fotos ja ein Hinweis«, sagte der Polizist und holte sie ins Hier und Jetzt zurück.

»Natürlich. Kommen Sie doch weiter.«

Lucie drückte die Speicherkarte aus der Kamera und ging zu ihrem Schreibtisch.

Die beiden folgten ihr.

Clara kochte gerade Tee.

»Meine Mitbewohnerin Clara Weismann«, stellte Lucie sie vor und steckte die Speicherkarte in den Laptop.

Clara war vor ein paar Tagen bei Lucie eingezogen. Was angesichts der wenigen Dinge, die sie mitbrachte, ein müheloses Unterfangen gewesen war.

Sie wollten ihre Wohngemeinschaft so lange beibehalten, bis Clara sich wieder eine eigene Wohnung leisten konnte. Nach der Therapie, in der sie über ihre Ängste und Depressionen sprechen konnte, was ihr gleich beim ersten Mal sehr gutgetan hatte, und wenn sie einen Job gefunden hatte. Verkäuferin, Kellnerin, Putzfrau. Egal. Hauptsache Arbeit.

Kai war etwas verstimmt, weil er selber gerne bei Lucie eingezogen wäre. Lucie versprach ihm, dass sie das diskutieren würden, sobald Clara wieder auf eigenen Füßen stand. Lucie liebte Kai. Doch sie war nicht sicher, ob sie die richtige Frau für ihn war und ob sein pedantisches Gehabe ihr nicht irgendwann doch zu sehr auf die Nerven gehen würde. Schutzbehauptungen … Denn eigentlich lag es vor allem an ihrer Angst vor zu viel Nähe.

Das stand jedoch im Moment auf einem anderen Blatt.

Die Fotos waren einmalig. Die, die sie aus der Hüfte geschossen hatte. Magisch und gruselig zugleich. Über allen Nachtaufnahmen lag ein Schleier aus Dunkelheit wie ein Leichentuch. Lucie klickte von Bild zu Bild.

»Etwas Ungewöhnliches drauf? Vielleicht etwas, das nicht Sie fotografiert haben? Oder das Ihnen beim Fotografieren noch gar nicht aufgefallen ist, sondern erst jetzt?«

Die Polizistin mit den schönen grünen Augen löcherte sie mit Fragen. Wie sollte sie einer Laiin erklären, dass sie selbst nicht genau wusste, was auf den Bildern zu sehen sein würde. Dass darin die Faszination und zugleich die Herausforderung lagen: eben nicht genau zu wissen, was man ablichtete.

»Nein«, antwortete sie. »Nichts Ungewöhnliches.«

»Schade«, sagte die Polizistin.

Lucie sah ihr an, dass sie das Schwein, das nachts im Prater Frauen zusammenschlug, am liebsten eigenhändig gefasst hätte.

»Aber vielleicht haben wir Glück, und es findet sich noch eine Spur am Baseballschläger.«

Baseballschläger?

Das Wort setzte bei Lucie sofort einen Erinnerungsprozess in Gang. Sie schloss ihre Augen. Baseballschläger, Baseballschläger, Baseballschläger hallte es in ihrem Kopf wider.

»Na dann …«

Die Polizisten räusperten sich.

»Moment! Warten Sie!«

Lucie riss ihre Augen wieder auf. Sie öffnete einen Ordner. Es gab ein Foto mit dem Titel »Wut«, und danach suchte sie.

»Es kann natürlich auch ein Zufall sein.«

Nervös fuhr sie sich durchs Haar.

Dann hatte sie das Foto gefunden. Es zeigte zwei Männer. Einer mit einem Kahlkopf, der brutal aussah und böse. Der andere wirkte verschüchtert und sah verwahrlost aus. Er wurde wahrscheinlich von dem Kahlkopf bedroht.

»Der Knochenbrecher!«, rief Clara aus.

Alle drei drehten sich überrascht zu ihr um.

Clara näherte sich dem Bildschirm und sagte: »Der da, das ist der Knochenbrecher. Und der andere ist der Fritz. Friedrich Ladewig. Man hat seine Leiche in der Venediger Au gefunden.«

Die Polizistin machte sich sofort Notizen.

»Ich habe sie vor der Geisterbahn fotografiert«, erklärte Lucie. »Ich habe mich beim Fotografieren vor allem auf die Augen von dem Glatzkopf konzentriert, auf diesen … Ausdruck von Hass, den ich darin sah. Hinterher bei der Bildbearbeitung ist mir etwas aufgefallen, das für mein Projekt aber gar nicht relevant war. Darum hatte ich es wieder vergessen. Bis Sie vorhin etwas von einem Baseballschläger gesagt haben.«

Sie zoomte einen bestimmten Ausschnitt des Bildes näher heran. Man erkannte zuerst die Hand, dann die untere Handkante, innen. Und dann erschien eine Tätowierung im Großformat.

Es waren zwei Baseballschläger.

44

Sarah rief Lucie an. Sie wollte sich erkundigen, wie es Lucie und Clara ging. So erfuhr sie die Neuigkeiten aus erster Hand. Die Polizei fahndete inzwischen mit Hochdruck nach den Männern.

»Die beiden haben einiges auf dem Kerbholz, sagt Clara. Aber das weißt du ja schon.«

Ja, das wusste Sarah, zumindest ansatzweise. Anhand des Logbuches konnte sie inzwischen ein wenig nachvollziehen, wie das Praternetzwerk funktionierte. Die Knochenbrecher waren Verkäufer. Sie verkauften den Stoff an kleinere Dealer. Diese Dealer hatten überall im Prater ihre Verstecke. Wenn einer von ihnen geschnappt wurde, ersetzte ihn innerhalb eines Tages ein anderer. Woher diese Dealer kamen, konnte Sarah dem Heft nicht entnehmen. Der Greißler hatte nur ihre Hautfarbe und besondere oder auffällige Eigenheiten notiert. »Zwinkert andauernd mit den Augen«, »trägt einen Schlagring mit sich herum« oder »verhält sich auffällig unauffällig«.

»Der Fritz, der hat gestohlen«, hörte sie Claras Stimme im Hintergrund.

»Was hat Clara gesagt?«, fragte Sarah.

Lucie schaltete den Lautsprecher ihres Telefons ein, damit sie sich zu dritt unterhalten konnten.

»Der Fritz hat jeden bestohlen«, wiederholte Clara.

»Außerdem hat der gewusst, wo sie die Drogen versteckt haben. Bestimmt hat er sich bedient. Der hat alles genommen, was er kriegen konnte, Drogen, Alkohol, alles. Wenn er sich nur für ein paar Stunden wegbeamen konnte.«

»Deshalb wollte der eine der beiden Knochenbrecher ihm auf die ganz unsanfte Art einbläuen, dass das nicht geht«, sagte Lucie.

»Ja, ein erschlagener oder erstochener Sandler wäre aufgefallen. Da war Rizin im Schnaps die saubere und unauffällige Lösung«, meinte Sarah. »Nur warum hat der Freibach nicht seinen Handlangern das Morden überlassen? Warum ist er ein solches Risiko eingegangen, seine Opfer aufzusuchen und sie persönlich zu vergiften?«

»Vielleicht hat er seinen Handlangern nicht vertraut«, meinte Lucie.

»Oder er wollte sicher sein, dass die den Schnaps auch trinken«, sagte Clara.

»Zum Glück warst du nicht in dem Container, als er dir den Schnaps einflößen wollte!«, sagte Sarah erleichtert.

Die Antwort auf die Frage, ob Fritz Ladewig sterben musste, weil er Drogen gestohlen hatte, hatte Freibach mit ins Grab genommen. Auch der Grund für Martha Wesselys Tod war unklar geblieben. Entweder war sie Freibach auf die Schliche gekommen, so wie der Greißler, oder er wollte sie einfach so loswerden, wie er Clara loswerden wollte. Vielleicht war es auch die pure Lust zu zerstören. Die Marionetten für sein perfides Spiel kaputt zu machen. Sarah war sicher, dass er eigentlich keine starken Motive brauchte. Sie hielt ihn für einen Psychopathen. Empathielos. Gefühlskalt. Einer, der gab und nahm, so wie es ihm gerade passte. Seine Witwe Lotte Freibach gab jede Menge Interviews, in denen sie der Welt erklärte, wie ihr Mann von dem charmanten Kunstkenner zu einem drogensüchtigen Brutalo mutiert war. Höfer und Kubanek gaben keine Statements ab. Sie hielten sich im Hintergrund und waren praktisch unsichtbar.

Nach dem Gespräch mit den beiden Frauen rief Sarah Stein an.

»Der Kubanek weiß von nichts«, vermeldete Stein. »Weder von den Drogen noch von dem Drogenring, den seine schweren Jungs im Prater überwachten. Behauptet er.« Seinem Tonfall entnahm Sarah, dass Stein am Wahrheitsgehalt dieser Aussage ebenso zweifelte wie sie. »Im Haus in der Vorgartenstraße war er zweimal in Begleitung. Eine hoch bezahlte Begleitung noch dazu«, fuhr der Inspektor fort. »Ich habe die Rechnungen von der Vermittlungsagentur gesehen. Respekt, kann ich nur sagen. Die Wohnung hat Freibach ihm angeboten, sagt er. Und dass er annahm, sein Freund hätte sie zu diesem Zweck angemietet.«

»Na klar«, meinte Sarah. »Die Knochenbrecher sind seine Mädchen für alles, und Freibach war sein Freund und Geschäftspartner. Da kann man schon mal das eine oder andere Detail vergessen.«

»Man kann leider nicht automatisch den Chef festnehmen, wenn dessen Mitarbeiter kriminelle Handlungen begehen«, merkte Stein an.

»Hm«, machte Sarah nur.

»Kubaneks Frau wohnt vorübergehend in einem Hotel.«

»Ich habe Ihnen doch gesagt, dass Sonja Kubanek und der Freibach ein Verhältnis hatten.«

»Eine Affäre ist kein Verbrechen. Und landläufiges Getratsche vergesse ich in dem Moment, in dem man mir davon erzählt. Es sei denn, es hat mit einem Mord zu tun, nur dann interessiert es mich.«

»Ich hab's begriffen. Was passiert jetzt?«

»Wir suchen nach den Männern.«

»Ich weiß. Aber wo?«

»Überall.«

»Was ist mit dem *Kuba*? Die arbeiten ja dort.«

»Das *Kuba* hat geschlossen. Der Kubanek hat uns übrigens freiwillig durchs Lokal geführt. Da ist niemand mehr, und nichts deutet darauf hin, dass sich dort jemand versteckt.«

»Vielleicht ist ja später jemand da.«

»Die Kollegen schauen dort regelmäßig vorbei, können aber auch nicht Tag und Nacht vor dem Lokal herumlungern. Das kostet den Staat zu viel und würde womöglich nichts bringen. Denn unter uns, ich persönlich glaube, dass die Ratten das sinkende Schiff längst verlassen haben.«

»Hm.«

»Sarah?«

»Ja?«

»Wir suchen nach den beiden Männern. Ist das klar?«

»Klar.«

»Ich meine das ernst.«

»Ich auch.«

Das *Kuba* war im geschlossenen Zustand seines Zaubers beraubt. So wie die meisten Nachtlokale war es tagsüber auf deprimierende Weise hässlich. Bereits zig Meter davor roch man kalten Rauch und abgestandene Luft. Der rote Teppich war verschwunden.

Sarah rüttelte an der verschlossenen grauen Stahltür, die noch vor gar nicht langer Zeit eine glitzernde Pforte war, die in einen bunten Palast führte. Jetzt erschien sie wie der Hüter einer finsteren Welt. Wie sich doch die Wahrnehmung änderte, wenn man wusste, was hinter den Kulissen geschah. Über den Parkplatz gelangte man zu der Rückseite des Gebäudes. Sarah entschied sich jedoch für den schmalen und mit hohen Hecken begrenzten Pfad. Hier war sie geschützter, falls doch mal jemand kam. Sie schrammte mehrmals mit den Schultern an der Hausmauer entlang. Ein Fenster war gekippt. Ob sich dahinter Kubaneks Büro befand? Sarah blieb stehen. Heruntergelassene Rollos versperrten den Blick hinein. Sie hielt die Luft an und lauschte. Nichts zu hören.

Vorsichtig schlich sie weiter. Auf der Rückseite des Hauses schlug ihr der Geruch nach abgestandenem Alkohol entgegen. In meterhoch aufeinandergestapelten Getränkekisten drängten sich unter einem Dachvorsprung nahe dem Lieferanteneingang leere und volle Flaschen. Daneben verschlossene Kartons. Vermutlich Wein. Es sah so aus, als wäre die letzte Getränkelieferung ignoriert worden. Zwei Glascontainer standen direkt neben der Hintertür. Vorsichtig drehte sie den Türknauf. Geschlossen. Sie hob den Deckel des Restmüllcontainers an. Er war leer. Vielleicht war er erst gestern oder heute Morgen geleert worden. Vielleicht früher.

Wind kam auf. Sie sah hinauf zum Himmel. Graue

Wolken schickten sich an, ihn in Besitz zu nehmen. Es sah nicht nach einem gemütlichen Abend aus.

Die Hintertür im Auge behaltend, schaltete sie ihr Handy auf lautlos, drückte sich an die Wand hinter die Getränkekisten und wartete. Mit etwas Glück ließ sich ja jemand blicken. Dann konnte sie Stein Bescheid sagen.

Es begann zu regnen. Der Dachvorsprung schützte sie nur minimal. Es regnete zwischen Dach und Kisten hindurch über ihr Gesicht und ihre Jacke. Was für eine blöde Idee! Nur um Stein zu beweisen, dass sie recht hatte? Irgendwie auch. Sie war vor allem felsenfest davon überzeugt, dass die gesuchten Männer sich im *Kuba* aufhielten.

Irgendwann hörte sie das Geräusch eines näher kommenden Autos. Sie versuchte, durch die Handöffnungen der Kisten hindurch etwas zu erkennen. Ein schwarzes Auto. Kubanek stieg aus. Er ging zur Hintertür, sperrte sie auf und verschwand im Haus. Sarah überlegte, ob sie ihm folgen sollte. Doch als sie ihr Versteck schon verlassen wollte, wurde die Hintertür von innen geöffnet. Zwei Männer kamen heraus.

Kubanek und der Muskelprotz mit den gegelten Haaren.

Bingo!

Sie gingen zum Auto und öffneten den Kofferraum.

Die offene Kofferraumklappe versperrte ihnen den Blick auf die Hintertür. Das war der Moment. Sarah atmete tief durch und rannte gebückt, so schnell sie konnte, zur Tür. Sie schob sich hinein und betete stumm, nicht dem zweiten Muskelmann in die Arme zu laufen. Doch in dem Raum, den sie betrat, war niemand.

Sie sah sich um. Es schien eine Art Lagerraum zu sein. Zwei breite Kühlschränke, Kisten, ein Tisch, unzählige Kartons ...

Da hörte sie ihre Stimmen. Sie kamen zurück. Ein Versteck, sie brauchte ein Versteck. Sie zwängte sich in aller Eile hinter einen der beiden Kühlschränke. Ihr Herz raste, sie unterdrückte krampfhaft einen nervösen Niesanfall und hielt die Luft an.

Die Tür wurde geöffnet, und sie kamen herein. Der eine der beiden Handlanger, der eine Kiste schleppte, und Kubanek, der neben ihm herging. Als sie an dem Kühlschrank vorbeigingen, hinter dem sie hockte, hielt Sarah wieder die Luft an.

Sie blieb unbemerkt. Die Männer gingen weiter und wieder durch eine Tür, die offenbar in das Lokal führte. Sarah atmete erleichtert aus. Dann zählte sie bis zwanzig und quetschte sich hinter dem Kühlschrank hervor.

Lautlos huschte sie zu der Tür, die die Männer zum Glück offen gelassen hatten. Sie drückte sich flach gegen die Wand und lauschte. Wenn sie sich nicht täuschte, sprachen jetzt vier Männer miteinander.

»Ich hoffe, niemand hat euch dabei gesehen, wie ihr Freibach von der Wohnung in die Kanzlei gebracht habt.«

Diese Stimme kannte sie nicht.

Stille.

»Euer Geld liegt auf Schweizer Konten.«

Das war Kubanek.

Sarah hörte, wie etwas auf die Theke klatschte.

»Verhaltet euch unauffällig.«

Wieder die fremde Stimme.

»Keine großen Ausgaben, keine Saufgelage, die ihr finanziert. Keinen Kontakt zueinander oder zu uns in den nächsten zwei Jahren.«

Räuspern.

»Falls ihr euch nicht an meine Anweisungen haltet oder versucht, mich zu bescheißen …«

Pause.

»Denkt an Freibach. Das kann auch euch jederzeit passieren, wenn ihr versucht, mich aufs Kreuz zu legen. Und glaubt mir, ich habe viele Freunde überall.«

Der musste Freibachs Mörder sein. Aber wieso bescheißen? Worum hatte Freibach ihn betrogen?

»Und glaubt mir, ich finde Ersatz für euch. Es gibt immer jemanden, der so was erledigt. Wenn die Polizei euch schnappt, haltet ihr den Mund. Niemand kann euch zwingen, eine Aussage zu machen. Es soll euer Schaden nicht sein.«

Was sollte das? Hatten etwa die Knochenbrecher Freibach im Auftrag der namenlosen Stimme umgebracht? Verdammt, sie musste rausfinden, wer da sprach.

»Der Lkw fährt um drei Uhr ab.«

Das war wieder Kubanek.

Wo? Wo bitte fährt der Lkw ab? Sag, von wo er abfährt. Die Adresse. Und was ist in dem Lkw drin?

»Wenn ihr nicht pünktlich da seid, fährt er ohne euch. In München steigt ihr in den Flieger. Einmal Kuba, einmal Singapur.«

Rascheln von Papier.

»Hier sind eure Tickets.«

Die planen die Flucht der Knochenbrecher!

Sie sollte Stein endlich benachrichtigen. Ihre Tasche …

Verdammte Scheiße! Die lag noch hinter dem Kühlschrank!

Ein Geräusch ließ Sarah aufblicken. Sie starrte direkt in das grimmige Gesicht eines Mannes mit Glatze und schwarzen Augen.

Der Mann stieß sie vor sich her in den Barbereich und drückte sie auf einen Barhocker. Seine Hand umfasste fest ihre Schulter. Sie hatte keinen Bewegungsspielraum.

»Sieh an! Sieh an!«, tönte Kubanek. »Die Frau Pauli vom *Wiener Boten*. Was verschafft uns denn die Ehre?«

Der Glatzkopf fesselte Sarahs Hände hinter dem Rücken mit einem Kabelbinder. Der Gegelte schob eine Kiste auf der Bar zur Seite. Sie sprachen beide kein Wort. Waren sie womöglich stumm?

»Sie machen es uns nicht leicht, Frau Pauli.«

Das war die unbekannte Stimme.

Der Mann, der jetzt aus der dunklen Ecke hervortrat, war Harry Höfer. Maßanzug. Stecktuch. Lederschuhe.

Sie starrte ihn an. Er starrte zurück. Sarah versuchte, den Blickkontakt zu halten.

Kubanek ging hinter die Bar, zapfte seelenruhig vier Gläser Bier.

Die Szene war vollkommen absurd. Und sie machte Sarah große Angst. Die konnten sie nicht einfach so wieder laufen lassen. Das war ihr vollkommen bewusst.

In dem Augenblick spürte Sarah einen Schlag auf den Kopf.

Es wurde dunkel um sie herum und sehr still.

45

Warum bist du eigentlich so verbissen in die Idee, Clara auf die Beine zu helfen?«

Kai hatte sie das gefragt, und seine Frage hatte sich in Lucies Kopf eingenistet. Erst seit heute Morgen traute sie sich, eine ehrliche Antwort darauf zu geben. Es ging zwar auch um Clara und das Gefühl, für sie verantwortlich zu sein. Vor allem ging es aber um ihre eigene tief sitzende Angst, eines Tages selber auf der Straße zu landen. Denn wenn sie nicht bald mehr Geld mit ihren Fotos verdiente, sah ihre Zukunft trostlos aus. Insofern fühlte sie sich Clara solidarisch verbunden.

Deshalb ging sie mit Clara gemeinsam jeden Morgen sämtliche Tageszeitungen nach Jobangeboten durch. Bislang war zwar noch nichts dabei herausgekommen, aber sie blieben eisern am Ball. Wobei Clara im Vorteil war, denn sie hatte eine Ausbildung als Einzelhandelskauffrau vorzuweisen.

Dass Clara auch eine hervorragende Köchin war, hatte sie inzwischen mehrmals bewiesen. Etwas, das auch Kai sehr schätzte, kam er doch allabendlich in den Genuss einer herrlichen warmen Mahlzeit. Die Zeiten der Pizza aus dem Karton waren vorbei.

An diesem Abend hatte Clara ihnen Fleischlaibchen mit Erdäpfelpüree serviert. Sie aßen mit großem Appetit, tranken Bier dazu und lachten viel. Lucie fragte sich, ob es vielleicht schon spießig war, dass sie das gute Essen und die Gesellschaft so genoss. Und selbst wenn, dachte sie.

Kai lobte Claras Kochkünste über den grünen Klee.

»Du solltest in der Küche eines Restaurants arbeiten«, sagte er und strich sich satt und zufrieden über den Bauch.

»Danke.« Clara lächelte verlegen.

Lucies Handy läutete.

»Frau Viktor?«

»Ja?«

»David Gruber. Ich bin Sarah Paulis … Vorgesetzter.«

»Ah ja. Hallo.«

»Ist Sarah zufällig bei Ihnen?«

Lucie war sofort alarmiert.

»Nein, ist sie nicht.«

»Sie geht nicht an ihr Handy. Hier in der Redaktion weiß auch niemand, wo sie ist.«

Lucie stand auf, ging ans Fenster und sah auf die Förstergasse hinunter. Im Hintergrund hörte sie Kai und Clara lachen.

»Niemand weiß, wo sie ist?«

Was war davon zu halten, dass Sarahs Chef sie anrief? Um diese Zeit. Offenbar nach Dienstschluss. War das normal?

»Nein. Hat sie Ihnen gegenüber vielleicht einen Ort erwähnt, wo sie recherchieren wollte?«

Lucie dachte nach.

»Nein, hat sie nicht«, antwortete sie. »Ist es denn schon mal vorgekommen, dass sie … verschwunden war?«

Schweigen.

»Nun … ja. Insofern gibt es auch keinen Grund zur Sorge.«

Er log, das konnte sie ihm deutlich anhören.

»Wir … das heißt, also … die Polizei sucht sie schon, nur falls sie sich bei Ihnen meldet, soll sie mich bitte sofort anrufen.«

»Ja. Ja, natürlich …«

Sie starrte hinunter auf die Straße. Alles war wie immer, und doch hatte sich gerade etwas verändert.

»Was ist passiert?«, rief Kai.

Lucie ging zurück an den Tisch und setzte sich.

»Das war Sarah Paulis Chef. Er wollte wissen, ob sie bei uns ist. Die Polizei sucht sie.«

Clara und Kai sahen sie erschrocken an, deshalb fügte Lucie hinzu: »Sie wird vermisst.«

Schlagartig war ihnen der Appetit vergangen.

Lucie überlegte fieberhaft, wo Sarah Pauli sein könnte. Irgendetwas war passiert. Sie wusste, dass Journalisten sich durch ihre Recherchen oft in Gefahr brachten. Und Sarah recherchierte, soweit Lucie wusste, im Zusammenhang mit dem Mord an Freibach. Sie war in Gefahr, das sagte Lucies Bauchgefühl.

»Bist du sicher, dass es ihr Chef war und nicht einer der Knochenbrecher?«, fragte Clara und schlug sich die Hand vor den Mund.

In der Ferne hörten sie Sirenen.

46

Sarah hatte das Bewusstsein zurückerlangt. Ihr Kopf brummte. Sie saß noch immer auf dem Barhocker, die Hände gefesselt, der Oberkörper vornübergekippt. Sie richtete sich auf.

Die Männer waren weg. Die Kiste stand nicht mehr auf der Bar. Ein beißender Geruch stieg ihr in die Nase.

Mit einem Schlag war sie hellwach.

Rauch! Es brennt!

Hilfe, dachte sie panisch, ich muss hier raus!

Sie musste die Hände frei bekommen. Ihre einzige Chance. Sie riss verzweifelt an den Fesseln. Die Kabelbinder gaben keinen Millimeter nach. Sie sah bereits die ersten Flammen unter der Tür zum Lager hervorzüngeln und begann zu schreien. Sie schrie aus Leibeskräften, obwohl ihr klar war, dass kein Mensch sie hörte. Ihr Schreien ging über in ein erbärmliches Husten.

Sie rutschte von dem Hocker. Ein Schwindel erfasste sie. Egal. Sie brauchte ein Messer. Oder eine Schere. Sie wankte hinter die Theke. Zog umständlich Schublade für Schublade auf. Nichts. Sie waren leer. Es gab nicht mal mehr ein Cocktailschirmchen. Sie hustete.

Der Rauch wurde dichter. Beißender. Sie hatte keine Zeit mehr zu verlieren. Nur noch raus hier! Verzweifelt versuchte sie, ihre Hände aus den Fesseln zu befreien, wieder und wieder. Ihr wurde heiß. Die Panik hatte sie fest im Griff.

Wasser … Das Waschbecken. Mit der Nase gelang es ihr, den Wasserhahn nach oben zu bewegen. Sie hielt ihren Kopf unter das kühle Nass. Und in dem Moment sah sie es. Ein kleines Messer. Auf einem schmalen Brett, hinter einer Flasche Gin. Es war ihre Rettung! Sie drehte sich um. Tastete mit der rechten Hand danach. Und bekam es zu fassen. Ein kleiner Triumph!

Es gelang ihr, die Klinge unter die Fessel der linken Hand zu schieben. Sie sägte an dem Plastik, so gut es ging, immer weiter. Bloß nicht aufgeben. Der Schweiß tropfte ihr von der Stirn. Ihre Augen tränten. Dann plötzlich ein Riss. Sie spürte, wie das Plastikband sich löste. Ihre Hände waren frei!

In fieberhafter Eile zerschnitt sie auch die Fessel an der rechten Hand. Schüttelte ihre Hände. Zog ein Geschirrtuch vom Haken, hielt es unter fließendes Wasser und dann vor ihr Gesicht. Rannte, so schnell sie konnte, zu der Tür, die ins Foyer führte.

Mit beiden Händen rüttelte sie an den Knäufen des Eingangsportals. Keine Chance. Es war zugesperrt.

Sie lief in Panik zurück.

Auf einmal barst die Tür zum Lagerraum, und die Flammen fraßen sich gierig weiter vor.

Verzweifelt hielt Sarah Ausschau nach einem Feuermelder. Es musste einen geben. Aber sie fand keinen. Kein Fenster, keine Öffnung … Doch, das gekippte Fenster fiel ihr wieder ein. Wo war das? Sie hatte die Orientierung verloren.

Sie hustete. Ihr wurde übel. Es wurde immer heißer. Das Geschirrtuch war längst staubtrocken. Sie ging in die Knie und kroch auf allen vieren weiter. Der Boden schien zu glühen. Aber da war eine Tür.

Sie rappelte sich hoch. Bloß nicht die Klinke berühren. Sie hob ein Bein an und trat mit dem Fuß dagegen. Und noch einmal, fester. Endlich sprang die Tür auf. Sie stieß mit der Schulter dagegen. Das musste der Raum sein, den sie gesucht hatte. Das gekippte Fenster. Ihre Rettung …

Es war jedoch geschlossen worden. Sarah versuchte, es zu öffnen. Rüttelte daran. Schlug panisch gegen das Rollo. Keine Chance. Die Einbruchssicherung sah sie erst jetzt.

Der letzte Funken Hoffnung verließ sie.

In dem Augenblick hörte sie Sirenen heulen. Sie kamen näher. Die Feuerwehr! Natürlich, sie war im Prater. Dort waren Menschen, die die Feuerwehr gerufen hatten. Bloß wusste niemand, dass sie in dem brennenden Gebäude war …

Dennoch, sie musste es versuchen. Sie schlug wieder gegen das Rollo, zerrte an den Schnüren. Plötzlich löste sich die Verankerung, und das Rollo flutschte nach oben. Das Fenster einschlagen, aber womit? Sie griff nach dem nächstbesten Gegenstand und schleuderte ihn gegen das Fenster. Es knackte. Doch nicht genug.

Der Bürostuhl. Sie schob ihn vors Fenster, setzte sich darauf und trat mit den Füßen, so fest sie konnte, gegen die Scheibe. Da, endlich! Das Glas zersplitterte.

Sarah sprang auf und zwängte sich durch die Öffnung. Splitter stachen ihr ins Fleisch, Blut lief an ihren Armen hinab. Sie spürte keinen Schmerz, stolperte hinaus ins Freie, Boden unter den Füßen. Übelkeit kroch in ihr hoch, sie schaffte es bis zu der Hecke, erbrach sich.

Auf einmal die Erschöpfung. Jetzt kamen die Tränen. Hemmungslos schluchzend wankte sie den Weg zurück bis zum Parkplatz.

Die Nacht wurde von blinkenden Blaulichtern zerrissen. Unzählige Einsatzfahrzeuge standen auf dem Parkplatz des *Kuba*.

Sarah hustete den Rauch aus ihren Lungen. Ihr war schwindlig. Übel. Ein Sanitäter rannte ihr entgegen. Jemand legte ihr eine Decke um die Schultern. Man schob sie zu einem Rettungswagen und drückte sie auf einen Hocker. Ein Notarzt kam herbeigeeilt. Er besah sich ihre Arme und wies den Sanitäter an, Verbandszeug bereitzulegen. Dann leuchtete er ihr mit einer Taschenlampe in die Augen und horchte sie ab.

Sie brauchte dringend Wasser …

»Wasser, bitte …« Es war nur ein Krächzen. Keuchen. Man reichte ihr eine Plastikflasche mit Wasser. Sie trank mit gierigen Schlucken. Hustete. Trank.

»Ist noch jemand da drin?«, fragte ein Feuerwehrmann.

Sarah schüttelte den Kopf und wischte sich mit der Hand über den Mund. Wie gut Wasser schmeckte!

»Ich glaube nicht«, antwortete sie heiser.

Nur ihre Tasche mitsamt Inhalt war im Feuer geblieben.

Der Feuerwehrmann sprach in ein Funkgerät. Der Arzt nahm sich ihre Arme und das Gesicht vor, reinigte die Schnittwunden. Das Desinfektionsmittel brannte wie Feuer.

Sie sah auf das brennende Gebäude.

Um sie herum war es ganz still, als hätte jemand den Ton abgedreht. Weiße Mullbinden wurden um ihre Arme gewickelt.

Irgendwann spürte sie starke Arme, die sie an sich rissen. David. Sie sah in sein besorgtes Gesicht. Sie war gerettet. Sie lebte.

Sie begann, vor Erleichterung zu weinen und gleichzeitig zu lachen. Es war ein bisschen verrückt. David hielt sie fest in seinen Armen, bis sie sich beruhigte.

Sie sah ihn an. Auch er hatte geweint.

»Bin ich froh«, murmelte er in ihre verrauchten Haare. »Himmel, Sarah, ich war krank vor Sorge, als ich dich nicht erreicht habe.«

»Ich weiß«, sagte sie rau, »und es tut mir so leid.«

Er drückte sie an sich.

»Stepan, Simon und ich sind hier und auch Stein, weil die Meldung von dem Feuer reinkam, aber wir ahnten nicht, dass du da drinnen bist.«

In dem Moment tauchte der Ressortchef auf. Er umarmte Sarah kommentarlos.

Als Sarahs Stimme sich einigermaßen erholt hatte, berichtete sie David, Stein und Stepan alles, was sie wusste.

»Sie wollen das Land auf getrennten Wegen verlassen. Wenn Sie die Knochenbrecher fassen, wird das Kartenhaus in sich zusammenfallen, da bin ich sicher«, schloss sie.

Stein nickte.

»Wir werden uns auch Uwe Schmid zur Brust nehmen«, sagte er. »Aber Sie erholen sich jetzt erst mal, Sarah. Ich würde meinen, Sie haben für heute genug gearbeitet …«

»Ja. Komm, lass uns nach Hause fahren«, meinte auch David.

Sarah fragte nicht, welches Zuhause er meinte.

David, Chris, Gabi und Marie waren ihr Zuhause.

Egal, an welchem Ort sie sich befanden.

47

An Schlaf war nicht zu denken.

Sie war viel zu aufgewühlt.

Die Bilder in ihrem Kopf. Ihre durcheinandergeratene Gefühlswelt.

Was wäre gewesen, wenn …

David und sie saßen mit Chris und Gabi um den Wohnzimmertisch herum. Zwei Kannen Tee und Kaffee gaukelten Normalität vor.

Sarah hielt sich an einer großen Tasse Kräutertee fest.

Sie hatte kurz vorher schon mit Lucie Viktor telefoniert, die vor Erleichterung, Sarahs Stimme zu hören, geweint hatte.

Im Verlauf des Abends telefonierten David und Sarah abwechselnd mit Stepan. Da Sarah nicht wusste, wo der Lkw abfuhr und wo die Knochenbrecher zustiegen, hatte die Polizei Streifen an sämtliche Ausfahrten geschickt, über die es möglich war, die Stadt zu verlassen. Zusätzlich wurden Polizisten am Flughafen, am Hauptbahnhof und am Westbahnhof abgestellt. Ganz Wien wurde praktisch abgeriegelt. Die meisten Menschen würden erst am nächsten Morgen erfahren, was des Nachts alles passiert war und in den kommenden Tagen für Gesprächsstoff sorgen würde.

Chris schaltete den Fernseher an. In den Nachrichten wurde schon über den Großbrand im Prater berichtet.

Was die Ursache für das Feuer war, wusste man noch nicht.

Sarah schnürte es die Kehle zusammen, als sie die Bilder der lodernden Flammen sah. Diesem Flammenmeer war sie entkommen? Ein Schauer fuhr ihr durch den ganzen Körper.

»Wenn eure Kollegen hören, dass Sarah in dem Gebäude war, wird bei euch die Post abgehen«, meinte Chris.

Sarah seufzte.

»Ja, das ist zu befürchten. Ich bin sicher, Oskar Kretschmer ist der Erste, der mich anruft.«

Gabi und David brachen in schallendes Gelächter aus. Chris sah Sarah verständnislos an. Sarah grinste breit. Als die beiden anderen sich wieder beruhigt hatten, klärten sie Chris über den Grund für ihr Gelächter auf.

»Ein schmieriger Adabei«, fasste Sarah zusammen.

»Und so unglaublich wichtig«, fügte David hinzu. »Dabei dreht er sich wie das Fähnchen im Wind. Heute ist er dir wohlgesonnen, morgen fällt er dir in den Rücken.«

»Der steht jetzt sicher vor dem brennenden *Kuba*«, vermutete Gabi.

»Und muss mit ansehen, wie das Kartenhaus zu Asche zerfällt«, sagte Sarah. Sie sah David an und grinste. »Wird doch nichts aus dem Plan, dass Freibach in den nächsten Jahren für meine Brötchen sorgt.«

David grinste zurück. »Tja, wobei du die Meisterin im Kundenvergraulen bist.«

Sarah boxte gegen seinen Oberarm. »Was kann ich dafür, dass der Herausgeber des *Wiener Boten* sich mit Kriminellen einlässt. Sei froh, dass du mich hast, sonst wärst du womöglich jetzt schon im Gefängnis! Was ist denn aus den beiden Kunden geworden, die der Freibach dir vermittelt hat?«

»Die sind zum Glück Kunden geblieben.« David legte seine Hand auf Sarahs Arm. »Durchleuchte deren Geschäftsgebaren bitte nicht, Sarah, sei so gut. Glaub mir, die sind seriös.«

»Das hast du von Höfer und Freibach auch geglaubt.«

Gabi unterbrach ihr Geplänkel. Sie wollte dringend wissen, wie Sarah der Flammenhölle entkommen konnte.

Marie lag entspannt zwischen ihnen und schlief. Ihre Welt war in Ordnung. Im Moment jedenfalls.

Sie saßen noch lange zusammen. Zwischendurch nickten Chris und Gabi ein. Dann flüsterten David und Sarah, redeten über den nächsten Urlaub, über ihre gemeinsame Zukunft, ohne jedoch zu sehr ins Detail zu gehen. Beide wussten, dass dies eine Ausnahmesituation war und dass morgen, bei Tageslicht, vieles wieder anders aussah.

Um halb vier Uhr morgens läutete Davids Handy.

»Es ist Günther«, ließ er die anderen wissen und nahm das Gespräch an.

Schlagartig waren sie alle wieder hellwach.

»Sie haben sie«, sagte David, nachdem er aufgelegt hatte. »Kurz vor der Auffahrt zur Westautobahn konnten sie sie stellen.«

»Die haben nicht mal einen Schleichweg gesucht?«, fragte Sarah überrascht.

»Sie waren sich ihrer Sache wahrscheinlich sehr sicher«, sagte Chris.

»Stein will sie sofort vernehmen, sagt Günther.«

Sarah streckte sich müde.

Jetzt konnten sie endlich schlafen gehen.

EPILOG

In den nächsten Tagen dominierten die Ereignisse im Prater die Medien. Sie würden wie gewöhnlich noch eine Zeit lang darüber berichten und irgendwann das Interesse verlieren.

Sarah konnte sich jedenfalls im Ruhm sonnen. Sogar Oskar Kretschmer feierte sie als »die große Wiener Enthüllungsjournalistin, die den gewaltigsten Skandal in Österreich seit Langem aufgerollt hatte«.

Als Enthüllungsjournalistin sah Sarah sich selbst zwar nicht, aber es gab ernst gemeinte Jobangebote anderer Medien. Das nahm sie gelassen, aber auch nicht ganz ohne Stolz zur Kenntnis. Ruhm verging allzu schnell, und der *Wiener Bote* war und blieb ihr berufliches Zuhause.

Freibachs Partei löste sich auf. Einige Mitglieder wechselten zu anderen Parteien, andere gingen dahin zurück, wo sie hergekommen waren. Die Verbliebenen versuchten, die Partei neu aufzustellen. Zu dieser Minderheit gehörte Uwe Schmid.

»Der alte PR-Fuchs wird sich der Sache persönlich annehmen und die Partei weiterbringen«, meinte Conny. »Wirst sehen. Das funktioniert. Neuer Name, altes Konzept. Alles, was nicht passt, wird man dem toten Freibach in die Schuhe schieben.«

Conny wusste noch etwas aus erster Hand.

»So, wie's ausschaut, sind Harry Höfer und Lotte Freibach jetzt ein Paar. Natürlich werden sie eine angemessene Frist einhalten, bevor sie sich der Öffentlichkeit entsprechend präsentieren. Ich weiß es aber aus sicherer Quelle!«

Man sah ihr an, dass sie mit sich und ihrer Welt wieder im Einklang war.

Sarah war tagelang damit beschäftigt, sich mit ihrem neuen Handy vertraut zu machen. Außerdem musste sie sämtliche Papiere und Karten neu beantragen, was umständlich war und einige nervtötende Behördengänge erforderlich machte.

Doch das war ihr geringeres Problem, zumal diese Dinge ja dann doch in absehbarer Zeit erledigt waren.

Viel mehr setzte ihr zu, wie die Anwälte von Höfer und Kubanek die Wahrheit über das, was im *Kuba* geschehen war, verdrehten. Es war einfach haarsträubend.

Laut Protokoll war es also reiner Zufall, dass die vier Männer an dem Abend gemeinsam im *Kuba* waren. Höfer hatte nicht gewusst, dass die beiden Muskelmänner von der Polizei gesucht wurden, und Kubanek hatte die beiden nicht mit jenen Muskelprotzen in Verbindung gebracht, nach denen die Polizei in seinem Lokal gesucht hatte. Eine Durchsuchung, der er freiwillig zugestimmt hatte, wie sein Anwalt betonte. Selbstverständlich hatte keiner von ihnen ein Feuer gelegt. Der Auslöser dafür war eine unachtsam weggeworfene Zigarette gewesen. So etwas passierte schnell, denn in Lokalen gab es meistens leicht brennbares Material. In diesem Fall waren es Rollen neuer Tapeten, die für die anstehende Renovierung vor dem Eingang gelagert worden waren. Baustoffe der Klasse B3, leicht entflammbar.

Sarah hatte nirgendwo Tapetenrollen gesehen. Aber so stand es im Protokoll.

Die Knochenbrecher jedenfalls hatten Sarah im Lagerraum gefunden, wo sie sich versteckt hatte. Sie hatten sie hinausbegleitet. Zu dem Zeitpunkt waren Kubanek und Höfer schon längst weg. Und die Knochenbrecher hatten das *Kuba* dann ebenfalls verlassen. Also hatte niemand mehr mitbekommen, dass Sarah noch einmal zurückgekommen war.

»Wollen die mich verarschen?«, fragte Sarah erbost. »Was ist mit den Striemen an meinen Handgelenken und den blauen Flecken überall und meiner Verletzung am Kopf?«

»Die beiden Sicherheitsmänner geben zu, dass sie Sie ein wenig grob angefasst haben, weil sie dachten, eine Einbrecherin auf frischer Tat ertappt zu haben«, sagte Stein.

»Pah, Sicherheitsmänner! Dass ich nicht lache!«, schimpfte Sarah. »Dass Höfer und Kubanek mich nicht gesehen haben, ist eine faustdicke Lüge.«

»Ich glaube Ihnen ja, Sarah«, sagte Stein beschwichtigend. »Ich werde die beiden Knochenmänner, wie Sie sie nennen, so oft danach fragen, bis sie mir die Wahrheit sagen. Versprochen. Aber solange die zwei alle Schuld auf sich nehmen, werden Höfer und Kubanek nicht zur Verantwortung gezogen. Und dass das so bleibt, dafür werden ihre Anwälte schon sorgen.«

Sarah nickte frustriert.

»Wir glauben ebenso wenig, dass sämtliche Straftaten allein aufs Konto von Freibach gehen. Doch die Beweislage deutet leider genau in diese Richtung. Höfer und Kubanek haben ihre Spuren professionell verwischt.«

Die in der Kanzlei des Mordopfers polizeilich beschlagnahmten Unterlagen hatten samt und sonders Freibach belastet. Freibach und Höfer hatten sich angeblich schon vor einem halben Jahr beruflich getrennt. Auch dafür lagen Beweise vor, die man in Freibachs Safe gefunden hatte. Dass diese vordatiert und nach Freibachs Tod dort deponiert worden wären, hielten die Anwälte für eine böswillige Unterstellung, die sie als ahndungsfähig einstuften.

»Aber Höfer hat im *Kuba* doch gesagt, dass hoffentlich niemand die Knochenbrecher dabei beobachtet hat, wie sie Freibach von der Wohnung in die Kanzlei gebracht haben. Die haben dort bestimmt auch Beweismaterial vernichtet«, argumentierte Sarah ärgerlich.

»Höfer und Kubanek behaupten, dass es diese Unterhaltung nie gegeben habe«, sagte Stein bedauernd. »Wir haben übrigens Stofffasern an Freibachs Kleidung entdeckt. Mit dem Material sind in den Sechzigerjahren oft Sofas bezogen worden. Wenn wir also die Wohnung finden, in der die Couch steht, sind wir einen Schritt weiter.«

Zwei Monate später war der Brand im *Kuba* bereits Geschichte, und Lucie Viktors großer Abend stand bevor.

Kais Chef hatte aus Dankbarkeit für die Aufklärung des Versicherungsbetrugs eine Ausstellung in der Eingangshalle der Hauptfiliale für Lucie arrangiert. Eingeladen waren wichtige Kunden, Geschäftspartner und Freunde.

Sarah und David waren pünktlich zu Beginn gekommen. Zig Menschen standen im Foyer und lauschten den Worten des Versicherungschefs. Danach sprach Lucie. Sie erzählte von ihrer Idee und der Entstehung ihres Projektes.

Großflächige Fotos an den Wänden zeigten eine Seite Wiens, die man in keinem Tourismusprospekt fand. Dennoch gehörten die mit der Kamera eingefangenen Momente, Impressionen und Porträts zum Gesicht der Stadt. Ob man sie nun sehen wollte oder nicht. Sie gehörten dazu wie Tag und Nacht.

Conny kam auf sie zu. »Tolle Fotos!«, sagte sie ehrlich beeindruckt.

»Das von Freibach und Clara hängt im ersten Stock«, hörten sie Lucie Viktors Stimme hinter sich.

Sie wandten sich um, begrüßten Lucie und gratulierten ihr herzlich zu der großartigen Ausstellung.

Die Künstlerin strahlte, und man sah ihr an, wie glücklich sie war.

»Clara ist auch hier.« Sie winkte durch den Raum.

Clara, die sich gerade die Fotos anschaute, winkte zurück und kam herbei. Sie wirkte entspannt, offen und zufrieden. Sarah hatte das Gefühl, als stünde ein neuer Mensch vor ihr.

»Lucie hat schon die nächste Idee«, plauderte Clara drauflos. »Gegensätze. Also arm und reich, berühmt und unbekannt, Erde und Luft …«

Kai schüttelte ihnen die Hand und bedankte sich bei Sarah für den Tipp, sich die Akte Freibach genauer anzusehen.

»War reiner Eigennutz«, tat Sarah die Sache ab.

Als der offizielle Teil der Vernissage beendet war, schlenderten David und Sarah beeindruckt von Bild zu Bild. Kaugummireste auf dem Asphalt, schwitzende Menschen mit triefendem Lángos in der Hand und Hundekot zwischen Gänseblümchen auf einer Wiese. Vor allem bestaunten sie die Fotoserie mit Clara. Es waren wunderschöne Porträts, Bilder, die Geschichten erzählten, und Augenblicke, die so festzuhalten nur gute Fotokunst vermochte.

Später saßen sie im *Panorama*. Gabi, Conny, David und Sarah. Und Stein. Er hatte sich zu ihnen gesellt, trank Bier und war einmal ganz Privatperson. Chris arbeitete hinter der Bar. Voraussichtlich nicht mehr lange. Denn er würde demnächst sein klinisch-praktisches Jahr beginnen und deshalb viel Zeit im Krankenhaus verbringen.

Noch einmal standen die vergangenen Ereignisse im Mittelpunkt ihrer Gespräche.

»Der Schuss ist mitten durch die Stirn gegangen. Der Freibach hat seinen Tod im wahrsten Sinne des Wortes kommen sehen«, erzählte Stein.

Es war Steins genialen Verhörmethoden, seiner Geduld und dem Schulheft des Greißlers zu verdanken, dass die Knochenbrecher ein umfassendes Geständnis abgelegt hatten. Der Mord an Freibach. Der Überfall auf Lucie. Letzterer im Auftrag von Freibach.

»Der Mord an Freibach war angeblich ein Tötungsdelikt, das im Affekt nach einem Streit passierte«, sagte Stein. »Aber der Anwalt der beiden Männer wird's schon auf Totschlag hinbiegen. Der kommt übrigens aus einem sehr guten Stall. Ich könnte mir den nicht leisten.«

»Wahrscheinlich zahlt Höfer den«, sagte Sarah.

Stein zuckte mit den Achseln. »Sicher sogar.«

Steins Abteilung hatte sich eingehend mit den Heftkopien beschäftigt. Die Funktionsweise des kriminellen Netzwerkes und sämtliche Verbindungen hatten sich glasklar daraus ergeben.

Die Knochenbrecher hatten beim Entsorgen des Mülls keine Handschuhe getragen, weil sie nicht auf die Idee gekommen waren, dass Getränkekartons jemals von einer Spurensicherung untersucht würden. Als man sie damit konfrontierte, gestanden sie, im Auftrag Freibachs gehandelt zu haben.

Kubanek hatte von dem Zusatzjob seiner beiden Mitarbeiter angeblich nichts gewusst. Es schien so, als hätte Freibach ganz alleine sein kriminelles Spiel gespielt. Die Unterlagen in seinem Büro und auch alle anderen Indizien wiesen darauf hin.

Doch sie alle wussten, dass das nicht der Wahrheit entsprach.

»Geschickt eingefädelt«, meinte Stein. »Der böse Bub ist tot, und die anderen sind unschuldig wie die Lämmer.«

In dem Lkw wurden Spuren von Drogen entdeckt, woraufhin der Fahrer der Polizei bereitwillig Auskunft darüber gab, wo er seine Ladung gelöscht hatte. In einem Container am Hafen Freudenau fanden die Ermittler Gemälde und Drogen im Wert von eineinhalb Millionen Euro. Die Unterlagen wiesen Linus Freibach als Auftraggeber und Empfänger aus.

»Die Drogen hatten sie zwischen den Kunstwerken versteckt«, erzählte Stein. »Lotte Freibach war einem Nervenzusammenbruch nahe, als sie davon erfuhr.«

In Freibachs Schreibtisch war eine Namensliste gefunden worden, identisch mit der des Greißlers.

»Der Freibach hatte Offshore-Unternehmen auf der halben Welt. Deshalb brauchte er, abgesehen von dem Haus in der Vorgartenstraße, die Namen der Obdachlosen. Auf dem Papier waren sie dann alle Inhaber diverser Unternehmen. Die Nachfrage nach solchen Strohmännern ist groß. Freibach hat mit ihnen ein Netzwerk aus Briefkastenfirmen unterschiedlichster Branchen aufgebaut.«

»Warum nimmt man nicht einfach Namen aus dem Telefonbuch?«, fragte Sarah, weil ihr diese Vorgehensweise naheliegender und vor allem unkomplizierter erschien.

»Wer auf der Straße lebt, kann nicht so leicht überprüft werden wie jemand mit einer Meldeadresse und einem Telefonanschluss. Deshalb können die Drahtzieher, also die wahren Täter, im Falle einer Ermittlung nur sehr schwer identifiziert werden.« Stein seufzte. »Es läuft frei nach dem Motto: Egal, wer sich an der Spitze Ihres Unternehmens befindet, Hauptsache, Sie sind es nicht. Mit solchen Sätzen werben Finanzdienstleister sogar auf ihrer Website.«

»Lassen Sie mich raten«, meinte Sarah. »Uwe Schmid ist so ein Finanzdienstleister, auch wenn er diese Leistung nicht offiziell auf seiner Website anbietet.«

»Darauf gibt es keine Hinweise«, erwiderte Stein.

»Ich denke, er hat für Freibach gearbeitet? Da muss es doch Rechnungen geben.« Sarah hielt an der Idee fest.

»Die Rechnungen, die er Freibach gelegt hat, weisen lediglich PR-Maßnahmen und Coaching für Freibach und seine Partei auf. Keine einzige Rechnung bezieht sich auf eine Provision, die in irgendeinem Zusammenhang mit einem Offshore-Unternehmen steht. Der

Mann ist sauberer als eine weiße Weste. Es wäre auch gar nicht strafbar, eine Firma bei der Gründung eines Offshore-Unternehmens zu unterstützen. Es ist auch nicht strafbar, eines zu gründen. Strafbar ist lediglich, Steuern auf diese Weise zu hinterziehen.«

»Und das machen weder Schmid noch Höfer noch Kubanek«, sagte Sarah.

Conny grinste. »Sag ich doch, dieser Schmid ist ein gewiefter Hund. Der wird aus Freibachs Tod ordentlich Profit schlagen. Denkt an meine Worte, wenn ihr von seinem Aufstieg hört.«

Sie hielt ihr Glas in die Höhe, als wollte sie auf den PR-Profi anstoßen.

Dann erzählte Stein von einem Kunstdepot in Singapur. Die Unterlagen dazu hatten sie in Freibachs Safe gefunden.

»Damit scheinen die anderen auch nichts zu tun zu haben. Vielleicht hat er seinen Freunden nicht mehr getraut und wollte sich mit dem getürkten Raub finanziell absichern. Nur leider war das Depot leer, als unsere malaiischen Kollegen es ausheben wollten.« Er machte eine Pause. »Da war wohl jemand schneller als wir.«

»Lotte Freibach?«, fragte Sarah.

»Keine Ahnung. Von dem Überfall auf den Lkw vor drei Jahren hat sie jedenfalls nichts gewusst, das konnte sie uns glaubhaft vermitteln. Scheint ein Alleingang Freibachs gewesen zu sein wie alles andere. Denn es gibt noch keinen einzigen Hinweis darauf, dass irgendwer außer Freibach Zugang zum Depot hatte.«

»Die aktuell ausgestellten Kunstwerke sind angeblich alle nach Asien verkauft, hat mich die Freibach wissen lassen«, sagte Conny.

»Die Liste mit den Käufern haben wir auch in Freibachs Safe gefunden. Diese Verkäufe riechen verdächtig nach Geldwäsche, denn die Preise lagen weit über dem tatsächlichen Wert. Nur müssen wir das erst beweisen können.«

»Lotte Freibach muss aber doch bemerkt haben, dass die Käufer mehr bezahlen, als die Kunstwerke wert sind«, warf Sarah ein.

Stein schüttelte den Kopf. »Es gab zwei Abrechnungen. Lotte Freibachs Galerie erhielt den wirklichen Preis mit einer ordentlichen Abrechnung. Der Restbetrag floss auf das Konto eines Offshore-Unternehmens von Linus Freibach.«

»Der es über diverse Kanäle weißwäscht ... also ... weißwusch«, sagte David, »und abzüglich einer hohen Provision wieder an seine«, er schrieb Anführungszeichen in die Luft, »Geschäftspartner zurück nach Asien schickt.«

»Oder wohin auch immer das Geld danach fließen sollte«, bestätigte Stein. »Doch bis das alles von der Staatsanwaltschaft aufgelistet und geprüft ist, werden Monate, wenn nicht Jahre vergehen.«

»Da wird einem ja ganz schwindlig bei all diesen Vernetzungen«, meinte Gabi und verdrehte ihre Augen.

»Ich wette, dass der Höfer von dem Depot in Singapur wusste«, sagte Sarah.

»Möglich. Aber das wird er niemals zugeben, und wir werden wahrscheinlich nie erfahren, wo die Bilder sind.«

»Das stört Sie nicht?«, fragte Sarah erstaunt.

»Man muss lernen loszulassen, Sarah. Warum soll ich

mich über etwas ärgern, was ich im Moment nicht ändern kann?«

Die Ermittlungen liefen jedenfalls weiter, aller Voraussicht nach noch lange. Das Geschäftsgeflecht zu entwirren dauerte, auch deshalb, weil die Länder, in denen sich die Offshore-Firmen befanden, nicht bereit waren, Auskunft zu geben.

»Kubanek und Höfer steigen wie Phönixe aus der Asche«, sagte Sarah ärgerlich. »Mit Geld und Einfluss kann man sich's also wirklich richten.«

»Trösten Sie sich damit, dass der Steuerberater das größte Arschloch des Clans war. Immerhin ist er nachweislich ein Mörder, die anderen lediglich Betrüger«, sagte Stein und tätschelte Sarahs Hand. »Nicht ärgern, davon kriegt man nur Falten. Irgendwann sind für Höfer und Kubanek die Jahre der Unantastbarkeit vorbei. Dann klicken auch für sie die Handschellen, glauben Sie's mir. Nur wird das noch dauern. Und solange die Knochenbrecher, wie Sie sie nennen, Sarah, alle Schuld auf sich nehmen ...«

»Die werden dafür wahrscheinlich auch noch bezahlt«, murmelte Gabi missmutig dazwischen.

Stein winkte Chris herbei, um zu zahlen.

Dann streckte er Sarah die Hand entgegen.

»Ich bin der Ältere. Wollen wir nicht endlich Du sagen?«

Sarah schlug ein.

»Martin«, sagte er und grinste.

»Sarah«, sagte Sarah lachend.

Stein verabschiedete sich von allen und ging.

Sarah sah ihm nach. Sie hatte wahrlich einen Felsbrocken ins Rollen gebracht. Mehr konnte sie nicht tun.

Und sie hatte endgültig Steins Vertrauen gewonnen. Das war im Augenblick genug Belohnung.

David legte ihr seinen Arm um die Schultern, küsste sie auf die Stirn und gab sie wieder frei. Er bestellte eine Flasche Gelben Muskateller. Das Leben musste gefeiert werden.

Das taten sie.

Auch wenn sie es wussten.

Die Dämonen schliefen nie.

Was ich noch sagen wollte …

Gleich zu Beginn möchte ich mich bei Ihnen, liebe Leserinnen und Leser, bedanken, dass Sie meiner Sarah Pauli nun schon so lange die Treue halten.

Die persönlichen Gespräche bei Lesungen, Ihre Mails und Rückmeldungen motivieren mich, weiterzuschreiben und meine sympathische Journalistin in immer neue Abenteuer zu stürzen.

Auch dieser Roman ist eine rein fiktive Geschichte.

Natürlich gibt es Offshore-Unternehmen, Drogenhandel und viele Verbrechen mehr, die auch in meinem Buch vorkommen. Auch stimmt es, dass der Praterstern kriminelle Drehscheibe in Wien ist.

Doch sowohl die Personen als auch die Verwicklungen sowie diverse Örtlichkeiten und vieles mehr in diesem Roman sind reine Fiktion und allein der Fantasie der Autorin entsprungen.

Mein tief empfundener Dank gilt auch diesmal einigen lieben Menschen, denn sie haben mich mit der Realität vertraut gemacht, haben mir mit Rat und Tat zur Seite gestanden oder waren einfach da, wenn's wichtig war.

Mag. Gerhard Gschwind, HR Stadthauptmannstv. Landespolizeidirektion Wien, Polizeikommissariat Brigittenau. Ich habe schon lange nicht mehr auf so spannende Art Kaffee getrunken. Und ich habe nach unserem Treffen das getan, was ich gut kann: ein bisschen

Realität, ein bisschen Fantasie und ein bisschen Gefühl in einen Topf gegeben und kräftig umgerührt.

Meiner Freundin Dr. Andrea Jelinek, Leiterin der Datenschutzbehörde. Du weißt, wofür.

Meinen Kollegen Jörg Schmitt-Killian und Jürgen Siegmann für ihre fachkundige Beratung.

Meinen lieben Freunden Claudia und Hannes Rossbacher. Ich lade euch auf eine Runde Riesenradfahren ein. Versprochen!

Mag. Alexander Tröbinger (Kommunikation und Marketing – Wiener Rotes Kreuz) für die rasche und unkomplizierte Beantwortung meiner Fragen.

Ein herzliches Dankeschön geht auch diesmal an meine Lektorin vom Goldmann Verlag, Kerstin Schaub, die mit mir gerne den Plot durchbespricht und ein offenes Ohr hat, wenn ich nicht weiterweiß.

Danke auch Manuela Braun (Veranstaltungen) und Barbara Henning (Presse und Öffentlichkeitsarbeit), die sich für Sarah Pauli ins Zeug legen.

Ein ebenso herzlicher Dank für die gute und inzwischen siebte Zusammenarbeit geht an meine Lektorin Karin Ballauff in Wien. Deine Anmerkungen sind ein Segen.

Außerdem möchte ich mich bei meinem Agenten Peter Molden (Literarische Agentur für Autoren und Verlage, Köln) für die Unterstützung, die Ermutigung und die inspirierenden Gespräche bedanken.

Und last but not least danke ich meinem Mann Jeff, meinen Kindern Theresa und Raffael, meiner Familie und meinen Freunden und Freundinnen für ihre Liebe, ihre Geduld, wenn ich schreibe, ihre Freundschaft – und für die Tage und Abende voll kostbarer Gespräche und guter Laune.

Autorin

Die Österreicherin Beate Maxian wurde in München geboren und verbrachte ihre Jugend u. a. in Bayern und im arabischen Raum. Heute lebt sie mit ihrer Familie abwechselnd in Oberösterreich und Wien und arbeitet neben dem Schreiben als Moderatorin und Journalistin sowie als Dozentin an der Talenteakademie. Ihre in Wien angesiedelten Krimis um die Journalistin Sarah Pauli haben eine treue Leserschaft erobert und sind Bestseller in Österreich. Des Weiteren ist Beate Maxian die Initiatorin und Organisatorin des ersten österreichischen Krimifestivals: Krimi-Literatur-Festival.at

Mehr zu Beate Maxian unter www.maxian.at

Beate Maxian im Goldmann Verlag:

Tödliches Rendezvous. Ein Wien-Krimi
Die Tote vom Naschmarkt. Ein Wien-Krimi
Tod hinter dem Stephansdom. Ein Wien-Krimi
Der Tote vom Zentralfriedhof. Ein Wien-Krimi
Tod in der Hofburg. Ein Wien-Krimi
Mord in Schönbrunn. Ein Wien-Krimi
Die Prater-Morde. Ein Wien-Krimi

(Alle auch als E-Book erhältlich)

GOLDMANN
Lesen erleben